So viele Jahre gewartet

Einführung:

Im nächsten Buch spielt sie sehr wild. Das Exemplar wird am Ende veröffentlicht. Bitte bewahren Sie es auf, Schwestern.In dem Jahr, in dem ihr Vater starb, wurde Ye Mei in einer Kleinstadt aufgenommen. Die zarte Tochter einer reichen Familie fiel über Nacht vom Altar.Zu dieser Zeit war Zhou Shiyu ein bekannter Dorn im Auge der Stadt, kalt und gewalttätig, mit Narben am ganzen Körper.Wie alle anderen in der Stadt kam Ye Mei nicht an ihn heran.Aber sie stellte fest, dass diese Person sie immer gern ansah und wegschaute, als wäre nichts passiert.Einmal wurde ihr der Jadeanhänger weggenommen, und Ye Mei saß lange Zeit auf den Steinstufen und weinte.Der schwarze Schatten hüllte sie langsam ein, und als sie den Blick hob, traf sie auf die dunklen Augen von Shi Yu aus der letzten Woche.Am Ende seiner Augenbraue befand sich eine Narbe, und er drehte den Kopf, um sich das Blut aus dem Mundwinkel zu wischen.Ye Mei trat unbewusst zurück.Der junge Mann streckte seine Hand aus und versteckte den Jadeanhänger, der ihr gestohlen worden war.Später hörte ich, dass er in dieser Nacht vom Schulleiter wegen Streitereien bestraft wurde und die ganze Nacht im Regen festgehalten wurde.

Es war Winter, sieben Jahre später, als ich Zhou Shiyu wieder traf.Bei dem Beichtbankett, das ihr Verfolger für sie abhielt, wirkte Zhou Shiyu während des gesamten Prozesses ruhig und sein Blick blieb keinen

Moment auf ihr hängen.Ye Mei dachte ursprünglich, dass ihre Beziehung beendet sei.Erst als Ye Mei an diesem Abend zum Bankett zurückkehrte, um Dinge abzuholen, wurde ihr klar, dass Zhou Shiyu noch nicht gegangen war.Er war der Einzige, der noch in der riesigen Bar war, und neben ihm standen viele leere Flaschen.Als sie sich umdrehte, um zu gehen, umarmte Zhou Shiyu sie plötzlich von hinten.Ist es schwer, mich einmal zu mögen, wenn ich so schlecht bin?Der Geruch von Alkohol umhüllte sie sofort und Ye Meis Herz zitterte leicht.Zhou Shiyu, du bist betrunken.Er umarmte sie fester, seine Stirn vergrub sich in ihrer Halsbeuge und sein Haar zitterte leicht.Wenn du dann Mitleid mit mir hast, genau wie ich einmal, okay?Fremder.Mist hatte selten ein schlechtes Gewissen und schaute weg, während er die Zigarette in der Hand hielt.In dem Moment, als sie aneinander vorbeikamen, wurde ihr Handgelenk heftig gezogen und eine Kraft zog sie in seine Arme.Es gab einen dumpfen Schmerz in seinem Handgelenk, die Enden von Lu Yanlis Augen waren leicht gerötet und seine Stimme war heiser und zitternd.Er ist weggelaufen, nachdem er mit dir geflirtet hat. Du denkst wirklich, ich bin leicht zu verarschen.Wenig herzlos.

Kapitel 1Schräger Wind und Nieselregen strömten durch die Türspalten in den Saal, die Glastür wurde wieder aufgestoßen und brachte ein wenig Kühle in das ohnehin schon kalte Café.Zheng Wenyi warf einen schuldbewussten Blick auf seine Uhr und sein Blick fiel von Zeit zu Zeit auf Ye Mei ihm gegenüber, sein rechtes Bein zitterte unkontrolliert in einem ängstlichen Rhythmus auf und ab.Eine halbe Stunde ist vergangen.Die Person, auf die sie warteten, war noch nicht gekommen.Dies hat wahrscheinlich die Grenze von Ye Meis Geduld erreicht.Ye Mei runzelte die Stirn, saß am Fenster und stocherte im Kaffee vor sich herum, die Ungeduld in ihren Augen war unverhohlen.Schließlich verfolge ich Ye Mei schon seit einigen Jahren.Bevor sie verrückt werden wollte, sagte Zheng Wenyi es im Voraus genau voraus und hob seinen Arm, um ihr Handgelenk festzuhalten, als sie den Löffel fallen lassen wollte.Er blickte sich unbewusst um und senkte seine Stimme.Vorfahr, bitte haben Sie etwas Geduld. Möchten Sie die Kunstausstellung immer noch abhalten? Die negativen Nachrichten waren in den letzten zwei Tagen überwältigend. Wenn Sie nicht klarstellen, werden alle wirklich denken, dass Sie den Schoß der Song-Familie halten. Wie viele Die Leute stehen hinter dir und warten darauf, deinen Witz zu sehen.Ye Mei sagte nichts, legte sanft den Löffel in ihre Hand, runzelte die Stirn und schaute aus dem Fenster.Zheng Wenyi fügte mit leiser Stimme hinzu: „Wir sind gerade erst vor kurzem nach China zurückgekehrt, und Sie sind dieses Mal bereit, an einen so abgelegenen Ort zu kommen, um Wohltätigkeitsorganisationen zu helfen. Wenn Sie die

Ausstellung wirklich nutzen können, um dafür zu werben, wird das der Fall sein. " Helfen Sie uns, im Land Fuß zu fassen.Verglichen mit dem Moment, als ich das erste Mal hereinkam, war der Regen viel schwächer und einige dichte Regentropfen waren noch undeutlich in der Luft zu sehen. An der Kreuzung rasten Fahrzeuge und die ganze Stadt war in dunstigen Nebel gehüllt.Sogar in dieser kleinen, abgelegenen Stadt, von der viele Menschen noch nie gehört haben, hängen überall auf den Straßen riesige Plakate von Ye Mei und auf Mobiltelefonen werden Nachrichten über den berühmten Maler Ye Mei überflutet, der nach Xicheng kommt, um eine Wohltätigkeitsausstellung abzuhalten.Nun gibt es in Xicheng wahrscheinlich nicht viele Menschen, die nichts von ihr wissen.In den Augen der meisten Menschen war sie dieses Mal bereit, in eine so abgelegene Stadt zu kommen, entweder um sich einen guten Ruf zu verschaffen und ihren Wert zu steigern, oder um den überwältigenden Skandal mit Song Yu, dem Erben der Song-Familie, zu vermeiden.Nur sie weiß es.Sie tat es aus Egoismus, sie wollte diese Person wiedersehen.Mit einer Glücksmentalität, nur für den Fall, dass ich ihn treffe.Wenn sie sich wirklich trafen, könnte sie zu Recht sagen, dass sie nur hier war, um Wohltätigkeit zu leisten, also würde sie zumindest nicht verlegen aussehen.Zheng Wenyi konnte Wörter und Ausdrücke am besten beobachten. Als er sah, wie Ye Meis Blick sich lockerte, nutzte er sofort die Gelegenheit und sagte etwas.Bald kommt ein Reporter vorbei. Sagen Sie zumindest ein paar Worte, damit es aufrichtiger wirkt.Ye Mei schwieg zwei Sekunden lang, ihr Blick fiel schweigend zurück und ihr Ton war hell.Wenn es etwas zu sagen gibt: Wer sauber ist, wird sich reinigen.Zheng Wenyi trank einen Schluck Kaffee mit einem Lächeln im Gesicht.Ein guter Mensch wird selbst sauber sein.Im Laufe der Jahre hatte Zheng Wenyi jedes Problem, das sie den Menschen verursacht hatte, die sie beleidigt hatte, persönlich gelöst.Ye Mei hingegen sieht immer so aus, als hätte sie nichts mit dem Ende der Welt zu tun. Sie treibt sich in einem gemischten sozialen Umfeld herum. Es kommt selten vor, dass sie in einem so großen Bottich arrogant bleibt.Okay, okay, wenn ich etwas gefragt werde, das Sie später beantworten möchten, sagen Sie einfach ein paar Worte. Das war's.Zheng Wenyi folgte ihren Worten. Solange dieser Vorfahre jetzt nicht in Ungnade ging, würde er Glück haben.Ye Mei hielt ihr Kinn mit einer Hand und rührte langsam den Kaffee vor sich um.Sie mochte es wirklich nicht, so etwas Bitteres zu trinken, aber Zheng Wenyifei bat sie, vorbeizukommen, um anzugeben.Zheng Wenyi nahm den Kaffee vor sich und nahm einen Schluck, dann hob er den Blick und sah Ye Mei an.Eine schwarze Sonnenbrille verdeckte ihre aggressiven Augen, ihre Gesichtszüge waren scharf und bezaubernd, ihre Haut war unglaublich weiß und zart, ihre Lippen waren natürlich hochgezogen und ihr Hals war lang und knochig.Sie ist so schön, dass sie in der Menge ein echter Hingucker ist.An der Stelle, an der sie heute saß, herrschte Gegenlicht, die Hälfte ihres Körpers war im Schatten vergraben und ihre Haare und weißen Schultern waren undeutlich zu erkennen.Dieses verschwommene Gefühl, das etwas träge und beiläufig wirkt, fügt ein wenig Mysterium hinzu und lockt viele Passanten dazu, häufig zurückzublicken.Laut ihrem Chef ist Ye Meis Gesicht das Gesicht einer natürlichen Heldin. Es wäre schade, keine Schauspielerin zu werden.Das Geräusch des Regens vor dem Fenster war immer noch da. Sie saßen neben dem Fenster. Ich weiß nicht, wann es begann. Nach und nach drängten sich viele Leute vor der Tür. Der Lärm war laut, als würden sie darum wetteifern, eine Szene zu sehen .Zheng Wenyi hatte Angst, dass sie beim Warten ungeduldig werden würde, deshalb wollte er ihre Aufmerksamkeit absichtlich ablenken.Dieser Ort in Xicheng ist wirklich böse. Wer auch immer kommt? Ist der Typ an der Tür nicht Mr. Song?Ye Mei schaute in die Mitte der Menge.Mitten in der Menge trug Song Yu einen rosa Anzug. Er packte mit einer Hand fest den Kragen eines Mannes in Schwarz, hob seine Faust und schlug ihm ins Gesicht.Auch der Mann kämpfte hart und weigerte sich, Song Yus Angriff nachzugeben. Die beiden kämpften schnell miteinander.Das ist ein KampfYe Mei runzelte leicht die Stirn. Sie hatte das Gefühl, dass der Mann, der mit Song Yu kämpfte, bekannt vorkam, als hätte sie ihn irgendwo gesehen.Gerade als alle Augen auf die beiden gerichtet waren, rief plötzlich jemand in der Menge und seine Stimme zitterte unkontrolliert.Er hat ein Messer in der Hand.Der Mann hatte offensichtlich ein wenig Angst vor den Schlägen. Er hielt den Griff des Messers mit beiden Händen fest, seine Augen waren scharlachrot und die Adern an seinem Handgelenk traten hervor, und er stach Song Yu mit fast aller Kraft ins Gesicht.Song Yu hatte ihn den ganzen Weg gejagt und hatte keine Kraft mehr. Jetzt war er in Trance. Als er sah, wie sich die Klinge der Klinge in seinen Pupillen ständig erweiterte, reagierte er einen Moment lang nicht und erstarrte einfach.Plötzlich tauchte mitten in der Luft eine Hand mit klaren Knochen auf. Die Linien des Arms waren leicht angespannt. Als die Klinge nur noch wenige Zentimeter von seinen Augen entfernt war, packte sie das Handgelenk des Mannes.Der Regen hielt an und hielt an, ohne die Absicht, aufzuhören. Unter den schwachen gelben Straßenlaternen waren dünne und dichte Regentropfen undeutlich zu erkennen. Die Abendbrise fegte durch die Zweige und die Blätter machten ein raschelndes Geräusch mit dem Geräusch des Windes.Der Mann, der kam, war sehr groß, mit glatten und scharfen Gesichtszügen, einem hohen Nasenrücken, dünnen doppelten Augenlidern, einem Paar dunkler Augen, die etwas verschwommen und gleichgültig wirkten, seine Schultern waren breit und gerade und er trug eine lockere schwarze Jacke. Der Körper sitzt überraschend gut, mit einer typischen Kleiderbügelfigur.Dieser Mann hatte immer noch eine Zigarette zwischen seinen Fingerspitzen, und die scharlachrote Farbe hatte sie noch nicht gelöscht, und sie sah im Regen und Nebel hell aus.Ye Meis Herz zitterte leicht und die Fingerspitzen, die den Kaffeelöffel hielten, wurden allmählich weiß.Dieser Ort in Xicheng ist wirklich böse.Sag mir, wer kommen wird.Nachdem Song Yu die Person deutlich kommen sah, sagte er überrascht „Hallo ".Bruder HuaZhou Shiyu löschte die Zigarettenkippe aus und warf ihm einen Blick zu.Geht es dir gut?Mir geht es gut.Gehen Sie zurück zum Büro und senden Sie eine Nachricht an Peng Qian, dass Wang Dong gefasst wurde.Gut.Song Yu stimmte bereitwillig zu.Tatsächlich ist es nicht einfach, Wang Dong zu fangen. An diesem Fall sind viele Menschen beteiligt. Als Leute geschickt wurden, um ihm zu folgen, entkam er unzählige Male.Hätte Song Yu ihn diesmal nicht zufällig durch die Tür des Cafés schleichen sehen, wüsste er wirklich nicht, wann er diesen Mann fangen könnte.Wenn es jemand anderes wäre, könnte Song Yu ihn hier nicht alleine lassen, aber er wusste, wozu sie, Zhou Jinghua, fähig waren.In der Vergangenheit hörte Song Yu oft von seinem Vater, dass Zhou Shiyu unter seinen Lehrlingen der fleißigste sei.Anders als sein lässiges und gleichgültiges Aussehen arbeitet dieser Junge hart. Ganz gleich, ob es sich um einen Bombenanschlag oder eine Schießerei handelt, ganz gleich, wie gefährlich die Aufgabe ist, er wird immer an die Front eilen. Mehrmals ist er mit dem Leben aus der Krise zurückgekehrt Tor zur Hölle. Die Verletzungen, die er erlitt, wurden sofort größer als die Nahrung, die er aß.Wie konnte er in so jungen Jahren die Position des Kapitäns der Xicheng-Kriminalpolizei bekleiden, ohne über echtes Material zu verfügen?Mit Wang Dong war nicht zu spaßen. Er nutzte Zhou Shiyus Worte aus, ertrug starke Schmerzen, drehte sein Handgelenk und stach sich dann mit der Klinge in den Arm.Mit einem stechenden Geräusch war ein deutlicher Kratzer an der Seite der Jacke zu erkennen.Als Wang Dong das Messer hob, legte Zhou Shiyu seinen Kopf leicht schief, hob sein Bein und trat mit Gewalt gegen Wang Dongs Unterleib und klemmte und drehte schnell Wang Dongs Schulter und drückte ihn gegen die Wand.In der nächsten Sekunde fiel das Messer klappernd zu Boden und Wang Dong grinste und jammerte.Zhou Shiyu warf Wang Dong einen Blick zu: Sie sind alle alte Freunde. Es wäre langweilig, bei einem Treffen solche Schwerter und Waffen benutzen zu müssen.Wang Dongs gesamtes Gesicht war vor Schmerz fast verzerrt und seine scharlachroten Augen starrten ihn an.Zhou Shiyu, es hat mich acht Leben voller Pech gekostet, dich zu treffen. Du musst dein ganzes Leben lang versucht haben, mich zu besiegen.Sag es nicht so hart, Bruder Dong, es ist schließlich Schicksal.Zhou Shiyu lächelte langsam, legte ihm die silbernen Handschellen an und sprach langsam.Für uns wird es in Zukunft noch viele Gelegenheiten geben, uns zu treffen.Nachdem er das gesagt hatte, verschwand sein Lächeln sofort. Er steckte eine Hand in die Tasche und mit der anderen hob er den Kragen von Wang Dong, der an der Wand lehnte und jammerte, und warf ihn auf den Beifahrersitz eines schwarzer SUV.Fast gleichzeitig strömten Reporter in Scharen und das ursprünglich kalte Café füllte sich sofort mit Wasser.Ye Mei war immer noch wie erstarrt, ihr Blick fiel auf Zhou Shiyus großen Rücken, ihre Kehle war so trocken, dass sie es nicht ertragen konnte.Vielleicht machten die Reporter zu viel Lärm und erregten die Aufmerksamkeit von Zhou Shiyu.Durch den Regen, den Nebel und das Fenster drehte Zhou Shiyu den Kopf und blickte hinüber.Durch das Meer aus Menschen und Kameras hoben sich diese dunklen Augen leicht, um ihre zu treffen.Zhou Shiyus Augen hielten sichtbar nur zwei Sekunden inne, bevor er in seine übliche ruhige Haltung zurückkehrte, ruhig wegschaute und sich bückte, um ins Auto zu steigen.Im Laufe der Jahre sind Zhou Shiyus Gesichtszüge reifer und dreidimensionaler geworden und sogar sein Temperament hat sich verändert, aber sie kann ihn immer noch auf den ersten Blick über ein Meer von Menschen hinweg erkennen.Wie sie einmal sagte, konnte sie Zhou Shiyu erkennen, selbst nachdem er in Asche verwandelt war.Aber er schien sie nicht zu erkennenYe Mei fühlte sich sauer und taub in ihrem Herzen, als wäre sie von einer Mücke gebissen worden. Sie konnte nicht sagen, wie es sich anfühlte.Lehrer Ye Mei.Zheng Wenyi bemerkte, dass ihre Stimmung nicht stimmte und rief sie sanft an.Ye Mei antwortete nicht.Zheng Wenyi lächelte die Reporter verlegen an und trat sanft gegen Ye Meis Wade durch den Tisch.Ye

Mei kam plötzlich wieder zur Besinnung: JaZheng Wenyi runzelte die Stirn und sah sie besorgt an: „Hat er sich gestern eine Erkältung eingefangen und diese ist immer noch nicht verheilt? Ihm geht es auch heute noch nicht gut. "Während er sprach, hob er den Kopf und lächelte die Reporter an: Sie fühlte sich in letzter Zeit unwohl und hatte Medikamente eingenommen, daher war ihre Reaktion etwas langsam.Ye Meis Gedanken brummten und sie hörte überhaupt nicht, was Zheng Wenyi sagte, und sie blickte unkontrolliert in die Richtung von Zhou Shiyu.Als sie sah, wie Zhou Shi einem Auto begegnete, stand sie verspätet auf und wollte ihn unbewusst verfolgen.Entschuldigung, ich bin vorübergehend beschäftigt.Die Reporter hatten immer noch nicht die Absicht, sie gehen zu lassen: Lehrer Ye Mei, bitte antworten Sie direkt auf Ihre Beziehung zum Erben der Song-Familie.Im Internet kursieren Gerüchte, dass Sie ein Gemälde für Millionen verkaufen. Tatsächlich basiert das meiste auf Ihrem Aussehen. Das Gemälde ist den Preis überhaupt nicht wert. Was denken Sie darüber?Einige Passanten sagten, Sie hätten vor zwei Tagen am Flughafen schlechte Laune gehabt. Stimmt das?Was halten Sie von der öffentlichen Meinung, dass Sie im Ausland nicht mehr überleben können und deshalb nach China zurückkehren wollen, um Geld zu verdienen?Die Kameras versammelten sich alle an einem Ort und die überwältigende Stimme der Fragen übertönte Ye Mei fast.Immer mehr Menschen versammelten sich um sie, und niemand wusste, wer durch die Glasscheibe ihren Namen rief. Der Bereich um das Café herum war schnell blockiert.Passanten drängten sich gegenseitig und drängten sich ins Café, selbst die sieben oder acht Leibwächter vor der Tür konnten ihre Begeisterung nicht bremsen.Tatsächlich wusste Ye Mei sehr gut, dass sie erst vor kurzem nach China zurückgekehrt war und keine Berühmtheit war, also hatte sie keine Fans.Die meisten Leute sind nur da, um Spaß zu haben.Jetzt wurde ihm sogar die Chance genommen, das letzte Stück von Zhou Shiyus Rücken zu sehen.Zheng Wenyi beobachtete ihr Gesicht immer aufmerksam, aus Angst, dass sie zu diesem Zeitpunkt plötzlich verrückt werden würde. Wenn das Video verbreitet würde, wusste er nicht, wie über sie gesprochen werden würde.Ye Mei ballte ihre Faust und nach ein paar Sekunden ließ sie sie schwach los.Es ist lange her, seit ich das letzte Mal so gefühlt habe.Gereizt, müde und ein wenig verloren

Kapitel 2Der Regen fiel immer stärker und der starke Wind fegte durch den Wald. Die Äste neigten sich sanft zur Seite und bogen sich zu einem Bogen, der kurz davor war, abzubrechen.Der heftige Regen prasselte heftig gegen die Autoscheiben, und unter den Rädern angesammeltes Wasser spülte die Bäume am Straßenrand weg.Der rosafarbene Lamborghini raste entlang, folgte der Navigation und quetschte sich in eine komplizierte Gasse.Die Straße ist kurvenreich und eng, was die Durchfahrt äußerst schwierig macht.Gepaart mit ihren dürftigen fahrerischen Fähigkeiten fuhr sie die ganze Strecke und der Luxuswagen schaffte es, mehrere Kratzer von Ästen am Straßenrand abzuziehen.Das Auto hielt vor einem alten fünfstöckigen Wohnhaus. Nachdem sie sichergestellt hatte, dass sich keine bekannten Gesichter in der Nähe befanden, setzte Ye Mei ihre Sonnenbrille und Maske auf und stieg voll bewaffnet aus dem Auto.Wenn es aufgrund des unebenen Bodens regnet, dauert es normalerweise lange, bis sich das Abwasser auf beiden Seiten der Straße ansammelt, bevor es verdunstet. Zu diesem Zeitpunkt legt der Vermieter zwei Ziegelsteine an die Tür, um den Mietern das Überqueren des Abwassers zu erleichtern.Ye Mei hielt ihre Tasche in einer Hand und hielt sich mit der anderen an der vergilbten Wand fest. Ihre weißen, dünnen Knöchel schwankten mit den schwarzen Stöckelschuhen und sie wäre dabei fast in die Kanalisation gefallen.Der heutige Tag kann als eine Herausforderung für ihre Geduld der letzten Jahre betrachtet werden.Auf dem Weg zu einer alten Hütte im zweiten Stock trat Ye Mei unbewusst leichtfüßig, halb gebückt und blickte vorsichtig in das Fenster.Da im Zimmer kein Licht brannte, wirkte es dunkel.Die Fenster waren sehr alt, etwas Farbe blätterte ab, die Ränder der Fenster waren mit Spinnweben verheddert und auf dem Glas hatte sich eine dicke Staubschicht angesammelt.Es sah so aus, als würde niemand drinnen wohnen.Wenn man sich nur das Outfit von Zhou Shiyu gestern anschaut, sollte es ihm jetzt ziemlich gut gehen.Ich werde hier wahrscheinlich nicht mehr leben.Der Anblick im Raum war zu dunkel, um klar sehen zu können. Ye Mei hob mit den Fingerspitzen die Sonnenbrille auf ihrem Gesicht und drückte sie nach unten. Sie bückte sich und beugte sich näher zum Fenster.Gerade als Ye Mei verstohlen zusah, rief sie plötzlich jemand von hinten.Mädchen, suchst du jemanden?Ye Mei drehte sich unbewusst um.Die Sonnenbrille hing noch halb auf seiner Nase und sein Blick traf auf den leicht verwirrten Blick der Wirtin.In der nächsten Sekunde reagierte sie sofort, drehte hastig den Kopf und bedeckte eine Seite ihres Gesichts mit der rechten Hand.Sie wusste, dass sie jemanden treffen musste, den sie kannte.Warum bist du gerade in einem Geistesblitz hierher gekommen?Wenn sie so erkannt würde, wäre es morgen bestimmt wieder eine Neuigkeit.MädchenDie Wirtin blickte sie unbewusst von oben bis unten an, mit einem Anflug von Nachfrage im Blick.Das Mädchen vor ihr war groß und schön. Sie schien mindestens 1,7 Meter groß zu sein. Ihr langes Haar war leicht gelockt und reichte ihr bis zur Taille. Ihr schwarz-goldener, duftender Mantel war fast bündig mit ihrem kurzen Rock. Ihr langes, weißes und... Die geraden Beine sahen aus wie aus einem Comic.Die Wirtin hatte die Welt gesehen, als sie jung war, ganz zu schweigen von der Kleidung, die weiße Ledertasche in ihrer Hand war mindestens eine Million wert.Mit ihrem Outfit sah sie aus, als stamme sie aus einer wohlhabenden Familie. Sie sah nicht wie jemand aus, der hierher kommen würde.Ye Mei setzte ihre Sonnenbrille wieder auf, streckte ihre Taille und fragte und tat so, als wäre sie ruhig.Hallo, ich würde gerne wissen, ob jetzt jemand in diesem Haus wohnt.Der Blick der Vermieterin fiel auf das staubige Fenster: Die Familie ist vor sechs, sieben Jahren weggezogen, doch das Haus wurde von ihnen gekauft und steht schon lange leer.Vor sieben Jahren.Es war das Jahr, in dem sie mit ihrer Mutter ins Ausland ging.Ye Mei schürzte unkontrolliert die Lippen und fragte noch einmal.Wissen Sie also, wohin sie jetzt gezogen sind?Xiao Zhou hätte in die Stadt ziehen sollen. Was seine Schwester betrifftDie Wirtin hielt zwei Sekunden inne. Bevor sie zu Ende sprechen konnte, wurde sie von einer vertrauten Stimme unterbrochen.Tante Zhao.Die Tür öffnete sich und Zhou Shiyu kam heraus. Er trug immer noch die schwarze Jacke, die er am Morgen getragen hatte, und hielt eine Information in der Hand. Die zerkratzten Manschetten waren leicht hochgekrempelt und enthüllten einen glatten und starken Arm.Das schwache Licht im Korridor schien auf seine Schultern. Zhou Shiyu stand im Licht und sah auf sie herab. Der lange und hohe Schatten fiel herab und umgab fast ihren ganzen Körper.Diese Augen waren von der Hintergrundbeleuchtung verdeckt, dunkel und undeutlich, und man konnte keine Emotionen erkennen.Ye Meis Augen waren ausdruckslos, ihre geballten Fingerspitzen waren leicht weiß und ihre Augen waren aus unerklärlichen Gründen wund.Sie war plötzlich froh, dass sie eine Sonnenbrille trug.Es wäre wirklich peinlich, wenn Zhou Shiyu jetzt nicht die roten Augen sehen würde.Mit nur einem Blick wandte Zhou Shiyu seinen Blick wieder der Vermieterin zu.Ich habe vergessen zu sagen, dass ich zurückkomme, um etwas zu holen.Xiao Zhou ist zurück. Es ist lange her, seit ich dich gesehen habe. Du siehst wieder so hübsch aus.Die Wirtin lächelte, als hätte sie ihren eigenen Sohn kennengelernt.Ursprünglich wollte ich dir meine Nichte vorstellen, aber als meine Tante sah, wie gut du jetzt aussiehst, wagte sie es nicht einmal.Eine Nichte, die wie Sie aussieht, muss sehr schön sein.Zhou Shiyu kicherte, seine Stimme war klar und anziehend.Füchse sind die Besten im Vortäuschen und behandeln Menschen oberflächlich immer höflich und anständig. Doch in Wirklichkeit weiß Ye Mei besser als jeder andere, wie Zhou Shiyu wirklich ist.Die Wirtin lächelte noch glücklicher: „Oh, du kannst noch reden, es ist nicht so schlimm, dass Tante dich in den letzten Jahren so sehr geliebt hat. "Ye Mei verschränkte die Arme und trat gleichgültig beiseite und lauschte.So war es, als sie hier lebte.Die Wirtin lächelt jedes Mal, wenn sie Zhou Shiyu sieht, was man Herzlichkeit nennt. Er hatte ebenso große Angst, sich mit der Pest zu infizieren, wie er Vorurteile gegen sie hatte, und so würde er lieber eine weite Reise machen, als sie zu treffen.Ye Mei bezweifelte lange, ob sie wirklich böse aussah.Auch die Vermieterin war ein Hingucker, und sie konnte wahrscheinlich erkennen, dass Zhou Shiyu nicht die Absicht hatte, mit ihr in Erinnerungen zu schwelgen.Nach ein paar lockeren Begrüßungen lächelte die Vermieterin und sagte.Ihr plaudert, ich bin immer noch dabei, unten das Essen aufzuwärmen, also gehe ich zuerst runter.Nachdem sie beobachtet hatte, wie die Vermieterin die Treppe hinunterging, kam Ye Mei zur Besinnung und sah, dass die Menschen um sie herum bereits ins Haus zurückgekehrt waren.Ich weiß nicht, ob er sie wirklich nicht erkannte oder ob er einfach zu faul war, ihr Aufmerksamkeit zu schenken.Zhou Shiyus lauer Blick dämpfte ihr Selbstvertrauen erheblich.Ye Mei wurde seit ihrer Kindheit verwöhnt und verwöhnt. Sie wurde immer von anderen unterstützt und verwöhnt. Wie kann sie eine solche Vernachlässigung ertragen?Sie zog leicht die Augenbrauen hoch, verschränkte die Arme und ging hinein und tat so, als wäre sie arrogant.Ich bin hier, um ein Haus zu kaufen.Zhou Shiyu senkte den Blick, kramte in der Schublade nach etwas und sagte beiläufig:Welches Haus kaufen?Das ist das Set. Bitte nennen Sie mir einen Preis.Ye Mei blickte sich im Wohnzimmer um.Das Licht aus dem Fenster flackert auf und ab und fällt auf den Boden. Licht und Schatten verstreuen sich wie in einem Traum.Die geklärten Emotionen breiteten sich in diesem Moment erneut aus.Bis auf eine Staubschicht befanden sich alle Möbel im Wohnzimmer genau in der gleichen Position wie beim Verlassen des Wohnzimmers.Es gab nur zwei Räume in diesem Haus, das extrem eng und beengt war. Im Winter gab es keine Heizung und im Sommer keine Klimaanlage. An der Decke war nur ein quietschender Ventilator installiert.Jedes Mal, wenn Ye Mei und Zhou Shiyu auf dem Sofa sitzen und fernsehen, hat sie immer Angst, dass der Ventilator herunterfällt und sie auf den Kopf trifft.Badezimmer und Toilette sind eng zusammengequetscht und der Raum ist so klein, dass nur eine Person stehen kann. Jeden Morgen wetteifern die beiden darum, das einzige Badezimmer zu besetzen.Es ist seltsam zu sagen, dass Zhou Shi in so etwas immer gegen sie verliert, wenn sie einen großen Mann trifft, der über 1,8 Meter groß ist.Diese Zeit war fast die ärmste Zeit in Ye Meis Leben.Zusammen können die beiden nur weniger als 2.000 Yuan im Monat für den Lebensunterhalt aufbringen. Jedes Mal, nachdem sie die Miete und die Wasserrechnung bezahlt haben, müssen sie sich in der Nacht zuvor um den Lebensunterhalt des nächsten Tages kümmern.Zhou Shiyu liebte sie damals wirklich.Selbst wenn sie zwei Tage lang hungrig war und nichts zu essen hatte, war sie immer noch bereit, Ye Mei ihre Lieblingsröcke und Geschenke zu kaufen. Sie würde jeden Tag nach der Schule hart arbeiten, um ihre Schulden zu begleichen. Auch wenn sie verletzt war und gehen musste Wenn sie ins Krankenhaus geht, wird es ihr nicht an teurem monatlichem Malmaterial mangeln.Der staubige

Kleiderschrank in der Ecke ist gefüllt mit allerlei Kleidungsstücken von Ye Mei, von denen jede wertvoll ist. Zhou Shiyu hat nur ein paar Stücke und sie wurden alle während der Rabattsaison gekauft.Solange Zhou Shiyu in der Nähe ist, macht sich Ye Mei keine Sorgen, dass sie vom Leben unterdrückt wird und ihr Lebensstandard sinkt.Sie kann immer stolz sein, weil immer jemand hinter ihr steht, der sie liebt.Wenn man sie jetzt sieht, kommt es einem wirklich vor, als wäre man in einer anderen Welt.Als ihr Blick auf das einzige Fenster im gesamten Wohnzimmer fiel, wurde ihr klar, dass es nicht daran lag, dass das Licht im Raum nicht eingeschaltet war, sondern dass das Fenster aus Einwegglas bestand und einen klaren Blick nach draußen ermöglichte drinnen.Dann brachte sie ihr Gesicht einfach näher an das Fenster und starrte es so lange anVon innen betrachtet sah er aus wie ein perverser Voyeur. Ich weiß nicht, ob Zhou Shiyu das bemerkt hat.Nachdem er wahrscheinlich gefunden hatte, was er brauchte, warf Zhou Shiyu ihr einen Blick zu und sah, wie sie benommen und mit einem ziemlich farbenfrohen Gesichtsausdruck zum Fenster blickte.Ye Mei neigte in diesem Moment auch zufällig den Kopf. In dem Moment, als sich ihre Blicke trafen, schwebte eine äußerst unangenehme und subtile Atmosphäre über ihrem Kopf.Ye Mei hustete leicht, schaute weg, hob den Kopf und tat so, als würde sie sich umschauen.Hast du gerade nicht zum Fenster geschaut?Habe alles gesehen.Zhou Shiyus Blick fiel erneut auf die

Informationen, und er nahm die weiße Porzellantasse neben sich, ohne seinen Gesichtsausdruck zu verändern, und trank zwei Schluck Kaffee.VollständigYe Mei hatte nicht erwartet, dass er so ordentlich und ordentlich antworten würde. Sie fühlte sich erstickt und war für einen Moment sprachlos.Vergiss es, ist das Idol-Gepäck nicht einfach ein bisschen gesunken?Sie ist nicht wirklich eine Voyeurin.Außerdem hatte sie vor Zhou Shiyu noch nie etwas Peinliches getan.Nachdem Ye Mei einige Sekunden gewartet hatte, wechselte er bewusst das Thema.Wann verkaufen Sie mir dann das Haus? Wie wäre es, wenn ich das Zehnfache des Preises bezahle?Zhou Shiyu schnaubte leicht, mit ein wenig Spott im Blick, lehnte sich an den Schrank, während er Wasser trank, und betrachtete die Informationen in seiner Hand.Ich weiß nicht, ob er es mit ihr oder den Informationen in seiner Hand zu tun hat.Ye Mei war ein wenig beunruhigt über sein unerklärliches höhnisches Grinsen.Ihr Charakter war immer unkompliziert und sie weiß nicht, wie sie die Gedanken anderer Menschen erraten soll, und sie macht sich nicht die Mühe, sie zu erraten.Sie kam den ganzen Weg hierher, um nicht zu sehen, wie Zhou Shi auf so seltsame Dinge stieß.Ihre Geduld war in diesem Moment fast völlig erschöpft und Ye Mei konnte es nicht ertragen und trat vor, um seinen Arm zu ergreifen.Hey, du lachst mich ausGleichzeitig senkte auch Zhou Shiyu den Blick und sah sie an.Der scharfe Schattenwurf hüllte sie völlig ein, und diese dunklen und scharfen Augen wirkten etwas nachlässig, aber auch sehr bedrückend.Für einen Moment raubte es ihr fast den Atem.Ye Meis Herz zitterte unerklärlicherweise und sie blieb steif stehen und vergaß, die Hand zurückzunehmen, die seinen Arm hielt.Zwei Sekunden später schaute sie unnatürlich weg und blickte unbewusst auf die Informationen in seiner Hand.Auf dem Bild liegt eine leblose Frau mit grauer Haut ruhig auf einem weißen Bett. Ihre Gesichtszüge sind von Blut und Fleisch verschwommen und ihr Aussehen ist unklar. Ihr Gesicht und Hals, ihre Gliedmaßen, ihre Brust und ihr Bauch wurden eingekreist und vergrößert. und ihre beiden Schenkel fehlen. Die Gliedmaßen lagen nackt und frei vor ihr. Die Stümpfe waren nicht vollständig verkrustet und der Penis war auf seltsame Weise mit der Haut verflochten. Auf den ersten Blick war der Aufprall extrem stark.Ye Mei starrte ausdruckslos auf die vier großen Schriftzeichen darauf.AutopsieberichtDies war das erste Mal, dass sie tatsächlich eine Leiche sah, und schon beim Betrachten der Fotos konnte sie den Geruch von Blut spüren.Ye Mei ließ Zhou Shiyus Arm los, trat unbewusst zwei Schritte zurück, ging schnell ins Badezimmer, krümmte ihren Rücken und würgte, ihre dünnen Schulterblätter auf beiden Seiten zitterten.Allein der Anblick bereitete ihr ein äußerst unangenehmes Magengefühl.Wie konnte Zhou Shiyu so etwas sehen und gleichzeitig mit ruhiger Miene Kaffee trinken?Ye Mei hielt sich am Waschbecken fest und hob den Kopf, um sich im Spiegel zu betrachten.Eine schwarze Sonnenbrille bedeckte die Hälfte seines Gesichts, und die Maske hing an seinem Kinn. Der Mund mit den natürlich hervorstehenden Mundwinkeln war jetzt etwas blass.Zhou Shiyu hat sie wahrscheinlich nicht erkannt.Wer hätte gedacht, dass ein Mensch, der ihn sieben Jahre lang verlassen hatte, plötzlich zurückkommen und nach ihm suchen würde, als hätte sein Gewissen ihn geweckt.Ich dachte, du wolltest mit mir darüber reden, aber am Ende rannte ich alleine ins Badezimmer, um dich selbst zu bewundern.Von hinten ertönte eine klare und feste Stimme, die etwas verspielt klang.Wer zum Teufel schätzt sich selbst?Sie wollte sehen, in was für einem Schlamassel sie sich dank Zhou Shiyu jetzt befand.Ye Mei schloss die Augen und setzte eine Maske auf, um so zu tun, als wäre sie ruhig.Als er sich umdrehte und sich umsah, lehnte Zhou Shiyu tatsächlich mit verschränkten Armen an der Schwelle des Badezimmers und blickte mit dem gleichen lässigen Blick zu ihm auf.Ye Mei fühlte sich plötzlich für einen Moment ein wenig benommen.Als er zuvor hier lebte, stand Zhou Shiyu immer in derselben Position und sah sie an.Nach so vielen Jahren scheint es, als hätte sich alles verändert, und doch scheint es, als hätte sich nichts geändert.Die Atmosphäre war lange Zeit still und schließlich war es Zhou Shiyu, der als Erster die Stille brach.Er hob das Kinn, drehte sich um und ging in Richtung Wohnzimmer, eine Spur von Ungeduld in seinen Worten.herauskommen.Ye Mei sah ihn misstrauisch an.WasIch möchte die Tür abschließen.Zhou Shiyu sprach ruhig und ging direkt zur Tür hinaus, ohne sie auch nur anzusehen.Es macht mir nichts aus, wenn du alleine dort bleiben willst.Zhou Shiyu hatte nicht die Absicht, auf sie zu warten, also musste Ye Mei schneller werden und ihm folgen.Die High Heels klickten auf der Treppe, die in der stillen Umgebung äußerst abrupt wirkte.In diesem Moment wollte Ye Mei nur die behindernde Ferse herausziehen.Die Telefonmasten vor den Wohngebäuden sind mit Kleinreklamen bedeckt, deren Muster vom Regen völlig durchnässt sind und sich die Nässe mit den Schriften vermischt.Es regnete immer noch und Ye Mei konnte ihn nicht einholen, also erhöhte sie absichtlich den Dezibelpegel.Hoppla, ich habe mir den Fuß verstaucht und es tut so weh.Zhou Shiyus Schritte hörten tatsächlich auf.Ye Mei war insgeheim stolz in ihrem Herzen und wurde noch ernster.Was soll ich tun, wenn die Schmerzen so stark sind, dass ich nicht laufen kann? Heute Nacht wird es auf jeden Fall geschwollen sein.Zhou Shiyu war für sie der schlimmste Übeltäter.Er wusste eindeutig, dass sie absichtlich kokett war, aber er tappte dennoch freiwillig in ihre Falle.Aber nicht dieses Mal.Zhou Shiyu warf nur einen Blick auf ihren Knöchel und als er in den Regen ging, hinterließ er nur ein flüchtiges Wort.Wenn Sie rausgehen, biegen Sie links ab und fünfzig Meter entfernt befindet sich eine orthopädische

Klinik.Während er sprach, fügte er hinzu:Mit dem Geld aus dem Kauf meines Hauses kann ich die gesamte Klinik und den Arzt kaufen, und ich kann sie auch bitten, Medikamente bereitzustellen, um sicherzustellen, dass Ihr Bein sicher nach Hause gebracht wird.DuYe Mei wurde von ihm hart gewürgt und war kurz davor, wieder zu ersticken.Zwei Sekunden später hob sie die Augenbrauen und verstärkte damit bewusst den Ton.Vielen Dank für Ihre Rücksichtnahme.Kein Bedarf, es ist ganz einfach.Ye Mei:

Kapitel 3Als Zhou Shiyu ins Büro zurückkehrte, war es bereits nach zehn Uhr abends.Das glühende Licht schien auf seine breiten und geraden Schultern, und der dunkle Schatten erstreckte sich unendlich unter seinen Füßen.Im Korridor war es ruhig, bis auf ein paar diensthabende Polizisten, die sich versammelten und leise plauderten.Als sie sahen, dass Zhou Shiyu sich näherte, kamen mehrere Leute herbei, um mit einem verspielten Lächeln „Hallo " zu sagen.Hey, wessen Schönheit ist das?Zhou Shiyu warf ihnen einen leichten Blick zu, aber in seinen Augen war kein Lächeln.Scheint, als hätten Sie nicht genug Aufgaben. Warum erledigen Sie nicht mehr?Nein, nein, wir haben noch andere Dinge zu tun, geh und erledige deine Arbeit.Mehrere Leute blickten wütend auf seinen Rücken.Ich weiß nicht, was für eine Kugel Zhou Shiyu heute abbekommen hat. Sein Gesicht war so hässlich und sein ganzer Körper war in eine düstere Atmosphäre gehüllt.Tatsächlich sieht Zhou Shi Yusheng wirklich gut aus.Als er zum ersten Mal zum Kriminalkommando kam, wurde er von vielen männlichen Kollegen verspottet, weil er zu schillernd war und zu viele Verehrer um sich hatte, weil er hinterrücks Kissen bestickte.Nachdem sie lange Zeit in Kontakt standen, erkannten sie, dass Zhou Shiyu eine Fähigkeit besaß, die viel größer war als sein Gesicht.Der Spitzname verbreitete sich immer weiter, und ich weiß nicht, wann er begann. Der Ruf von Zhou Jinghua hat sich auf mehrere Städte ausgeweitet.Er gilt als die schönste Frau auf der Polizeistation, niemand ist schöner als er, egal ob Mann oder Frau.Als Zhou Shiyu das Büro betrat, hatte er gerade seinen Mantel angezogen, als es sanft an der Tür klopfte.Peng Qian kam fest eingewickelt aus der Tür, zog seine Maske und Handschuhe aus und ging in Richtung Zhou Shiyu.Team Zhou.Zhou Shiyu hob den Blick und sah ihn an.Wie wäre esDer Schädel des Verstorbenen war leicht gebrochen, sein Hals war schwer gequetscht, seine Arme und Oberschenkel waren schwer gequetscht und in seinem Magen befanden sich große Mengen Drogenrückstände. Möglicherweise hatte er vor seinem Tod Psychopharmaka eingenommen.Peng Qian zog seine Schutzkleidung aus und warf sie in den Mülleimer. Sein Blick fiel auf mehrere ordentlich angeordnete Dokumente auf dem Tisch.Oh, und wie Sie sagten, sind die Enden der Stümpfe der Beine des Verstorbenen noch nicht vollständig verheilt, sodass man davon ausgeht, dass sie vor weniger als zwei Wochen hätten amputiert werden müssen.Zhou Shiyu schwieg zwei Sekunden lang, dann nahm er ein paar Dokumente aus der Mappe und reichte sie Cheng Qian.Schauen Sie sich das an. Dies ist ein Selbstmordfall Ende letzten Jahres und ein Fall des Verschwindenlassens in der ersten Hälfte des letzten Jahres. Der Rest sind Fälle aus diesem Jahr, und es sind alles Fälle, die in einer psychischen Störung und Selbstmord endeten.Peng Qian warf zunächst einen Blick auf die Informationen, wischte sich die Hände gründlich mit desinfizierenden Papiertüchern ab, öffnete sie dann und verglich sie sorgfältig.Je weiter er sich umdrehte, desto mehr runzelte Peng Qian die Stirn: Was ist das für ein Fall?Jiangcheng, alle Fälle wurden abgeschlossen, als Song Bureau im Amt war.Zu vertraut kamen ihm die Autopsieunterlagen in diesen Dokumenten vor: Die schweren Blutergüsse an Armen und Brust, die beiden amputierten, aber noch nicht vollständig verkrusteten Oberschenkel und die große Menge an Medikamenten, die er in seinem Magen eingenommen hatte, waren alles die gleichen in seiner heutigen Autopsie. Der Tod ist genau das Gleiche.Selbst wenn diese Verstorbenen im Laufe ihres Lebens eine große Menge psychotroper Medikamente eingenommen hätten, wäre es kein Zufall, dass selbst die Sterbebedingungen so ähnlich waren.Bevor das Rätsel in Jiangcheng gelöst werden konnte, kam dieser Mann nach XichengZhou Shiyu räumte die Tasse auf seinem Schreibtisch ab, riss die Packung Instantkaffee auf und sprach in einem sehr hellen Ton.Eine andere Sache ist, dass diese Leute alle Frauen sind und keine Eltern haben.Schließlich hatte er mehrere Jahre mit Zhou Shiyu zusammengearbeitet und Peng Qian glaubte, ihn ziemlich gut zu kennen.Zhou Shiyu ist ein Arbeitsverrückter. Solange er Kaffee kocht, wird er im Allgemeinen höchstwahrscheinlich die ganze Nacht im Büro arbeiten.Team Zhou.Peng Qian hob den Kopf und warf einen Blick auf die Uhr an der Wand.Es ist fast elf Uhr und es ist Zeit, von der Arbeit zu gehen.Zhou Shiyu summte und ging zum Wasserspender, um ein Glas Wasser zu holen.Du gehst zuerst zurück.Peng Qian beobachtete Zhou Shiyus Gesichtsausdruck und fragte zögernd.Geht es dir gut?Zhou Shiyu hob nicht einmal den Kopf, was könnte mit mir passieren?Du siehst so hässlich aus, aber du sagst trotzdem, dass es dir gut geht.Zhou Shiyu hielt eine Weile mit seinen Fingerspitzen inne, bevor er den Kopf hob.Ist das so offensichtlich?Peng Qian nickte: Es ist ganz offensichtlich. Ist etwas passiert?Es ist okay, ich habe einen Bekannten getroffen.Als Peng Qian sah, dass Zhou Shiyu nichts zu sagen hatte, wechselte er einfach das Thema.Ich habe gehört, dass Song Yu gesagt hat, dass er heute Abend seine Liebe gestehen wird. Bist du sicher, dass du nicht rübergehen und einen Blick darauf werfen willst?Geh nicht.Die Lichter im Büro waren gedämpft und Zhou Shiyu setzte sich auf den Stuhl an der Wand.Er senkte den Blick und betrachtete die Informationen in seiner Hand. Unter seinen langen

Wimpern war ein heller Schatten. Seine Stirn war vom Regen nass und noch nicht vollständig getrocknet. Der hohe und dunkle Schatten wurde auf die Wand projiziert und gab ihm etwas ein unerklärliches Gefühl der Einsamkeit.Das ist okay.Peng Qian und Zhou Shiyu kennen sich schon seit einigen Jahren und glauben, ihn ziemlich gut zu verstehen.Zhou Shiyu verhält sich nur dann so, wenn er extrem deprimiert ist. Er sah schon sehr müde aus.Je häufiger dies geschieht, desto weniger kann er in Ruhe gelassen werden.Hat Bureau Song Ihnen damals nicht gesagt, dass Sie sich Song Yu genau ansehen sollten? Es war Ihnen nicht erlaubt, die Person, der er gestehen wollte, persönlich zu sehen. Wenn es jemand war, der um Geld und Sex betrogen hat, wie würden Sie es Bureau erklären? Lied?Für Zhou Shiyu war Song Ju eher wie ein Meister und Vater, und Peng Qian verstand das am besten.Zhou Shiyus Augenbrauen waren leicht hochgezogen.Das ist wirklich möglich, wenn es um Song Yu geht.Als Peng Qian sah, dass er schwankte, nutzte er sofort die Gelegenheit und sagte.Team Zhou, lasst uns gehen. Es sind viele Leute in unserem Team hier. Betrachten wir es einfach als Teambuilding. Wir hatten schon lange kein Teambuilding mehr.Peng Qian war jemand, der niemals aufgab, bis er sein Ziel erreicht hatte. Nach mehreren Stalking-Runden führte er Zhou Shi schließlich in ein Piratenschiff.Der schwarze SUV raste dahin und erreichte bald die Tür der Bar.Bevor Peng Qian aus dem Auto aussteigen konnte, sah er aus der Ferne durch die

Glasscheibe die lebhafte Szene in der Bar.Dieser Enkel hat wirklich seine Liebe gestanden. Ich dachte, er macht einen Scherz, aber warum war die Frau so fest umwickelt?Zhou Shiyu folgte Peng Qians Blick.Hinter dem durchsichtigen Glas drehte ihnen eine Frau mit Sonnenbrille und Maske den Rücken zu, ein Weinglas schwankte achtlos auf ihren Fingerspitzen, und sie saß in der Mitte einer Reihe von Ledersofas am Fenster.Song Yu trug einen Anzug und Lederschuhe, hielt einen Strauß roter Rosen in der Hand und kniete halb vor der Frau.Sie waren zu weit entfernt, um zu hören, was im Inneren konkret gesagt wurde, aber sie konnten vage vermuten, dass die Zuschauer in der Nähe wahrscheinlich ausgebuht hatten.interessant.Peng Qian lächelte, verschränkte die Arme und lehnte sich auf den Fahrersitz.Bruder Yu, glauben Sie, dass sein Geständnis erfolgreich sein wird? Diese Frau sieht sehr stolz aus und man sollte nicht mit ihr spaßen.Zhou Shiyu antwortete nicht.Peng Qian drehte unbewusst den Kopf, um hinzusehen, und erkannte dann, dass Zhou Shiyus Gesicht wirklich hässlich war. Ein Paar schwarzer Augen fielen schwer auf den Rücken der Frau und sein ganzer Körper strahlte ein Gefühl der Depression aus, das wie Eis war.Es war extrem ruhig im Auto und die Atmosphäre war etwas seltsam.Peng Qians Adamsapfel rollte zusammen. Er wagte es nicht, Zhou Shiyu zu unterbrechen, also konnte er das Autofenster nur knapp einen Spalt öffnen, um die Luft im Auto weniger drückend zu machen.Zhou Shiyu war schon immer ein Mensch, der seine Gefühle nicht zeigt.Dies war das erste Mal, dass Peng Qian ihn so außer Kontrolle sah.Obwohl er der Sohn seines Mentors ist, ist er nicht so wütend.Die Bar war voller Rauch. Ye Mei senkte den Blick und sah Song Yu an, die halb vor ihr kniete und die Augenbrauen leicht hochzog.Dieser Mann sagte immer wieder, dass er versuchte, sie zu fangen, und nachdem er sie gewaltsam hierher gelockt hatte, schuf er diese Situation erneut.Song Yu kniete wahrscheinlich schon seit langer Zeit auf einem Knie. Als er sah, dass Ye Mei sich immer noch weigerte, die Blumen anzunehmen, und weil so viele Leute zusahen, fühlte er sich ein wenig unfähig, die Bühne zu verlassen.Er sah sich um, senkte die Stimme und sagte: Ye Zi, du solltest besser zuerst die Blumen fangen, sonst wird es für so viele Leute peinlich, zuzusehen.Sagten Sie nicht, dass es ein Empfangsfest war?Ye Mei beugte sich vor und sah ihn mit gesenkter Stimme an. Sie kniete wieder auf einem Knie. Immer noch vor so vielen Leuten, hältst du mich für dumm?Dann sollten Sie zuerst die Blumen nehmen.Je mehr Song Yu sprach, desto schuldiger wurde er und sein ganzes Gesicht sank fast in den Boden. Nur die Hände, die die Blumen hielten, weigerten sich hartnäckig, sie zurückzunehmen.Du hast dein Gesicht nicht gezeigt und niemand wusste, wer du bist. Wie peinlich für mich.Ye Mei schnaubte und schaute weg, gerade rechtzeitig, um eine bekannte

Gestalt durch die Tür kommen zu sehen.Zhou Shiyu stieß die Glastür der Bar auf und mitten in der Luft begegneten ihr zwei dunkle und gleichgültige Augen, die direkt auf sie zugingen.Ye Mei stand unbewusst auf.In diesem Moment hatte sie sogar das Gefühl, dass sie halluzinieren könnte.Als die beiden sich Angesicht zu Angesicht gegenüberstanden, nur einen Schritt entfernt, hüpfte Ye Mei fast das Herz bis zum Hals.Ihre Lippenwinkel bewegten sich, aber bevor sie sprechen konnte, wandte sich ihr Blick ab und ging auf die Position hinter ihr zu.Er ist einfach so abrupt an ihr vorbeigegangen.Der schöne Moment, in dem sie in die Illusion versunken war, zerbrach augenblicklich. Ye Mei war so wütend, dass ihr Rücken leicht zitterte und die Kraft so stark war, dass sie fast das Weinglas in ihrer Hand zerdrückte.Bereits das dritte Mal.Zhou Shiyu erkannte sie immer noch nicht.Diese Person hat es offensichtlich mit Absicht getan.Sie nahm Song Yu aus Rache den Rosenstrauß aus der Hand und verstärkte dabei bewusst den Ton, als würde sie es absichtlich jemandem erzählen.Die Blumen sind so schön. Danke. Du bist so rücksichtsvoll.Der Ton ist wirklich etwas anmaßend.Der Kontrast war innerhalb weniger Minuten so groß, dass Song Yu eine Weile nicht reagierte.Plötzlich rief ihn jemand von hinten.Song Yu blickte verwirrt zurück und sah zufällig, wie Peng Qian ihm aus der Ecke zuwinkte.Der Ort war etwas abgelegen und auf dem Ledersofa saßen hier und da verstreut ein paar Leute, darunter Männer und Frauen, die alle bunt gekleidet waren.Zhou Shiyu saß auf dem Doppelsofa neben ihm. Das schwarze Sofa hatte einen schwachen Glanz. Der größte Teil seines Körpers war von dem gedämpften Licht bedeckt und die glatten und scharfen Konturen seiner Gesichtszüge wurden jetzt durch das Licht vertieft.Im trüben Licht schüttelte die Skeletthand sanft das Weinglas und plauderte und lachte beiläufig mit der Person neben ihm.Sein Temperament ist so umwerfend, dass die Leute schon beim bloßen Sitzen unkontrolliert näher kommen wollen.Welcher Wind hat Beauty Zhou heute hierher gebracht?Machen Sie es sich einfach gemütlich, Captain Zhou ist unsere typische Polizeischönheit in West City. Ein einziger Besuch wird Ihrer Bar viele Geschäfte bescheren.Einer von ihnen nahm eine Flasche Wein und reichte sie Zhou Shiyu.Ich habe dich in letzter Zeit nicht mehr zum Spielen bei uns gesehen. Warum hängst du jeden Tag auf der Polizeiwache ab?Zhou Shiyu hatte ein Lächeln am Ende seiner Augen und nahm den Wein mit einem trägen Ton.Das liegt nicht daran, dass ich Angst davor habe, Ihnen das Rampenlicht zu stehlen.Du bist das Gesicht unseres Hauses. Hast du die Mädchen vor der Bar gesehen? Dank dir werden sie heute Abend wahrscheinlich noch ein paar Drinks trinken.Zhou Shiyu warf einen lässigen Blick auf die Bar. Mehrere Mädchen in hüftbedeckenden kurzen Röcken sahen ihn mit roten Wangen an.Als er sah, wie seine Augen zufielen, wurde die Röte in den Gesichtern mehrerer Menschen deutlicher, sie senkten den Kopf und flüsterten über etwas.Er schaute leicht weg und unterhielt sich mit den Leuten neben ihm.Diese Bar wurde vor zwei Jahren von Song Yu eröffnet.Zu diesem Zeitpunkt war er gerade nach Xicheng gekommen und hatte Schwierigkeiten mit dem Kapitalumschlag, also bat er Zhou Shiyu, sich viel Geld zu leihen.Später wurde das Geld nicht zurückgegeben und als Anlageanteile verwendet.Das Bargeschäft lief in diesen Jahren gut und das damals investierte Geld hat sich längst zurückgezahlt. Oberflächlich betrachtet ist Song Yu der Chef, aber tatsächlich ist Zhou Shiyu derjenige mit dem größten Anteilsbesitz.Gelegentlich, wenn er nach der Arbeit nichts zu tun hat, wird er von Peng Qian zum Spielen geschleppt. Die meisten Leute hier kennen ihn.Song Yu hatte offensichtlich nicht damit gerechnet, dass sie kommen würden, also klopfte er Ye Mei auf die Schulter und ging in ihre Richtung.Ye Zi, lass uns rübergehen und Hallo sagen.Die Musik aus den High-End-Lautsprechern war melodisch und süß, und die Frau in der Mitte der Bar spielte Gitarre und summte leise. Im Vergleich zu vielen Orten, an denen die Leute verschwenderisch und glamourös sind, ist die Atmosphäre dieser Bar viel mehr elegant.Ye Mei hob leicht ihre Augenbrauen und ihr Blick fiel auf Zhou Shiyu.Nach einer Weile schob sie sanft mit den Fingerknöcheln ihre Sonnenbrille, hob leicht ihr Kinn und folgte ihr langsam.Lassen Sie mich Ihnen vorstellen, das ist Miss Ye, meine Freundin aus Jiangcheng, die kürzlich zur Arbeit nach Xicheng gekommen ist.Ye Zi, das ist Hua Ge, Zhou Shiyu und das ist Peng Qian. Wenn Sie Hilfe benötigen, können Sie sich an sie wenden. Sie sind sehr mächtig.Bruder Huainteressant.Wann hat er so einen Spitznamen bekommen?Ye Mei zog die Augenbrauen hoch und warf ihm einen Blick zu. Nachdem sie Peng Qian beiläufig begrüßt hatte, ging sie natürlich um den Tisch herum und setzte sich neben Zhou Shiyu.Sie legte den Strauß zarter Rosen sanft auf den Tisch, bewegte das Rotweinglas an ihren Fingerspitzen und senkte ihre Stimme. Ihr Ton war so zweideutig, dass es schien, als würde sie absichtlich provozieren.Hast du mich so schnell vergessen? Officer Zhou hat so ein schlechtes Gedächtnis?

Kapitel 4Außerhalb des vom Boden bis zur Decke reichenden Glases fiel der Schatten eines riesigen Banyanbaums in den Raum. Die Ecken des Tisches waren von der Reflexion bedeckt und Licht und Schatten waren fragmentiert.Zhou Shiyu lag auf dem Sofa, seine kühlen, schmalen schwarzen Augen nach oben gerichtet, und musterte sie von oben bis unten.Dann wurden die Stirnknochen leicht angehoben, und dann gab es keine Worte mehr.Anscheinend hat er sie nicht erkannt.Ye Mei biss die Zähne zusammen und erinnerte: Ich bin derjenige, der heute Ihr Haus kaufen möchte.Sagte Zhou Shiyu langsam, sein Blick schweifte über ihre Knöchel, er hob sein Glas und nahm einen Schluck.Es scheint, dass der Orthopäde sehr gut ist, und selbst sein verstauchter Fuß hindert ihn nicht daran, Spaß an der Bar zu haben.Ye Mei:Zhou Shiyu hatte nicht die Absicht, mit ihr zu sprechen.Im Vergleich zur Tageszeit schien er weniger gut gelaunt zu sein und zeigte eine unbeschreibliche Kälte.Sie war noch nicht wütend, aber Zhou Shiyu wurde zuerst wütend.Ye Mei will das nicht tun.Natürlich würde sie nicht um Ärger bitten. Sie legte träge den Kopf schief, schüttelte mit einer Hand das Weinglas auf ihren Fingerspitzen und sah zu, wie die Sängerin an der Bar liebevoll sang.Als Song Yu mit ihr sprach, reagierte sie beiläufig.Am Weintisch saßen immer mehr Leute, und sie schienen ihre Kollegen zu sein. Von Zeit zu Zeit versammelten sich ein paar Leute und unterhielten sich leise. Sie waren wahrscheinlich alle neugierig auf die Beziehung zwischen ihr und Song Yu. Ihre geschwätzigen Augen weckten in ihnen den Wunsch, mit ihren Gedanken ihr Gesicht zu berühren. Es ist dasselbe, als würde man die Sonnenbrille abnehmen.Zhou Shiyu beteiligte sich während des gesamten Prozesses nicht an ihrem Gespräch. Gelegentlich, wenn seine Kollegen mit ihm sprachen, antwortete er mit einem leichten Lächeln.Natürlich wurde jede seiner Bewegungen von Ye Mei mit ihrem peripheren Sichtfeld erfasst.Ich weiß nicht warum, aber Ye Mei ist aus unerklärlichen Gründen verärgert.Zhou Shiyu schien wirklich anders zu sein als zuvor.Er wurde gesellig, kontrollierte seine

Gefühle gut und hatte sogar viele Freunde.Brauchte er sie wirklich nicht mehr?Selbst unter dem Zwang und der Verlockung dieser Leute weigerte sich Song Yu, Ye Meis Identität preiszugeben, und ihre Neugier ließ nach und nach nach.Es dauerte nicht lange, bis alle am Weintisch gingen. Sogar Peng Qian und Song Yu gingen für eine Weile.An dem ursprünglich lauten Weintisch waren nur noch zwei übrig.Ye Mei tat so, als würde sie an ihrem Wein nippen, und ihr Blick fiel unkontrolliert auf Zhou Shiyu zurück.Nicht sicher, was er dachte, lag Zhou Shiyu träge und lässig auf dem Sofa, ein Paar schwarzer Augen fielen leicht auf das Glas Wein, das er an seinen Fingerspitzen hielt.Als er von seinen schlanken weißen Fingerspitzen aufblickte, sah er, dass die rote Schnur, die Ye Mei ihm gegeben hatte, irgendwann abgenommen und durch eine glänzende silberne Uhr ersetzt worden war.Weiter oben ist auf dem glatten und kräftigen Unterarm eine von den Ärmeln leicht verdeckte Narbe zu sehen, und die ursprünglich verheilte Wunde weist wieder rote Flecken auf.Die Verletzung an seinem Arm schien mit der Zeit zusammenzuhängen, als Ye Mei ihn zum ersten Mal traf, und es war bedauerlich, dass er sich mehrmals verletzte.Die Narbe ist sehr tief und in jeder Regenzeit schmerzt die Wunde, als wäre sie mit unzähligen feinen Nadeln gestochen worden.Zhou Shiyu hat es nie gesagt, aber Ye Mei hat es gesehen.Irgendwie erinnerte sie sich plötzlich an das erste Mal, als sie sich trafen.

In Xicheng ist es im Juli und August heiß und

unruhig, und die Höchsttemperatur hat 40 Grad erreicht.Der alte, abgenutzte kleine Ventilator auf dem Dach knarrte, und obwohl er auf die höchste Stufe gestellt war, gab es immer noch keine Kühlung.Zhou Yan lag auf dem Sofa, schnitt sich aus Langeweile die Nägel und blickte gelegentlich auf den Fernseher, auf dem gelegentlich Schneeflocken glänzten.Ich weiß, dass du mich nervst und auf unsere Familie herabschaust, aber solange du jemanden findest, der dich zurücknimmt, werde ich mich nicht in diese Angelegenheit einmischen.Von dem Moment an, als sie aus dem Auto stieg, schwieg Ye Mei. Sie blickte lange auf die heruntergekommene Hütte und war sich nicht sicher, ob sie es hörte oder nicht.Vor einiger Zeit starb ihr Vater plötzlich an einem Herzinfarkt. Der Großteil des Besitzes der Familie wurde aus verschiedenen Gründen eingefroren. Sogar die Villa, in der sie lebte, wurde vorübergehend versiegelt.Die Polizei kontaktierte ihre Mutter, die verheiratet war und Kinder im Ausland hatte. Nach einer beiläufigen Antwort hatte sie ihre Mutter bis jetzt nicht gesehen.Verwandte versuchten, ihrer Entscheidung auf jede erdenkliche Weise zu entgehen und entschuldigten sich, warum sie sie nicht vorübergehend adoptieren wollten.Einige der Worte, die sie sagte, waren so hässlich, dass selbst der für sie zuständige Polizist es nicht ertragen konnte, zuzuhören.Ye Mei blieb jedoch ausdruckslos, ohne jegliche Emotionen, als ob diese Angelegenheit nichts mit ihr zu tun hätte.Die Dinge zogen sich bis zum Tag der Beerdigung meines Vaters hin.Zhou Yan war schwarz gekleidet und nachdem sie mit roten Augen angebetet hatte, fiel ihr Blick auf Ye Mei, der in der Ecke saß.Sie beugte sich halb hinunter und sah Ye Mei mit seltener Sanftheit an.Wenn du nirgendwo hingehen kannst, komm einfach mit mir nach Hause.Zhou Yan war seit einigen Jahren mit ihrem Vater zusammen und Ye Mei war ziemlich beeindruckt von ihr.Im Vergleich zu den Frauen, die ihr Bestes gaben, ihr zu schmeicheln, um in die Ye-Familie aufgenommen zu werden, war Zhou Yan die ganz Besondere.Sie ist nicht nur jung und schön, sondern hat auch eine besondere Persönlichkeit.Der elektrische Ventilator über meinem Kopf knarrte und war so alt, dass es aussah, als würde er sich in der nächsten Sekunde von der Decke lösen. Auf der schwachen Glühbirne hatte sich eine Staubschicht angesammelt und war von Schichten kleiner Fluginsekten umgeben.Zhou Yan ließ ihren Nagelknipser fallen und warf Ye Mei einen Blick zu.Das Mädchen vor ihm blickte mit ruhiger Miene auf den kleinen Raum.Sie ist wirklich wunderschön, mit scharfen und bezaubernden Gesichtszügen, unglaublich weißer und zarter Haut, natürlich hochgezogenen Lippen, einem langen und knochigen Hals und einer arroganten Persönlichkeit, die ihre ganze Person aggressiv aussehen lässt.In so jungen Jahren trägt sie Luxuskleidung und die Halskette um ihren Hals reicht aus, um ein ganzes Haus zu kaufen.Egal wie reich sie ist, es gibt immer noch niemanden um sie herum, der sie wirklich liebt.Vielleicht konnte Zhou Yan es plötzlich nicht mehr ertragen, als sie sah, dass sie so alt war wie ihr Bruder. Sie blickte zurück und sprach leiser.Dein Vater hat mich zu Lebzeiten gut behandelt. Obwohl wir nicht verheiratet waren, hatten wir dennoch eine gewisse Freundschaft. Keine Sorge, ich werde dich nicht schlecht behandeln.Bevor deine Mutter dich abholte, fühlte sie sich von Miss Ye benachteiligt, weil sie hier ehrlich lebte.Allerdings wusste eigentlich jeder, dass nicht bekannt war, ob ihre Mutter sie abholen würde.Wie auch immer, Ye Mei wurde mehr als ein- oder zweimal zurückgelassen.Ye Mei schwieg lange und schaute auf die Badezimmertür.Gibt es zu Hause ein Badezimmer?Dies war das erste Mal, dass sie sprach und Zhou Yan reagierte eine Weile nicht.ÄhIch möchte ein Bad nehmen.Oh ja, es gibt eins, aber es steht neben der Toilette. Es ist nicht zu vergleichen mit dem bei Ihnen zu Hause.Zhou Yan stand langsam auf, zog ihre Hausschuhe an, ging ins Badezimmer, schaltete den Warmwasserbereiter ein und erklärte es mit einer seltenen Geduld.Die Wassertemperatur lässt sich möglicherweise nicht leicht kontrollieren. Achten Sie daher darauf, dass Sie das Wasser nicht verbrennen.Äh.Ein paar Minuten später ging Zhou Yan ans Telefon. Obwohl sie absichtlich ihre Stimme senkte, konnte Ye Mei es vage hören.Auf der anderen Seite des Hörers war eine Männerstimme zu hören.Ich gehe gleich raus und schließe die Tür ab. Auf der anderen Straßenseite wohnt ein Betrunkener. Er klopft vielleicht manchmal an die Tür, aber mach dir keine Sorgen, wenn er nicht reinkommt.Ye Mei warf einen Blick in Richtung der Tür.Die Holztür ist so alt, dass die Farbe verblasst ist und leicht graugrün ist. Die Farbe der Tür ist fast unsichtbar. Die Metallscharniere zwischen den Türen sind rostig und beim Öffnen der Tür ist ein knarrendes Geräusch zu hören.Diese Tür sieht überhaupt nicht sehr solide aus.Ich möchte Sie übrigens daran erinnern, dass zu Hause ein kleiner König der Hölle ist, der normalerweise nicht zurückkommt, also bleiben Sie in seinem Zimmer.Zhou Yan senkte den Blick, hielt sich an der Schwelle fest und trat auf die schwarzen Stilettos, die mehr als zehn Zentimeter hoch waren.Nachdem die Tür geschlossen wurde, wurde es sofort still im Raum.Ye Mei stand am Fenster und sah zu, wie sie die Treppe hinunterging und in das weiße Auto eines Mannes stieg.Sie wuchs in einer Großstadt auf und die Menschen um sie herum waren im Allgemeinen reich oder adlig. Sie hatte ein Kindermädchen und ein Dienstmädchen, die sich zu Hause um sie kümmerten, und sie hatte einen Fahrer, der sie zur Schule und zurück brachte.Nachdem sie von Zhou Yan aufgegriffen wurde, war ihre erste Reaktion, dass es in dieser Zeit wirklich solche Armut gab.In dieser Stadt gibt es nicht nur keine U-Bahn, sondern auch ein Bus fährt nur alle 20 Minuten. Die wichtigsten Kinos und Einkaufszentren der Stadt befinden sich alle in der mehr als zehn Kilometer entfernten Kreisstadt.Bevor sie hierher kam, dachte sie immer, dass es im Fernsehen zu übertrieben sei.Ye Mei war in den letzten zwei Tagen hin und her gerannt. Sie war sehr müde und nicht in der Stimmung, die Umgebung nicht zu mögen. Nachdem sie ein Bad genommen hatte, betrat sie das Schlafzimmer und schlief ein.Da sie nun eine Unterkunft hat, kann es als Gnade von Zhou Yan angesehen werden, sie aufzunehmen.Ye Mei hatte schon immer einen sehr leichten Schlaf und die kleinste Störung kann sie wecken.Spät in der Nacht, halb schlafend und halb wach, hörte sie plötzlich ein Rascheln neben dem Bett und es fühlte sich an, als wäre jemand hereingekommen.Die Schläfrigkeit verschwand sofort. Ye Mei öffnete leicht die Augen, nahm leise ihre Hand aus der Decke und griff unbewusst nach dem unter dem Kissen versteckten Universalmesser.Seit ihrer Kindheit ist es ihre Gewohnheit, Messer unter ihrem Kopfkissen zu verstecken.Als ihre Eltern nicht geschieden waren, gingen sie nie nach Hause. Sie hatte ihre Eltern ein paar Mal noch nie gesehen. Sie war die einzige in der riesigen Villa. Als Ye Mei ein Kind war, hatte sie Angst vor der Dunkelheit und versteckte deshalb immer ein Messer unter ihrem Kissen.Später, nach der Scheidung meiner Eltern, brachte mein Vater fast alle paar Nächte eine andere Frau nach Hause.Damals dachte sie, wenn diese Frauen es wagen würden, ihr Zimmer zu betreten, würde sie sie mit einem Messer erstechen.Das Geräusch am Bett wurde immer lauter, was in dem ruhigen Raum äußerst abrupt wirkte. Es hörte sich an, als würde jemand auf dem Bett neben ihrem Bett sitzen und sich ausziehen.Der Betrunkene gegenüber von Zhou Yans Mund tauchte plötzlich in Ye Meis Gedanken auf.Sie umklammerte den Griff des Messers fest und stach in der Sekunde, bevor der Mann auf sie zukam, ohne zu zögern heftig in die Richtung des Mannes.Dann ertönte ein gedämpftes Stöhnen von der anderen Seite.In dem Moment, als das Licht eingeschaltet wurde, hob Ye Mei unbewusst ihren Arm, um das Licht zu blockieren.Der Mann war sehr groß und sein Schatten wurde durch das Licht schlank und scharf. Blut tropfte auf den Boden und färbte das dunkle Spiegelbild auf dem Boden sofort rot.Erst dann erkannte Ye Mei sein Aussehen deutlich.Sie sieht ziemlich gut aus.Wie die Sterne am Himmel hat es ein Gefühl, das dem Feuerwerk auf der Erde nicht nahe kommt.Egal wie er aussah, er sah nicht aus wie der Betrunkene, von dem Zhou Yan sagte.Aber mitten im Sommer musste dieser Mann so dicke Kleidung tragen, dass es für die Leute schwierig war, ihn nicht zu verdächtigen.Diese schwarzen Augen fielen auf sie. Zhou Shiyus Augenlider schlossen sich und er bedeckte die Wunde an seinem Arm mit einer Hand.In dem Moment, als sich ihre Blicke kreuzten, erstarrte sein Gesichtsausdruck für einen Moment und ein Ausdruck der Verwirrung huschte über seine Augen.warum duErst dann erkannte Ye Mei mit Verspätung, dass die Person vor ihr ihr bekannt vorkam, als hätte sie ihn schon einmal irgendwo gesehen.Ihr Herz zog sich zusammen und sie hielt den Griff des

Messers mit beiden Händen fest in seine Richtung.Sie kennen michDas Gefühl der Unterdrückung bei dieser Person war zu stark. Ye Mei hatte immer mehr Schuldgefühle und musste bluffen, zumindest konnte sie nicht an Schwung verlieren.Zhou Shiyu antwortete nicht auf ihre Frage. Er runzelte leicht die Stirn und schaute mit leiser und heiserer Stimme weg.Wo ist Zhou Yan?aus.Nachdem Zhou Shiyu dies gesagt hatte, sagte er nichts mehr. Er ging zum Ende des Bettes und holte den Verband aus dem Loch im Schreibtisch. Er senkte den Blick und trug mit einer Hand gekonnt Medikamente auf sich auf.Er hob zwei Paar schlammige Klamotten, die er gewechselt hatte, vom Boden auf, warf sie in eine schwarze Plastiktüte und sprach leise, ohne den Kopf zu heben.Sag Zhou Yan nicht, dass ich zurück bin.Ye Mei senkte den Blick und warf einen Blick auf seine Wunden.Glücklicherweise war die Wunde durch den Schutz der Jacke nicht sehr tief.Als Zhou Shiyu sah, dass Ye Mei lange Zeit schwieg, blickte er sie an, seine Augen waren kalt und gleichgültig, ohne jegliche Wärme.Erst dann reagierte Ye Mei: Warum gehst du so raus?Was sie eigentlich meinte war, dass sie, da die Verletzung so schwerwiegend war, zumindest zuerst einen Arzt aufsuchen sollte.Zhou Shiyu verstand die Bedeutung offensichtlich falsch. Als sein Blick auf Ye Mei fiel, kollidierte er zufällig mit ihrem.Diese wunderschönen Pfirsichblütenaugen waren leicht erhoben und die Arroganz darin war nicht zu verbergen.Woher weiß ich, dass du kein Dieb bist?Er empfand nicht nur keinerlei Schuldgefühle, weil er versehentlich jemanden verletzt hatte, sondern begann auch selbstbewusst an anderen zu zweifeln, was ein Ausdruck extremer Arroganz war.Die Alkoholflasche in seiner Hand wurde klappernd auf den Tisch neben ihm geworfen. Das Geräusch war nicht laut, wirkte aber in dem stillen Raum äußerst abrupt.Ein unerklärliches Gefühl der Unterdrückung lag in der Luft.Ye Meis Kehle war etwas trocken und sie umklammerte unbewusst das Messer.Zhou Shiyu senkte die Krempe seiner schwarzen Schirmmütze und zog den Reißverschluss seiner Jacke nach oben, sodass er seinen großen, erhobenen Adamsapfel verdeckte.Als er an ihr vorbeiging, fielen diese schwarzen Augen herablassend auf sie und die Verachtung in seinen Augen breitete sich zwischen seinen Augenbrauen aus.Fräulein, das ist mein Zuhause. Wenn Sie hier nicht leben wollen, verschwinden Sie.Sobald er zu Ende gesprochen hatte, wurde die Tür zugeschlagen.Bevor Ye Mei reagieren konnte, erschrak sie durch das laute Zuschlagen der Tür.In diesem Alter wagte niemand, vor ihr so die Beherrschung zu verlieren, Zhou Shiyu war wirklich einzigartig.

Nach all den Jahren ist die Verletzung an seinem Arm immer noch verheilt, sieht aber ernster aus als zuvor.Könnte es sein, dass sich der Mann erneut am Arm verletzte, als er mit einem Messer in seine Kleidung schnitt?Ye Mei betrachtete es lange Zeit schweigend. Nachdem sie mehrmals gekämpft hatte, konnte sie ein Husten immer noch nicht unterdrücken.Hallo du--Bevor sie zu Ende gesprochen hatten, kamen Song Yu und Peng Qian zufällig mit mehreren Flaschen Wein zurück.Ye Mei hielt sofort den Mund, schaute weg und trank einen Schluck Wein, als würde sie ihre Ohren verstecken.Ye Zi, kennst du Bruder Yu?Ye Meis Gesicht war etwas steif und sie sagte unnatürlich.weiß nicht.Zhou Shiyu klopfte leicht mit den Fingerspitzen auf die Wand der Tasse und sah sie schweigend an.

Kapitel 5Tatsächlich können wir uns kennenlernen. Song Yu reichte Ye Mei ein Glas Wein: „Du bist gerade nach Xicheng gekommen. " Das ist Ihnen vielleicht nicht bekannt, aber Bruder Yu ist ein Einheimischer.Als du das gesagt hast, fiel es mir wieder ein. Peng Qian antwortete: „Kapitän Zhou, es war nicht Direktor Song, der dafür gesorgt hat, dass Sie zur Arbeit in die Hauptstadt versetzt werden. Ihnen wurde auch gesagt, dass Sie befördert und eine Gehaltserhöhung erhalten würden. Warum sind Sie nicht später gegangen? " "Wann haben Sie gesehen, wie Bruder Yu aus Xicheng weggezogen ist?Song Yu setzte sich auf das Sofa und fragte ihn halb im Scherz: „Bruder Yu, wartest du auf jemanden? "Ye Mei warf Zhou Shiyu einen heimlichen Blick zu und fühlte sich ein wenig sauer im Herzen.et al.Könnte es sein, dass er auf sie wartet?Peng Qian schlug sich auf die Stirn und erinnerte sich plötzlich: Ich erinnere mich, dass es an der Western University einen sehr jungen College-Lehrer gab, der sehr schön war. Er war drei oder vier Jahre lang hinter Team Zhou her gewesen. Er schien Mo zu heißen. Was zum Teufel jetzt er will sich umdrehen.Zhou Shiyus Lippen verzogen sich und er hob sein Weinglas, um es mit ihm anzustoßen.Lehrer Mo hat einen Freund.Der Ton war locker, mit einem etwas tiefen und magnetischen Gefühl.Ich wollte es nicht leugnen oder zugeben.Ye Mei kratzte sich am Kopf, während sie zuhörte, als wäre sie in Essig getränkt. Sie konnte es an der Oberfläche nicht zeigen, also konnte sie nur etwas sagen, das weder salzig noch langweilig war.So schön, so schönPeng Qian erinnerte sich zwei Sekunden lang und sprach in einem emotionalen Ton.Beschreiben wir es so: Jeder Mann, der sie ablehnt, wird von mir als geistig gebrochen betrachtet. Das habe ich damals immer über Team Zhou gedacht.Hey, es ist so schön.Ist Ye Mei schön?Ye Mei zog leicht die Augenbrauen hoch und warf Zhou Shiyu einen Blick zu.Peng Qian und Song Yu waren beide fassungslos. Nur Zhou Shis Gesichtsausdruck blieb unverändert und er trank langsam den Wein vor sich, als erwartete er irgendwelche seltsamen Fragen, die sie stellen würde.Dieser in letzter Zeit sehr beliebte Maler hat Ye Mei noch nie persönlich gesehen. Wie kann man das vergleichen?Peng Qian hob sein Glas und dachte ernsthaft darüber nach. Wenn man sich nur das Poster anschaut, müsste Ye Mei schöner sein, aber ich vermute, dass das Foto mit Photoshop bearbeitet wurde und Lehrer Mo in Wirklichkeit vielleicht nicht so schön ist.Song Yu hielt die Weinflasche in der Hand und sah Ye Mei aufmerksam an. Sobald Peng Qian zu Ende gesprochen hatte, sprach er sofort.Reden Sie keinen Unsinn. Ye Mei ist die Schönste. Wie kann sich Lehrer Mo mit Ye Mei vergleichen? Es gibt einen großen Unterschied.Ye Mei hörte nicht, was die beiden als nächstes sagten, ihr Blick fiel immer auf Zhou Shiyu.Was ist mit dem wöchentlichen Team?Ye Mei hob leicht ihre Lippenwinkel und hob leicht ihr Kinn, um ihn anzusehen, mit etwas Charme und Werbung in ihren Augen.Wer ist Ihrer Meinung nach schöner, Ye Mei oder Lehrer Mo?Zhou Shiyu hatte nicht die Absicht, ihrem Blick auszuweichen. Er hob seine dunklen und gleichgültigen Augen, um sie über die Luft hinweg anzusehen.Zwei Sekunden später senkte er den Blick und blickte auf den Wein im Glas.ist es wichtigYe Mei starrte ihn aufmerksam an und versuchte, irgendeine seltsame Emotion in seinen Augen zu erkennen.Leider gibt es nichts.Seine Augen waren ruhig und sein Tonfall war so ruhig, als würde er einen Fremden hören.Die ursprünglich angehobenen Lippenwinkel senkten sich langsam, und Ye Mei runzelte leicht die Stirn und drehte den Kopf, um absichtlich die traurigen Gefühle zu vertuschen, die in diesem Moment aufstiegen.Es spielt wirklich keine Rolle mehr.Es ist so lange her und sie ist die Einzige, die noch an ihm hängt.Ye Mei war es seit ihrer Jugend gewohnt, ihr schlechtes Gewissen mit Arroganz zu vertuschen.Vielleicht war er zu verständnisvoll, aber er konnte diese Verkleidung immer auf den ersten Blick durchschauen.Sie konnte es niemals vor Zhou Shiyu verbergen.Nachdem sie diese Frage gestellt hatte, kam sich Ye Mei selbst lächerlich vor.In der Vergangenheit hätte Zhou Shiyu nichts Vergleichbares wie Lehrer Mo gesehen.Seine Augen waren voll von ihr, er liebte sie nur, behandelte sie nur gut und mochte sie nur.Was in dem Jahr, in dem sie ging, geschah, war für Shi Yu so grausam, dass sie die ganze Nacht Albträume hatte, wenn sie nur daran dachte.Sie war es, die ihn aus der Dunkelheit zog und ihn gnadenlos in den Abgrund stieß.Zhou Shiyu hasste sie, es war richtig.Während die Atmosphäre still war, vibrierte das Telefon in seiner Tasche plötzlich zweimal.Sie senkte den Blick und warf einen Blick auf die Anrufer-ID.Der Anruf kam von Zheng Wenyi, wahrscheinlich zur erneuten Inspektion.Ye Mei erlangte das Bewusstsein wieder und verließ den Tatort, als würde er weglaufen.Entschuldigung, ich werde einen Anruf entgegennehmen.Tatsächlich war der Ton am anderen Ende nach dem Telefonieren sehr unangenehm.Ye Mei, wo bist du?Ausruhen.Zheng Wenyi fragte misstrauisch: Das Hotel sagte, Sie hätten ausgecheckt und es sei kein stellvertretender Leibwächter bei Ihnen gewesen. Wo ruhen Sie sich aus?Wie dem auch sei, ich habe eine Wohnung.Ye Mei senkte den Blick, betrachtete die Wasserflecken auf ihren High Heels und antwortete beiläufig.Sie hat dieses Paar Schuhe extra im Ausland gekauft. Es gibt nur wenige Paar auf der Welt. Sie waren heute so sehr mit Wasser durchnässt, dass sie wahrscheinlich völlig verschrottet sind.Im Hörer ertönte Hintergrundmusik und es lachten auch viele junge Männer und Frauen.Zheng Wenyi schwieg zwei Sekunden lang und sein Gesicht wurde noch hässlicher. Er drückte den Hörer und rief: Ye Mei, weißt du, wer du bist? In welcher Phase befindest du dich gerade? Die öffentliche Meinung fängt gerade erst an. Du gehst zu So ein Ort zum Spielen?Ich werde nicht fotografiert.Wenn das Foto in Ordnung ist, beschuldigen Sie mich nicht, dass ich Sie nicht daran erinnert habe. Sie stehen jetzt in dieser Position, mit unzähligen Augenpaaren, die Sie von hinten anstarren und sich wünschen, dass Sie in Stücke fallen und nie wieder aufstehen würden. Wenn überhaupt In deinem Privatleben ist wirklich etwas schief gelaufen, niemand würde dich retten können, verstanden?wusste.Ye Mei murmelte ein paar Worte und schaute dann unbewusst in die Richtung, in der Zhou Shiyu saß.Ich weiß nicht, wann es begann, aber ein hübsches Mädchen saß neben Zhou Shiyu. Ihre Wangen waren rot und sie stieß mit zweideutigen Augen mit ihm an.Song Yu und Peng Qian saßen zusammen und flüsterten von Zeit zu Zeit etwas.Die beiden Bastarde machten immer noch Geräusche mit geschwätzigen Gesichtern.Nicht lange danach flüsterte das Mädchen erneut etwas und Zhou Shiyu antwortete mit einem leisen Lachen.Was lachst du?Er ist der Einzige, der lachen kann, oder?Das Lächeln ist so hässlich, dass es so aufgesetzt ist, dass es mich umbringtYe Meis Brust hob und senkte sich leicht und sie umklammerte ihr Telefon so fest, dass ihre Zähne fast schmerzten.Auch wenn du sie nicht erkennst.Er kann anderen gegenüber auch nicht beiläufig zweideutig seinWenn Zhou Shiyu es heute wagt, die Kontaktinformationen eines anderen zu hinterlassen, ist er tot.Ye Mei, hörst du mir zu?Auf der anderen Seite des Telefons war Zheng Wenyi so wütend, dass er, ohne auch nur darüber nachzudenken, wusste, dass sein Vorfahre wieder ein taubes Ohr für seine Worte gehabt haben musste.gehört.Ye Meis Tonfall war nicht sehr angenehm und ihr Blick voller Groll richtete sich wütend auf Zhou Shiyu.Zheng Wenyi runzelte die Stirn und seufzte, als hätte er sich mit seinem Schicksal abgefunden: Er geht morgen Nachmittag zu einer Wohltätigkeitsveranstaltung. Trinken Sie weniger Wein. Betrinken Sie sich nicht wieder und rufen Sie den Jungen namens Zhou endlos an. Sie können sehen, ob jemand einen nimmt Bild. Wie kann ich mit Ihnen umgehen?Ich weiß, ich werde den Trabekeln ihre Positionierung geben.Nachdem er hastig aufgelegt hatte, stieg Ye Mei auf ein Paar High Heels und ging schnell auf Zhou Shiyu zu.Als ich mich meinem Platz näherte, konnte ich undeutlich hören, wie das Mädchen über das Telefon sprach.Ye Mei trat vor, packte Zhou Shiyus Handgelenk und starrte ihn mit ihren bezaubernden Augen hinter ihrer Sonnenbrille an.Gib ihr nicht das TelefonDie Szene verstummte für einen Moment und mehrere Augenpaare fielen auf Ye Mei.Song Yu hustete verlegen, stand auf und versuchte sie zurückzuziehen.Ye Zi, bitte beruhige dich zuerst.Fassen Sie mich nicht an.Ye Mei wurde wütend, hob die Arme und warf Song Yu weg, während sie Zhou Shiyu anstarrte, als wollte sie ihn lebend durchschauen.Zhou Shiyus Blick fiel auf die Jadehand, die sein Handgelenk festhielt, seine Augenbrauen waren leicht hochgezogen und er sagte leise.Miss Ye, kennen wir uns?Nicht vertraut, überhaupt nicht vertraut. Ye Mei war sehr wütend. Ich sagte, ich dürfe es ihr nicht geben, aber ich durfte es ihr einfach nicht geben.Bisher ging sie davon aus, dass Zhou Shiyu ihr Privatprodukt sei.Andere können es nicht ansehen, darüber nachdenken oder es berühren.Zhou Shiyu kann nur ihr gehören.

Kapitel 6In dieser Nacht kehrte Ye Mei nicht ins Hotel zurück.Sie hat heute Abend etwas Wein getrunken, war also nicht wirklich betrunken. Sie war immer noch etwas beschwipst, nachdem sie eine Tasse nach der anderen getrunken hatte.Song Yu war besorgt und bestand darauf, sie nach Hause zu schicken.Ye Mei zwang sich nicht dazu. Nachdem sie Song Yu die Adresse genannt hatte, setzte sie sich auf den Beifahrersitz.Das Beifahrerfenster war ganz geöffnet, weiterhin strömte kalte Luft in den Wagen und die vorderen Behänge des Wagens machten ein klirrendes Geräusch, das den ohnehin schon ruhigen Wagen ein wenig einsam erscheinen ließ.Ye Mei blickte aus dem Fenster, hielt eine Zigarette zwischen den Fingerspitzen, ihre Arme hingen lässig aus dem Autofenster und ihre Brauen waren gerunzelt.Aus irgendeinem Grund dachte sie in letzter Zeit ständig an die Vergangenheit, ohne es überhaupt zu merken.

In der Nacht, als sie bei Zhou Shiyu ankam, hatte Ye Mei einen Traum.Die Verwandten zu Hause, alle in Säcken gekleidet und in Trauer gekleidet, saßen in der Mitte der Halle und diskutierten intensiv, wo Ye Mei vorübergehend übernachten würde.Mit Tränen in den Augen schrie ihre Tante den Mann, der rauchend neben ihr saß, heiser an.Schließlich bist du Ye Meis einziger Onkel und kannst es nicht ertragen, zuzusehen, wie sie in so jungen Jahren obdachlos wird.Der Mann erwiderte sofort: „Warum hast du nicht gesagt, dass du immer noch ihre Tante bist? Als sich meine Schwester von ihrem Schwager scheiden ließ, wurden ihr alle Kinder geschenkt. Ich gebe mein Bestes, heute zur Beerdigung zu kommen. "Ich habe Kinder zu Hause. Du weißt nicht besser als jeder andere, was für ein Kind Ye Mei ist. Was ist, wenn sie meinem Kind weh tut?Selbst wenn es in meiner Familie keine Kinder gibt, ist das Leben der Erwachsenen nicht wichtig. Die Art und Weise, wie das Kind Menschen ansieht, ist so beängstigend. Normalerweise traue ich mich nicht, sie anzusehen. Wie kann ich sie also mit nach Hause nehmen?Jemand nebenbei konnte es nicht mehr ertragen, zuzuhören und versuchte ihn zu überreden: Das ist nicht so übertrieben, wie du gesagt hast, er ist nur ein Kind.Der Onkel erwiderte sofort: „Dieses Kind ist ein unreifer Wolf. Haben Sie seit dem Tod ihres Vaters bis heute jemals eine Träne vergossen? Ihre Eltern weigern sich, sie aufzunehmen. Was können wir tun? "Diese Leute diskutierten skrupellos im Flur, ihre Stimmen waren laut und sie ignorierten Ye Mei, die im zweiten Stock wohnte, völlig.Ye Mei lag auf dem Bett im Schlafzimmer, kaute leise einen Apfel, ihr Blick fiel auf den Fernseher, ihre schlanken Beine wiegten sich sanft im Rhythmus der Musik, als ob diese Angelegenheit nichts mit ihr zu tun hätte.Als sie aus ihrem Traum erwachte, war es draußen bereits hell.Durch die Lücken in den Vorhängen fiel das Sonnenlicht auf ihre Wangen, bruchstückhaft und ein bisschen heiß.Ye Mei setzte sich auf, Schweißperlen bildeten sich auf ihrer Stirn, sie hob den Blick und blickte auf den kleinen und überfüllten Raum vor ihr.Mein Vater ist tot und alles ist vorbei.Es ist endlich vorbei.Sie ging zum Fenster und öffnete die Vorhänge.Zwei Reihen alter Wohnhäuser mit gesprenkelten Wänden drängen sich aneinander. Ein Fahrrad schwankt durch die enge Gasse, sein Spiegelbild ist auf die Stufen geneigt. Das klare Klingeln der Fahrradklingel hallt schwach durch das unermüdliche Zirpen der Zikaden. Ein paar blieben stehen Geräusche.Das Sonnenlicht vor dem Fenster wurde größtenteils durch den Kampferbaum vor der

Tür blockiert, und ein paar Hauche gesprenkelter grüner Sommerluft fielen durch die Lücken in die Ecke des Tisches.Erst dann bemerkte Ye Mei, dass ein kleines Foto auf dem Tisch lag.Es scheint aus Zhou Shiyus Kindheit zu stammen.Damals war er etwa elf oder zwölf Jahre alt, saß vor einem teuren Klavier und spielte mit gesenktem Blick und aufmerksamem Klavier, leicht erhobenem Kinn, zarten und schönen Gesichtszügen und den Händen, die auf die Tasten fielen waren weiß und schlank.Es sieht wirklich aus wie der stolze kleine Prinz im Märchen.Nachdem sie bis drei Uhr morgens geschlafen hatte, hatte Ye Mei auch ein wenig Hunger und kramte lange im Wohnzimmer herum, ohne Essensreste zu entdecken.Sie schenkte sich widerstrebend ein Glas Wasser ein, um ihren Hunger zu stillen, setzte sich auf das Sofa und blätterte in ihrem Handy.Selbst wenn wir jede Klimaanlage und jeden Kühlschrank im Haus haben, können wir in diesem beschissenen Lokal nicht einmal etwas zum Mitnehmen bestellen.Wenn sie zu Hause war, egal wann sie aufwachte, gab ihr das Kindermädchen so schnell wie möglich ein Glas frischen Saft. Während sie abwusch und Saft trank, bereitete sie ordentlich ihre Lieblingsgerichte zu.Ye Mei hatte noch nie zuvor unter Hunger gelitten.Nachdem sie eine halbe Stunde zu Hause herumgewandert war, konnte Ye Mei schließlich nicht mehr anders, holte den Schlüssel aus dem Schuhschrank und ging die Treppe hinunter.Die Sonne schien hell auf den Sonnenschirm und sie war die

Einzige auf der gesamten Straße, die einen Regenschirm hielt, was ihr in der Menge einen äußerst unbeholfenen Eindruck machte.Ye Mei war kein Dummkopf. Sie spürte deutlich, dass die Leute um sie herum sie ansahen. Sie war zu faul, mit diesen Leuten zu reden und fragte nach dem Weg, also musste sie diesen Weg weitergehen.Zwanzig Minuten später fand sie am Ende der Straße endlich einen kleinen, überfüllten und engen Nudelladen.Bevor sie den Nudelladen betrat, sah sie eine bekannte Gestalt.Bei einer Temperatur von fast 40 Grad hockte Zhou Shiyu neben dem Reifen des Autos und hielt einen Schraubenschlüssel und eine Zange in seinen Händen, um die verstreuten Teile zusammenzusetzen.Die Sonne schien auf seinen Rücken und Schweiß sickerte durch die schwarze Jacke. Die rechte Seite der Manschette wurde letzte Nacht von Ye Mei zerkratzt und auf der Kleidung waren einige fleckige Schlammflecken.Auch die kaputten Haare auf seiner Stirn waren völlig nass und tropften ihm über die Haare und auf seine breiten Schultern.Sein rechter Arm war offensichtlich etwas steif, wahrscheinlich weil Ye Mei letzte Nacht von einem Messer gekratzt wurde. Zu diesem Zeitpunkt konzentrierte er seine ganze Kraft auf seinen linken Arm.In der Sonne hielt Ye Mei einen wertvollen Sonnenschirm hoch. Ihr langes Haar war leicht gelockt und fiel auf ihre Schultern. Ihr weißer, duftender kurzer Rock glänzte schwach in der Sonne. Unter ihrer langen Gerade trug sie ein Paar schwarze High-Definition-Martin-Stiefel   weiße   Beine.

Stiefel.Obwohl sie nur wenige Meter voneinander entfernt waren, schienen sie durch Zeit und Raum getrennt zu sein.Aus irgendeinem Grund musste sie plötzlich an das Kindheitsfoto in der Ecke seines Schreibtisches denken. Der Kontrast war so groß, dass sie diesen edlen und zarten jungen Mann nicht mit dem jetzigen Zhou Shiyu in Verbindung bringen konnte.Nachdem die Reifen montiert waren, hob Zhou Shiyu langsam seine Augenlider und sein Blick traf ihren in der Luft.Diese Augen waren dunkel und gleichgültig, und sie blieben nur eine Sekunde lang auf ihr, bevor sie gingen.Auch Ye Mei wandte ihren Blick zurück und betrat den Nudelladen nebenan.Neben dem Auto standen zwei Teenager in Arbeitskleidung mit einigen Flecken am Körper und reichten Zhou Shiyu gelegentlich die Werkzeuge, die er brauchte.Die beiden bemerkten auch Ye Meis Anwesenheit, ihr Blick fiel von Zeit zu Zeit auf sie und sie schmiegten sich aneinander und flüsterten.Ich frage mich: Woher kommt diese Schönheit? Sie ist so schön, sie sieht aus wie ein Stern.Der etwas dünnere Junge hob die Lippen und lächelte: Wen glaubst du, hat sie gerade angeschaut? Könnte es sein, dass sie sich zu mir hingezogen fühlt?Komm schon, allein aufgrund ihres Aussehens, kannst du es dir leisten, sie zu beleidigen?Fragen Sie nicht, woher Sie wissen, dass Sie es verdienen, so alt zu sein und keine Partner zu haben, sondern lernen Sie daraus.Der junge Mann trat vor, setzte sich vor Ye Mei und klopfte auf den Tisch.Mädchen, ich habe noch nichts gegessen.Ye Mei sah ihn nicht einmal an, sie riss ihre Stäbchen auf, ohne die Absicht, ihm Aufmerksamkeit zu schenken.Sie sind kein Einheimischer, aber als Vermieter werde ich Sie mit dieser Schüssel Nudeln verwöhnen.Das ist nicht nötig, ich kann mir eine Schüssel Nudeln leisten.Die Nudeln waren nicht sehr lecker, sie schmeckten salzig und waren überhaupt nicht zäh. Außerdem plapperte der Junge neben ihr weiter und Ye Mei schwankte bereits am Rande der Gereiztheit.Was ist das denn für ein beschissener Ort? Ich brauchte mehr als 20 Minuten, um einen Ort zu finden, an dem ich essen konnte, aber die Nudeln waren so schwer zu essen.Kein Wunder, dass niemand in der Nähe zum Essen kommt.Nachdem sie zwei Bissen gegessen hatte, warf sie einfach ihre Stäbchen weg und sah ihn ausdruckslos an.Ich sehe, dass du so dünn wie ein Affe bist. Du darfst nicht bereit sein zu essen. Wie wäre es, wenn ich dir den Rest gebe und du mehr isst?Der junge Mann blickte unbewusst aus der Tür, sein Gesichtsausdruck wurde äußerst hässlich und er senkte die Stimme.Suchst du den Tod und versuchst absichtlich, mich davon abzuhalten, an die Macht zu kommen?Ye Mei hob leicht eine Augenbraue und zeigte nicht den geringsten Anflug von Angst.Wenn ich dir nicht etwas Farbe gebe, denkst du wirklich, dass man sich leicht mit mir anlegen kann——

——Der junge Mann war so wütend über ihren arroganten Blick, dass er aufstand und gerade handeln wollte, als plötzlich ein langes Bein von hinten gegen sein Knie trat.Mit einem Knall fiel der junge Mann auf die Knie und kniete plötzlich vor Ye Mei.Ye Mei sah ihn herablassend an, tat so, als wäre er überrascht und sagte: Ihre Gastfreundschaft ist ziemlich gut und Sie sind so großzügig.Der junge Mann grinste vor Schmerz und stand langsam auf, den Tisch haltend. Er war kurz davor, wütend zu werden, als sein Blick auf Zhou Shiyu hinter ihm traf.Die Arroganz, die immer noch Zähne und Krallen zeigte, verblasste plötzlich: „Bruder Yu, warum habe ich dich provoziert? Ich muss mit einer so schweren Hand klarkommen. "Wrench schlug ihm auf den Hinterkopf und Zhou Shiyu warf ihm einen leichten Blick zu.Gehen Sie zur Autowaschanlage, und zwanzig Minuten später kommt der Chef, um das Ergebnis zu überprüfen.Der junge Mann musste widerwillig gehen.Er legte den Schraubenschlüssel in seiner Hand lässig auf den Tisch. Zhou Shiyu ging zum Waschbecken und senkte langsam den Blick, um die Flecken auf seinen Händen zu entfernen.Ye Meis Blick fiel auf seinen Rücken.Dürfte ich deinen Namen erfahrenPlötzlich fiel ihr ein, dass sie gerade in seinem Haus wohnte und seinen Namen noch nicht kannte.Das Wasser fiel an den Fingern entlang in das weiße Waschbecken. Zhou Shiyu hob die ganze Zeit nicht einmal die Augenlider und sagte leise: „Deshalb bist du gekommen, um mich das zu fragen. "Nein, ich bin zum Essen gekommen und habe dich zufällig gesehen.Es ist Ihre Gewohnheit, Ihre Ältesten beim Vornamen zu nennen.Was ist die BedeutungWie solltest du mich angesichts der Beziehung, die wir haben, Nichte nennen?Zhou Shiyu drehte sich um, zog seine Jacke aus und warf sie in den Mülleimer, wobei ein glatter und kräftiger Arm zum Vorschein kam.Erst dann bemerkte Ye Mei die dichten Narben an seinen Armen. Die neuen Wunden türmten sich über die alten, was schockierend aussah.Als er die Augen öffnete, bemerkte Zhou Shiyu auch ihre Augen.Man kann nicht sagen, dass sie Angst hat oder sich ekelt, und sie ist auch nicht wie andere Mädchen, die es immer vermeiden, ihn anzusehen, weil sie glauben, er würde zu viel darüber nachdenken.Ye Mei hatte offensichtlich keine so heiklen Gedanken, ihr Blick fiel ohne zu zögern auf seinen Arm und sie studierte ihn sorgfältig.Er nahm seinen Mantel von der Stuhllehne neben sich und bedeckte die Narben auf seinen Armen, ohne eine Spur zu hinterlassen.Gehen Sie vor Einbruch der Dunkelheit zurück, nachts ist es hier nicht sicher.Ye Mei stand auf und packte ihn am Ärmel, bevor er gehen wollte.Wo ist hier der Supermarkt? Ich kann mich nicht an dein Shampoo gewöhnen und das Essen hier ist zu schlecht. Ich kann mich nicht daran gewöhnen. Ich muss etwas zu essen kaufen.Zhou Shiyu schwieg zwei Sekunden lang, als sein Blick auf die Hand fiel, die seinen Ärmel hielt.Es ist zu spät, es hat mindestens vierzig Minuten gedauert.Sie müssen mir nur den Standort mitteilen, sonst übernehme ich Ihre Reisekosten und Sie können es für mich kaufen. Es spielt keine Rolle, wie viel Sie möchten. Ich kann es kaum erwarten, es heute Abend zu nutzen.Bevor Ye Mei zu Ende gesprochen hatte, unterbrach ein plötzlicher Donner ihre Stimme.Die beiden schauten fast gleichzeitig zur Tür hinaus.Ich weiß nicht, wann es angefangen hat, aber es war schon dunkel.Der starke Wind fegte durch die Blätter und die Zweige bogen sich fast zu einem Bogen, der kurz davor war zu brechen. Der Himmel war düster und trüb, und Donner donnerte, als würde sich ein heftiger Sturm zusammenbrauen.Tagsüber scheint die Sonne immer noch hell, aber warum regnet es plötzlich?Ye Mei dachte nicht viel nach und schaute weg, ihr Blick fiel auf Zhou Shiyu.Die Glühlampen im Raum fielen auf seine breiten Schultern und Zhou Shiyus Gesichtsausdruck war nicht besser als der Himmel.Seine Lippenwinkel waren angespannt und ein wenig unnatürlich weiß geworden, seine Brust hob und senkte sich leicht, sein Kopf hing herab und der Schatten, den das zerbrochene Haar auf seine Stirn warf, verdeckte fast seine dunklen Augen.Selbst wenn Sie Regentage hassen, wird Ihre Reaktion nicht so heftig sein.Ye Mei sprach zögernd: Geht es dir gut?Zhou Shiyus Rücken versteifte sich leicht und dann kam er wieder zur Besinnung. Sein Blick traf ihren unerwartet mitten in der Luft.Dieser Blick war zu tief, als ob da Stille wäre, aber auch als ob da eine unaussprechliche Unterströmung wäre.Als sie sie sah, zitterte ihr Herz aus unerklärlichen Gründen und sogar ihr Herz schien stehen zu bleiben.Zwei Sekunden später runzelte er die Stirn, warf ihren Arm weg und stürzte sich in den Regen, ohne sich umzusehen.Ich bin heute

Abend beschäftigt und habe keine Zeit.Ye Mei starrte verständnislos auf seinen Rücken.In dem Moment, als sie sich ansahen, war die Art, wie er sie ansah, wirklich seltsam.Ye Mei war sich fast sicher, dass Zhou Shiyu sie kennen musste.Aber sie hatte überhaupt keinen Eindruck davon. Vielleicht hatte sie es schon einmal gesehen.

Wenn Sie müde sind, machen Sie zunächst ein Nickerchen.Die plötzliche Stimme unterbrach Ye Meis Erinnerungen. Song Yu drehte seinen Kopf, warf ihr einen Blick zu und erklärte leise.Ich rufe dich an, wenn du ankommst.Ye Mei leidet seit jeher unter Migräne und kann nicht immer den Wind wehen lassen. Wenn sie im Auto fährt, öffnet sie immer gerne das Autofenster weit und lässt sich immer wieder von der Nachtbrise durch die Haare wehen.Der Anhänger an der Vorderseite des Autos klimperte mehrmals, aber Ye Mei antwortete ihm nicht, sondern starrte schweigend aus dem Fenster.Gerade als Song Yu dachte, dass Ye Mei heute Abend vielleicht nicht mit ihm reden würde, sprach sie plötzlich.Warum kennen Sie diese Polizisten?

Kapitel 7Oh, wissen Sie auch, mein Vater hat früher auf der Polizeistation gearbeitet.Song Yu blickte nach vorn und wollte nichts verbergen.Bevor ich ins Ausland geschickt wurde, um für die Graduiertenschule zu studieren, blieb ich gerne auf der Polizeistation, wenn ich nichts zu tun hatte. Zhou Shiyu und Peng Qian waren gerade Studenten, die mein Vater mitgebracht hatte. In der Vergangenheit, wenn es irgendwelche Aufgaben gab , mein Vater würde mich um Hilfe bitten. Folge ihnen und jetzt sind alle daran gewöhnt.Ye Mei summte und nach ein paar Sekunden fragte sie leise.Fragst du mich nicht warum?WasIch war gerade so unnormal.Wenn du es nicht sagen willst, sag es nicht. Das ist in Ordnung. Song Yu sagte in ruhigem Ton: „Jeder hat manchmal schlechte Laune. "Er konnte es wahrscheinlich erraten.Ye Mei muss sich betrunken haben und die falsche Person eingelassen haben. Ye Mei hatte dies mehr als einmal getan, als sie gemeinsam im Ausland studierten.Sie hat wirklich keine gute Trinkfähigkeit und ein paar Gläser etwas stärkerer Wein können sie völlig umhauen.Jedes Mal, wenn sie jemanden namens Zhou traf, nachdem sie sich betrunken hatte, weinte sie, als würde sie weinen. Sie entschuldigte sich immer wieder, sagte, dass sie ihn nicht zurücklassen wollte und fragte, ob sie aufhören könne, sie zu hassen.Song Yu kennt sie schon seit einigen Jahren.Jedes Mal, wenn ich sie so sehe, fühle ich mich tatsächlich ziemlich unwohl.Er konnte vage vermuten, dass Ye Mei wahrscheinlich jemanden im Sinn hatte und diese Person eine sehr wichtige Position in ihrem Herzen einnehmen sollte.Als sie Ye Mei zum ersten Mal traf, dachte Song Yu, dass sie von ihrer Familie zu gut beschützt würde, deshalb sehnte sie sich nach Freiheit und fühlte sich immer zu einigen rebellischen Dingen hingezogen.Erst später verstand er es, nachdem er ihm lange Zeit ausgesetzt war.Ye Mei ist eindeutig ein Unkraut, das immer wieder aufgegeben wird.Menschen, die mutwillig in der Wildnis aufwuchsen, würden sich nicht nach Freiheit sehnen. Sie war einfach daran gewöhnt.Dieses Unkraut, dem keine Hoffnung gegeben wurde, wuchs zu einer Rose heran, strahlend und voller Dornen.Lied Yu.ÄhYe Mei schloss die Augen, rieb sich sanft die Stirn und sprach leise.Hör auf, deine Bemühungen an mich zu verschwenden, du solltest jemanden finden, der dich mag.Die Abendbrise war leicht kühl und ließ Ye Meis Nasenspitze rot werden.Song Yu antwortete ihr nicht und er wusste nicht, ob er absichtlich das Thema wechselte. Sein Blick fiel von Zeit zu Zeit auf den Spiegel links.Ye Zi, hast du in letzter Zeit etwas Falsches gespürt?Nein, was ist los?Es ist okay, ich habe immer das GefühlEs scheint, als ob einem immer jemand folgtVielleicht war es eine Illusion, aber die Straße war eindeutig leer und flach und sie waren die einzigen Autos, die fuhren.Aber Song Yu fühlte sich immer seltsam, sogar ein wenig nervös.Aus Angst, Ye Mei zu erschrecken, sagte Song Yu es nicht deutlich, sondern erklärte es geduldig.Schicken Sie mir eine Nachricht, wenn Sie nach Hause kommen, und rufen Sie mich an, wenn Sie etwas brauchen. Ich wohne ganz in der Nähe von hier und mein Telefon schaltet sich nie aus.Gut.Das Auto fuhr durch abgelegene Gassen und hielt vor einer längst verlassenen Villa.Ye Mei forderte Song Yu auf, wegzufahren. Sie nahm mit einer Hand ihre

Sonnenbrille ab, schleppte einen Koffer und ging mit einem Regenschirm auf die Villa zu.Diese Villa wurde lange Zeit nicht gepflegt und sieht äußerst desolat aus.Das ursprüngliche schöne weiße Gebäude ist größtenteils mit grünen Kletterpflanzen bedeckt. Der kleine Teich im Hof ist längst ausgetrocknet und mit Unkraut bedeckt, das Ye Mei fast bis zu den Knien reicht. Der kleine Pavillon an der Seite wurde weggespült durch den Regen. Farbe, mit ein paar toten Ästen und Weinreben, die darum gewickelt sind, was es einsam aussehen lässt.Die Tür war rostig und überall mit Spinnweben bedeckt. Ye Mei machte sich die Mühe, den Code mehrmals zu drücken, bevor sich die Eisentür langsam mit einem knarrenden Geräusch einen kleinen Spalt öffnete.Alle Möbel in dem kleinen weißen Gebäude waren mit weißem Stoff bedeckt. Beim Einschalten des Lichts wirkte die dicke Staubschicht äußerst blendend.Ye Mei ging die Treppe hinauf, ihre High Heels traten auf die Holztreppe, was in dem leeren und stillen Raum unbeholfen und einsam wirkte.Seit ihr Vater starb und sie in die Stadt gebracht wurde, in der Zhou Shiyu lebte, war die Villa völlig verlassen.Das letzte Mal, dass sie hierher kam, schien sieben Jahre her zu sein, als sie und Zhou Shiyu von ihrem Vermieter rausgeschmissen wurden und fast auf der Straße geschlafen hätten.In dieser Nacht verpassten sie den letzten Bus und liefen nachts Dutzende Kilometer mit dem Gepäck.Am Ende war Ye Mei zu müde zum Gehen, also trug Zhou Shiyu sie den Rest des Weges.Sie wachte an diesem Tag pünktlich zum Sonnenaufgang auf.Der Himmel war vom Morgenlicht getrübt und das Wolkenmeer wogte. Das Licht schien auf seine geraden Schultern, und auch das scharfe Profil seines Gesichts war ungeschützt.Wenn man es einfach so betrachtet, wird es schon ein wenig sanfter.Sie gingen auf das Licht zu, und das Leuchten zeigte ihnen den Weg. Die Schatten hinter ihnen erstreckten sich ins Unendliche, und sie waren die einzigen zwei Menschen, die noch auf der leeren Straße waren.Für einen Moment fühlte Ye Mei plötzlich.Zhou Shiyu war dieser Lichtstrahl. Für sie war es wie Geburt und Erlösung, den Dunst zu durchbrechen und sie herauszuziehen.Das Zimmer war voller Staub und es gab keinen Platz zum Übernachten.Sie stand vor dem raumhohen Fenster und blickte auf eine kleine schwarze Wildkatze im Hof, die vor dem Licht Angst hatte und in alle Richtungen floh.Ihr Zimmer hatte die beste Beleuchtung in der gesamten Villa und sie konnte fast den gesamten Innenhof überblicken.Als sie von ihrem Vater bestraft und in einem Raum eingesperrt wurde, machte sie immer gerne heimlich mit einer Kamera Fotos von Zhou Shiyus Rücken.Wenn ich jetzt darüber nachdenke, trage ich wirklich ein perverses Potenzial in mir.Als ihr Blick von unten zurückwanderte, sah Ye Mei vage etwas, das wie ein Auto aussah, das unter der riesigen Bergahorn vor dem Tor geparkt war.

Kapitel 8Wohnt hier jemand in der Nähe?Warum erinnerte sie sich nicht daran, dass vor der Tür ein Auto geparkt war, als sie heute zurückkam?Vermutlich weil in der Nähe ein neuer Nachbar wohnt, kam die Familie spät nach Hause.Ye Mei war einen ganzen Tag lang müde und hatte keine Zeit, viel nachzudenken. Sie holte die Laken und den Bettbezug, die sie mitgebracht hatte, aus dem Koffer, wechselte sie und wäre fast eingeschlafen.In dieser Nacht hatte sie einen seltenen Traum.Alle vergangenen Ereignisse erschienen in ihrem Kopf wie ein flüchtiger Blick und die Worte, die Zhou Shiyu sagte, flossen in ihre Träume ein.Hab keine Angst, bleib einfach bei mir, ich werde dich nicht im Stich lassen.Macht es Spaß, mich herumzuwirbeln? Ye Mei, ich bin in deinen Augen so wertlos.Vertrau mir einfach einmal, nicht wahr?Lassen Sie mich eines fragen: Jeder ist wichtiger als ich, oder?Es regnete stark und Zhou Shiyu stand vor dem schwarzen Bentley. Sein Gesicht war verletzt, die Ecken seiner geschwollenen Lippen waren mit Blut befleckt und seine Kleidung war mit Schlamm von den Schuhsohlen befleckt.Sie müssen nicht darüber nachdenken, um zu wissen, wer seine Verletzungen verursacht hat.Okay, ich verstehe, bereue es nicht.Zhou Shiyus Augen wurden rot, er ließ die Hand los, die ihr Handgelenk hielt, richtete seinen Rücken auf und hinkte im starken Regen in die entgegengesetzte Richtung.Ye Mei lag auf dem Bett, hielt die Decke mit beiden Händen fest, schloss die Augen fest und versuchte verzweifelt, ihren Mund zu öffnen, um sie festzuhalten, aber ihr Mund konnte sich nicht einmal einen Zentimeter bewegen.Ein paar Sekunden später setzte sie sich plötzlich auf, und dann bemerkte sie, dass sich feine Schweißperlen auf ihrer Stirn befanden und das Kissen mit Tränen durchtränkt und größtenteils nass war.Ye Mei senkte den Blick und warf einen Blick auf ihr Telefon.Es ist bereits sechs Uhr morgens und es ist wahrscheinlich noch nicht zu spät, aufzustehen und ein raffiniertes Komplett-Make-up aufzutragen.Sie kramte neurologische Medikamente aus ihrem Koffer und wollte ursprünglich ein Glas warmes Wasser finden, doch nach langem Kampf schaffte sie es nicht einmal, Wasser zu kochen, sodass sie mehr als die Hälfte des Getränks trinken musste.Heute ist ein sehr wichtiger Tag. Er wird live auf den großen Plattformen übertragen und unzählige Menschen schauen hinter der Kamera zu.Sie musste in einwandfreiem Zustand sein.Selbst in der Sekunde bevor der Himmel fällt, musst du stolz und schön bleiben. Das ist Ye Meis Prinzip.Eineinhalb Stunden später kam Ye Mei mit sorgfältig abgestimmtem Make-up im Waisenhaus an.Die Lage dieses Waisenhauses ist ziemlich abgelegen. Es sind nicht viele Menschen in der Nähe. Der Bus fährt nur alle halbe Stunde. Der Hinterhof liegt fast am Fuße des Berges.Von dem Moment an, als Ye Mei aus dem Auto stieg, war sie von mehreren Kameras umgeben und jede ihrer Bewegungen wurde von ihnen festgehalten.Um zu verhindern, dass Ye Mei plötzlich etwas Schockierendes sagt, hatte Zheng Wenyi bereits heute alle Zeilen und den Zeitplan für sie vorbereitet. Ye Mei musste nur nach dem Drehbuch handeln.Solange es keine mentale Arbeit erfordert, ist sie ziemlich gut darin.Vom Betreten der Schule über die Kommunikation mit den Leitern des Krankenhauses bis hin zur Interaktion mit den Kindern und der Durchführung der Spendensammelzeremonie verhielt sich Ye Mei während des gesamten Prozesses ruhig und elegant.Auch viele Sperrfeuer vor dem Bildschirm haben begonnen, sich in eine gute Richtung zu bewegen.[Ah ah ah, meine Schwester ist so schön. Sie hat ein Gesicht, das sogar Gott liebt. Es wäre schade, nicht in die Unterhaltungsindustrie einzusteigen][Antworten Sie der Person oben: Ye Mei ist eine Prinzessin aus einer Familie der Oberschicht und ihre Familie ist sehr mächtig. Wie könnte sie sich mit diesen Rouge-Fans in der Unterhaltungsindustrie mitschuldig machen?] [Ich möchte nur fragen: Welches Fenster hat Gott ihr verschlossen? Sie sieht gut aus, hat einen familiären Hintergrund und ist talentiert. Sie ist eine perfekte Romanheldin.][Nein, warum hat dieses Mädchen wieder mit dem Marketing begonnen? Sie möchte in die Unterhaltungsbranche einsteigen]Der Morgenplan war ziemlich voll, und erst als sie an der Reihe war, den Kindern das Zeichnen beizubringen, konnte sie sich hinsetzen und eine Pause machen.Während die Kamera die Bilder der Kinder filmte, trat Zheng Wenyi an ihre Seite und flüsterte.Dein

Outfit ist heute in Ordnung. Ich dachte, du würdest eine Art Make-up für den roten Teppich tragen.Ye Mei warf einen Blick aus dem Fenster, ohne ihren Gesichtsausdruck zu verändern: Ich bin kein Dummkopf, kann ich nicht sagen, um was für einen Anlass es sich handelt?Zheng Wenyis Augen zuckten.Um ihre Rivalen zu vernichten, kleideten sich die beiden beim letzten Mal auf der Kunstausstellung so, als würden sie auf einem roten Teppich laufen, einer schillernder als der andere.Er erinnert sich noch gut an den Todesort dieses Clubs.Er drehte den Kopf und wollte gerade mit ihr sprechen, als ihm klar wurde, dass Ye Mei ausdruckslos aus dem Fenster starrte.Vorne rechts im Hof unterhielten sich mehrere Männer in schwarzen Polizeiuniformen mit dem Dekan.Unter ihnen ist derjenige an der Spitze am schillerndsten. Er ist groß und gerade, mit einem kalten und gleichgültigen Temperament. Aus der Ferne kann man erkennen, dass er gut aussehen muss.Durch das Fenster fiel der Blick des Mannes auf Ye Mei.Die Augen der beiden Menschen trafen sich mitten in der Luft und keiner von ihnen hatte die Absicht, den Blick abzuwenden.Anders als beim letzten Mal, als sie komplett eingepackt aussah, trug Ye Mei dieses Mal nicht nur keine Sonnenbrille oder Maske, sie hat auch ihr Make-up bewusst pur gehalten.Dies war das erste Mal seit ihrer Rückkehr, dass sie Zhou Shiyu so nackt traf.Diesmal war es jedoch Ye Mei, der zuerst wegschaute.Nachdem sie die

Sonnenbrille und die Maske abgenommen hatte, fühlte sie sich immer noch schuldig und wusste nicht, wie sie Zhou Shiyu als Ye Mei gegenüberstehen sollte.Über das Fenster und das Menschenmeer hinweg drehte er den Kopf und sah sie lange Zeit ruhig an.Dies ist das erste Mal seit so vielen Jahren, dass Zhou Shiyu bei der Ausführung einer Aufgabe den Verstand verliert.Peng Qian erkannte nebenbei auch, dass seine Stimmung falsch war.Was ist mit Team Zhou passiert?Zhou Shiyu schaute weg und sagte leise.Es ist okay, geh rein.Auf dem vorderen Spielplatz haben die Dreharbeiten zu Ye Meis Spielinteraktion mit den Kindern begonnen. Die Atmosphäre während des gesamten Prozesses war lebhaft und entspannt, und sie hat es genau richtig hinbekommen.Im Vergleich dazu wirkte das Dekanat deutlich cooler.Ein Fenster schien zwei Welten zu trennen, und mehrere Polizisten unter der Leitung von Peng Qian machten mit und schauten aus dem Fenster.Peng Qian lehnte sich mit verschränkten Armen an die Wand und sagte plötzlich.Ich bereue es jetzt.Song Yu warf ihm einen Blick zu: Was bereust du?An diesem Tag sagte ich, dass Lehrer Mo hübscher sei als Ye Mei.Cheng Qian seufzte, ohne den Blick von Ye Meis Rücken abzuwenden.Hast du Ye Mei gesehen? Sie ist wirklich umwerfend. Sie ist so schön. Sie ist Dutzende Male schöner als die auf dem Poster und im Fernsehen. Ich finde, sie ist nicht sehr fotogen.Ich habe schon einmal gesagt, dass Ye Mei das schönste der Welt ist, aber Sie glauben es immer noch nicht.Das ist nicht so übertrieben. Peng Qian sah ihn ein wenig komisch an. Bist du nicht ein bisschen zu verrückt, um Sternen nachzujagen? Kannst du mit deiner künstlerischen Wertschätzung ihre Gemälde schätzen? Es geht nicht nur darum, schön auszusehen.Ich sagte in meinem Herzen.Song Yus Augen folgten Ye Meis Gestalt aufmerksam und sein Tonfall wurde plötzlich weicher.Ye Mei ist immer die Nummer eins, nicht nur wegen ihrer Schönheit, sondern auch wegen ihres Talents.Während sie redeten und lachten, bemerkte Peng Qian Zhou Shiyu, der stirnrunzelnd eine Wand voller Ehrenfotos betrachtete.Sein Gesicht war düster, von einem unerklärlichen Tiefdruck umhüllt und er schien schlecht gelaunt zu sein.Unterwegs ging es ihm gut, aber als er im Waisenhaus ankam, benahm er sich, als ob ihm jemand Geld schulden würde.Team Zhou.Peng Qian legte lässig seinen Arm auf Song Yus Schultern und rief ihn.Ist die Person noch nicht da? Kommen Sie zuerst vorbei und machen Sie mit. Es ist lange her, dass West City eine Berühmtheit dieses Niveaus gesehen hat. Vielleicht wird er morgen im Fernsehen zu sehen sein.Reden Sie während der Arbeitszeit über nichts anderes, können Sie sich nicht erinnern?Er runzelte die Stirn, ging zum Sofa und warf die Informationen in seiner Hand auf den Couchtisch.Alle wieder an die Arbeit.Seine Stimme war nicht laut und sein Ton war ruhig.Aber es reichte aus, um alle im Büro zu schockieren.Mehrere Leute sahen sich an, trauten sich nicht, ein Wort zu sagen, und stießen sie hastig zurück.Peng Qian blickte auf die Wand voller Fotos und seufzte.Allerdings war Miss Liang Mo zu ihren Lebzeiten hübsch genug, wie ein Star. Ob es ihr Abschlussfoto war oder sie jedes Jahr zurückkam, um Wohltätigkeitsarbeit zu leisten, sie schien die auffälligste unter ihnen zu sein.

Kapitel 9Zhou Shiyu bemerkte auch, was Cheng Qian sagte.Was ihn mehr beunruhigt, ist die Tatsache, dass die Person auf dem Gruppenfoto von der zweiten Hälfte des letzten Jahres bis zur ersten Hälfte dieses Jahres in einem halben Jahr um zwanzig Jahre gealtert zu sein scheint.Obwohl sie lächelte, konnte man sehen, dass ihr Gesicht müde war, ihre Augen stumpf waren und in ihren Haaren waren sogar einige graue Haare versteckt.In ihrem äußerst elenden Todeszustand mussten ihr nicht nur beide Oberschenkel amputiert werden, ihr gesamtes Gesicht war bis zur Unkenntlichkeit zerstört und ihr Körper war außerdem mit Blutergüssen durch den Kampf übersät.Es ist erst ein halbes Jahr her, was hat diese Person erlebt?Nicht lange danach wurde zweimal leicht an die Bürotür geklopft, und eine junge Frau betrat das Büro und sagte etwas zurückhaltend „Hallo ".Hallo, Polizist.Zhou Shiyu stand auf und holte seinen Ausweis aus seiner Jackentasche.Hallo, Frau, wir sind von der Kriminalpolizei Xicheng. Mein Nachname ist Zhou. Wir hoffen, dass Sie mit uns zusammenarbeiten, um die

Situation von Frau Liang Mo zu verstehen.Es war wahrscheinlich das erste Mal, dass sie einen so gutaussehenden Polizisten mit einer so angenehmen Stimme sah. Die junge Frau reagierte eine Weile nicht.Nach ein paar Sekunden hustete sie leicht mit leicht geröteten Wangen.Zhou, hallo Officer Zhou, nennen Sie mich einfach Xiao Tang.Nachdem Xiao Tang hereingekommen war, bat Zhou Shiyu Song Yu und einen anderen Polizisten, die Tür zu bewachen und während des Gesprächs niemanden hereinzulassen.Zu diesem Zeitpunkt waren nur noch Xiao Tang und Zhou Shiyu Peng Qian im Büro.Zhou Shiyu kam gleich zur Sache: Ich habe vom Dekan gehört, dass Sie und Fräulein Liang Mo gute Freunde sind. Sie sind der Einzige, der all die Jahre im Krankenhaus Kontakt zu ihr gehalten hat.Dies war in der Tat schon früher der Fall. Liang Mo senkte ihre Wimpern, aber wir hatten lange nicht gesprochen.Wann haben wir Sie das letzte Mal kontaktiert? Erinnern Sie sich?Momo, ist ihr etwas passiert?Zhou Shiyu und Cheng Qian sahen sich an und nickten.Leider ist Frau Liang verstorben.Der kleine Tang stand plötzlich auf, mit etwas Verwirrung in seinen roten Augen und einem zitternden Ton in seiner Stimme.Es muss ihr Ex-Freund sein. Selbst wenn etwas passiert ist, muss es an ihm liegen. Ich sagte ihr, sie solle die Polizei rufen, aber sie weigerte sich einfach.Mach dir noch keine Sorgen. Peng Qian tröstete sie schnell. Wenn du bereit bist, uns zu glauben, erzähl uns alles, was du weißt, okay?Xiao Tang nickte mit

Tränen in den Augen, beruhigte seine Gefühle und faltete einfach seine Hände.Vor einem Jahr war Momo mit einem Freund zusammen. Der Junge sah ziemlich gut aus und behandelte sie gut. Doch nachdem Momo lange zusammen war, entdeckte sie, dass der Junge eine widerliche Angewohnheit hatte. Er machte gerne heimlich Fotos von den Oberschenkeln schöner Mädchen. Sie postete es auch auf einigen pornografischen Websites, um mit anderen darüber zu diskutieren. Momo konnte das wirklich nicht akzeptieren, also trennte sie sich von ihr, nachdem mehrere Versuche, sie zu überreden, erfolglos waren. Doch ihr Freund ist anderer Meinung und schlägt sie, wann immer sie darüber redet.Zu diesem Zeitpunkt flossen die Tränen in Xiao Tangs Augen unkontrolliert über.Momo war so schön, dass sie mehrmals geschlagen und ins Krankenhaus eingeliefert wurde. Selbst nachdem sie viele Male umgezogen war, wurde sie immer noch von diesem Perversen gefunden. Ich dachte immer, dass sie mich ein halbes Jahr lang nicht kontaktiert hatte, weil sie damit beschäftigt war, es zu meiden Ihr Ex-Freund. Es stellt sich heraus, dass genau das passiert ist.Hat dieser Mann noch andere Fetische?Cheng Qian nutzte die Situation und fragte: Er sei zum Beispiel ein behinderter MenschLetztes Jahr gab es so viele Selbstmordfälle, dass Menschen starben, nachdem ihnen zuerst Beine oder Arme amputiert worden waren. Es ist wirklich schwer, nicht daran zu denken.Xiao Tang war für einen Moment fassungslos: Was ist ein Bewunderer einer Behinderung?Cheng Qian warf Zhou Shiyu einen Blick zu und überlegte, ob er etwas sagen sollte.Zhou Shiyu sagte leise: Es ist eine Gruppe von Menschen, die behinderte Gliedmaßen oder Deformationen schätzen.Erst da wurde Xiao Tang endlich klar: Das glaube ich nicht. Momo hatte mir zuvor erzählt, dass die Perverse gesagt hatte, ihre Beine seien perfekt.Cheng Qian runzelte leicht die Stirn.Das ist wirklich seltsam. Könnte es ein Zufall sein?Könnten Sie uns bitte die Adresse nennen, an der Frau Tang Mo früher gelebt hat?Xiao Tang nickte, holte Stift und Papier heraus und schrieb ein paar Adressen auf.Aber sie ist an so viele Orte gezogen, dass ich mich nur an wenige erinnern kann.Vielen Dank für Ihre Kooperation. Es tut mir leid, Sie zu belästigen.Zhou Shiyu senkte den Blick und warf einen Blick auf die Position auf dem Zettel.Die meisten Adressen befinden sich in Jiangcheng.Der Ort, an dem Ye Mei seit seiner Rückkehr nach China lebt.Er überreichte Song Yu, Peng Qian und anderen die Notiz: Sehen Sie sich diese Adressen sowie die persönlichen Daten und jüngsten Bewegungen von Tang Mos Freund an.Nachdem er die Aufgaben arrangiert hatte, wollte Zhou Shiyu gerade Hallo sagen und gehen, doch als er hinausging, sah er den Dekan an der Wand vor der Tür lehnen.Als der Dekan Zhou Shiyu herauskommen sah, ging er sofort zu ihm, um ihn zu begrüßen, und warf einen nervösen Blick in das

Büro.Wie viele Polizisten sind noch übrig?Sie gingen zuerst zurück.Oh, so ist es. Der Dekan rieb sich die Hände. Schauen Sie, was ist mit Tang Mo passiert?Keine Sorge, diese Angelegenheit hat nichts mit dem Krankenhaus zu tun.Das ist gut, ich hatte solche Angst, dass mir kalter Schweiß ausbrach, hahaha.Der Dekan sah sofort erleichtert aus und sagte beiläufig.Kapitän Zhou, Sie haben versprochen, den Kindern im Hof juristisches Wissen bekannt zu machen. Bitte sagen Sie mir, wann Sie frei sind.Zhou Shiyu hob den Blick und warf einen Blick auf die Uhr am Ende des Korridors.Nur heute.HeuteDer Dekan blickte unbewusst aus dem Fenster.Es war schon spät, aber die Dreharbeiten waren noch nicht ganz vorbei. Die Kameras versammelten sich und es war wohl die letzte Phase des Interviews.Ich bin heute sehr beschäftigtZhou Shiyu bemerkte seine Verlegenheit und sagte leise: „Lass es uns das nächste Mal tun. "Beim nächsten Mal nicht.Aus der Ferne war das Geräusch von High Heels zu hören, und hinter dem Dekan ertönte eine stolze Frauenstimme.Dean, meine heutige Schießerei ist zu Ende und ich möchte nur noch etwas von Officer Zhou hören – Bevor sie ihre Worte beenden konnte, wurde sie von Zhou Shiyu unterbrochen, der die Stirn runzelte.Ich werde es dir im Voraus sagen, wenn ich das nächste Mal komme, Dean, ich habe noch etwas zu tun und werde zuerst zurückgehen.Die Glühlampen im Korridor fielen auf seine breiten und geraden Schultern. Gerade filmte eine Kamera. Ye Mei wagte es nicht, ihn weiter anzusehen. Jetzt hatte sie die Gelegenheit, ihn von oben bis unten zu betrachten.Dies war das erste Mal, dass sie Zhou Shiyu in Uniform sah.Ein formeller Anzug machte seine Gesichtszüge schärfer und glatter. Die schwarze Polizeiuniform war ordentlich und sorgfältig. Die Krempe des Hutes drückte das gebrochene Haar auf seiner Stirn nach unten. Die Manschette des Arms, der die Informationen hielt, war leicht hochgekrempelt und enthüllte eine starke und glatter Arm.Diese schwarzen Augen blickten sie nur schwach an und verspürten unerklärlicherweise ein extrem starkes Gefühl der Unterdrückung.Sie weiß nicht warum, aber wovor sie seit ihrer Kindheit am meisten Angst hat, ist die Polizei, selbst wenn Zhou Shiyu dieses Outfit trägt.Aber sie trug heute keine Sonnenbrille und ihr Schwung war stark eingeschränkt.Ye Mei wandte absichtlich ihren Blick ab: Dean, kann ich alleine mit Officer Zhou sprechen?Natürlich kann man reden, man kann reden.Der Dekan verließ klugerweise den Korridor und warf Ye Mei unbewusst einen Blick zu, bevor er ging.Obwohl sie etwa zehn Zentimeter hohe Absätze trug, war sie immer noch viel kleiner als Zhou Shiyu, aber das Temperament dieser Person war nicht nachsichtig. Er hatte die Arme verschränkt, das Kinn leicht erhoben und in seinen Augen lag eine angeborene Arroganz. Sohn.Auf den ersten Blick scheint er ein Charakter zu sein, mit dem man sich nicht leicht anlegen lässt.„Ich bin auf der Arbeit, was ist los?Bevor er zu Ende gesprochen hatte, wurde er in dem Moment, als er an Ye Mei vorbeikam, plötzlich am Handgelenk gepackt.Es ist jetzt Zeit für Sie, von der Arbeit zu gehen, und ich kann Ihnen mehr Geld geben.Ye Mei packte sein Handgelenk fest und musste ohne Sonnenbrille so tun, als wäre sie arrogant.Du machst einen Preis, ich zahle jeden Betrag, solange du heute bleibst.Zhou Shiyu warf einen Blick auf sein Handgelenk. Die darauf liegende Hand war schlank und weiß. Sie hatte auch eine sorgfältig durchgeführte Nacktmaniküre. Auf der Kuppe des Zeigefingers und an der Seite des kleinen Fingers befanden sich dicke Schwielen.Zhou Shiyu wusste, dass sie das ganze Jahr über im Studio geübt hatte und von Pinseln und Papier ausgewaschen worden war.Er hatte nicht vor, die Hand wegzuwerfen und sagte ruhig.Habe ich den Eindruck, dass ich knapp bei Kasse bin? Brauche ich dein Mitleid?Ye Mei wusste eindeutig, dass Zhou Shiyu ihre Bedeutung absichtlich falsch interpretierte, und konnte sich dennoch eine Weile nicht verteidigen.Du weißt eindeutig, dass ich das nicht gemeint habeWie viele Bedeutungen hat das noch?Zhou Shiyu zog leicht die Augenbrauen hoch. Warum wollte er trotzdem meine Brieftasche nehmen?Zhou Shiyu, könntest du bitte aufhören, so kleinlich zu sein? Das ist vor so vielen Jahren passiert.Oh, ich hätte es fast vergessen, wie soll ich dich jetzt nennen?Er senkte den Blick und blickte in ihre wütenden Augen, beugte sich ohne Eile halb nach unten, senkte seine Stimme und flüsterte Ye Mei ins Ohr.Miss Ye oder Mrs. Song?Zhou Shiyus Stimme ist eigentlich eher von einem tiefen und reifen Typ, mit einer leichten Anziehungskraft in seiner Stimme, jedes Mal, wenn er spricht.Besonders wenn sie ihre Temperatur absichtlich senkte, breitete sich die Hitze auf ihr Trommelfell aus und verursachte ein Taubheitsgefühl in ihren Ohren, als würde ein Stromstoß durch ihr Herz gehen.Ye Mei kümmerte sich nicht einmal darum, zuzuhören, was Zhou Shiyu sagte. Sie spürte offensichtlich, dass ihre Wangen ein wenig heiß waren und sagte bluffend.Ich möchte nur meine Brieftasche mitnehmen. Was ist los mit dir? Du und Zhou Yan tun mir vorher leid, deshalb kann ich es nicht in meinem Gewissen ertragen. Ich habe vor, das wieder gut zu machen. Kann ich nicht? Du Du kannst dir nehmen, was du willst. Kurz gesagt, du kannst heute nicht gehen.Selbst wenn er eine Weile bleiben würde, wäre es gut. Es war zu lange her, seit sie ihn gesehen hatte.Im Laufe der Jahre träumte sie oft von ihm.Als sie ihre Augen wieder öffnete und Zhou Shiyus Gestalt nicht sehen konnte, überkamen sie die Leere und die Enttäuschung wie Berge.Manchmal hatte sie wirklich das Gefühl, außer Atem zu sein.Zhou Shiyu verstand wahrscheinlich eine andere Bedeutung.Er sah sie lange Zeit schweigend an.Als er den Mund öffnete, war seine Stimme etwas heiser, als würde er mit sich selbst sprechen.Nur eine EntschädigungYe Mei hörte nicht klar: Was?Nichts.Zhou Shiyu schüttelte ihre Hand ab, sah sie mit Augen an, die ungewohnt und gleichgültig wurden, und sagte leise:Ich brauche keine

Entschädigung von Ihnen. Es war meine eigene Schuld, dass ich sentimental war und meinen Standpunkt nicht klar erkannte. Das hat nichts mit Ihnen zu tun.Nachdem er das gesagt hatte, würdigte er sie nicht einmal mit einem Blick und ging einfach an ihr vorbei.Dies war das längste Gespräch, das Zhou Shiyu seit ihrer Wiedervereinigung jemals mit ihr geführt hatte.Jedes Wort durchbohrte ihr Herz wie ein scharfes Messer.Nach all den Jahren kennt er sie immer noch am besten.Er konnte ihre Narben, die kurz davor standen zu verkrusten, leicht aufreißen, und er wusste, wie er sie am besten traurig machen konnte.

Kapitel 10Vor acht Jahren, Xicheng Town.An diesem Tag verbrachte Ye Mei die dritte Nacht im Haus von Zhou Shiyu.Die Nacht war dunkel, es regnete unerwartet heftig, und vor dem Fenster war das Geräusch der Nachbarn zu hören, die der Familie zuriefen, sie solle ihre Kleidung wegräumen.Die alten Fenster waren undicht, das Regenwasser strömte mit der kalten Luft in den Raum und sofort bildete sich eine leichte Nebelschicht auf dem sauberen Holzboden.Die Holztür wurde heftig geschlagen und bröckelte, in der nächsten Sekunde wurde sie fast in Stücke gerissen.Zhou Yan, komm für mich hierher. Ich bin wegen dir an diesen beschissenen Ort gezogen. Du denkst nur, dass ich arm bin und kein Geld habe, und du schaust nicht einmal in den Spiegel, um zu sehen, was für eine Tugend du bist. Du denkst wirklich, dass du jetzt noch ein junges Mädchen bist, und fantasierst davon, es zu können um einen reichen Mann dazu zu bringen, dich und dich zu unterstützen. Dieser Vampirbruder, du solltest sehr gut wissen, was diese reichen Leute denken, und jetzt habe ich keine Abneigung gegen dich.Dieser Mann sprach völlig gnadenlos und gelegentlich zusammenhangslos.Obwohl es eine Tür gibt, breitet sich noch immer ein schwacher starker und unangenehmer Alkoholgeruch im Raum aus.Dies war wahrscheinlich der Trunkenbold, von dem Zhou Yan sagte, dass er auf der anderen Straßenseite wohnte.Auf dem Dach gab es ein Leck. In der Mitte des Wohnzimmers stand ein rosafarbenes Plastikbecken, in das sich bereits eine flache Schicht vergilbten Regenwassers eingenistet hatte. Der extrem hässliche Wasserfleck war noch schwach auf der weißen Wand zu sehen.Ye Mei versteckte sich mit steifem Rücken im Zimmer und hielt ein Universalmesser fest in der Hand.Sie machte sich immer wieder mentale Annahmen.Er ist nur ein Trunkenbold, wovor sollte er Angst haben?Wenn er es wagte, hereinzukommen, würde sie ihn erstechen. Es war sowieso Notwehr.Zhou Yan, ich zähle bis drei und du kommst heraus. Ich weiß, dass du drin bist. Solange du jetzt bereit bist, deinen Fehler zuzugeben, werde ich dir trotzdem vergeben. Zhou Yan, diese Männer sind alle an deiner Schönheit interessiert. I Ich bin anders. Ich mag dich wirklich, Zhou

Yan.Diese Tür ist wirklich nicht sehr stabil und die rostigen Scharniere sind sehr locker, sodass die Wahrscheinlichkeit groß ist, dass sie nicht lange hält.Der Donner und die Blitze vor dem Fenster, kombiniert mit dem Geräusch eines Betrunkenen, der an die Tür klopfte, ließen die Szene wie aus einem Thriller wirken.Ye Mei hörte alles deutlich, was der Trunkenbold sagte.Sie hatte sogar Mitleid mit ihm.Ihr Vater liebte Zhou Yan zu Lebzeiten sehr und gab ihr fast alles, was er verlangte. Er nahm sie nicht nur gerne zu verschiedenen hochkarätigen Anlässen mit, sondern schenkte ihr auch so viele wertvolle Kleider und Ledertaschen wie möglich er wollte mit einer Handbewegung.Sie dachte ursprünglich, dass Zhou Yan zumindest ein Haus bekommen könnte, nachdem sie so viele Jahre bei ihrem Vater gelebt hatte.Infolgedessen lebten sie und ihr Bruder in einem so heruntergekommenen Miethaus.Nicht lange danach wurde der Trunkenbold plötzlich still. Ye Mei kam sofort wieder zur Besinnung und lauschte aufmerksam der Bewegung vor der Tür.Ein paar Sekunden später ertönte ein scharfer Schrei.Du Bastard, lass mich los. Du und deine Schwester haben dafür gesorgt, dass ich so bin. Du Vampir, selbst wenn du deine Eltern getötet hast, willst du deine Schwester auch in den Tod schleifen?Es war also Zhou Shiyu, der zurückkam.Ye Mei atmete unerklärlicherweise erleichtert auf und der große Stein, der ursprünglich in der Luft hing, fiel schließlich zu Boden.Sie öffnete die Tür und schrie unbewusst.Zhou ShiyuDie gedämpften Korridorlichter fielen auf seinen Rücken und ließen seinen Schatten lang und schlank werden. Zhou Shiyu hob mit einer Hand den Ärmel des Betrunkenen an, und die Faust seiner Hand, die ihn gerade herunterziehen wollte, blieb mitten in der Luft stehen.Ein paar gebrochene Haarsträhnen hingen leicht an der Stirn, und die dunklen Augen schauten leicht angespannt in Richtung der Stimme, und die Pupillen waren offensichtlich steif.Das ist der Rhythmus, Menschen zu schlagenZum Glück bin ich ihr zufällig begegnet.Ye Mei blieb stehen und wusste einen Moment lang nicht, ob sie so tun sollte, als würde sie ihn nicht sehen, und vorbeigehen oder sich umdrehen und zurückgehen sollte.Aber sie hatte ihn bereits beim Namen gerufen. Und was den zweiten anging, war das zu absichtlich?Während dieser wenigen Sekunden der Stille senkte Zhou Shiyu die Arme, lockerte den Kragen des Trunkenbolds und schloss die Augen, als hätte er sich seinem Schicksal ergeben.rollen.Der Betrunkene rannte davon, als würde er sich an der Wand festhalten.Für einen Moment befanden sich nur noch zwei von ihnen im leeren Korridor. Der Abstand zwischen ihnen betrug drei oder vier Meter und die Atmosphäre war unbeschreiblich unangenehm.Gerade als Ye Mei überlegte, ob sie zu ihm gehen und mit ihm reden sollte, bemerkte sie zufällig die Einkaufstüte, die Zhou Shiyu vor die Füße geworfen wurde.Du bist also in den Supermarkt gegangen, um etwas für mich zu kaufen?Ye Mei trat vor und kramte ganz vertraut in der Tasche.Obwohl das Shampoo nicht das ist, das sie normalerweise verwendet, ist es dennoch eine große Marke.Es gibt auch viele Snacks, Kartoffelchips, Gelee usw., die meisten davon sind die gleichen, die sie beim abendlichen Essen erwähnt hat.Sie lächelte und sah zu Zhou Shiyu auf, wobei sie ihn absichtlich mit einem scherzhaften Ton neckte.Du hast es speziell für mich gekauftIhre Blicke trafen sich unerwartet, Zhou Shiyu runzelte sofort die Stirn, schaute weg und sprach leise.Gehe nur vorbei.Ye Mei sagte oh.Sie hatte sicherlich nicht erwartet, dass Zhou Shiyu mit dem Auto an einen so weit entfernten Ort fahren würde, um sich Snacks zu kaufen, ganz zu schweigen davon, dass Zhou Shiyu sie anscheinend hassen würde.Vielleicht hatten sie vorher einen Groll, aber Ye Mei war so nachlässig, dass sie es vergaß.Nach seiner Rückkehr zum Miethaus holte Zhou Shiyu zwei neue Metallscharniere aus der Einkaufstasche und fand im Wohnzimmer einen Schraubenzieher und Nägel.Ye Mei saß auf dem Sofa, hielt eine Flasche Joghurt mit einem Strohhalm im Arm und ihr Blick fiel gelangweilt auf Zhou Shiyu.Zhou Shiyu reparierte die heruntergekommene Tür und ließ Ye Mei während des gesamten Vorgangs nicht einmal mit ihrem peripheren Sehvermögen zurück, was es ihr ermöglichte, so skrupellos auf seinen Rücken zu schauen.Ich muss sagen, dass Zhou Shiyus Figur wirklich gut ist.Sie hat breite Schultern und lange Beine, einen langen und schönen Hals und einen erhabenen Adamsapfel, der ihr ein sexy Aussehen verleiht. Die Muskeln in ihren Armen und Beinen sehen glatt und kräftig aus. Sie muss etwa 186 oder 187 cm groß sein.Ye Mei, der fast 1,7 Meter groß war, wirkte neben ihm viel kleiner.Man kann ohne Übertreibung sagen, dass sie seit ihrer Kindheit viele aristokratische Kinder kennt, und in puncto Schönheit kann keines von ihnen mit dem Gesicht mithalten, das sie letzte Woche kennengelernt hat.Als ihr Blick zu Zhou Shiyus Schulter wanderte, wurde ihr klar, dass er tatsächlich nass war.Ist er im Regen für sie einkaufen gegangen?Er hatte sich an diesem Tag gerade mit einem Messer am Arm gekratzt. Die Wunde war wahrscheinlich noch nicht verheilt, und jetzt regnete es wieder.Ein unbeschreibliches Gefühl breitete sich in ihrem Herzen aus, ein saures und taubes Gefühl, das sehr unangenehm war.Ye Mei konnte wahrscheinlich vermuten, dass dies wahrscheinlich Schuld war.Eine der wenigen Schuldgefühle in ihrem Leben.Nachdem die Tür repariert war, bevor Zhou Shiyu sich im Badezimmer die Hände gewaschen hatte, stand Ye Mei vor der Tür und sah ihn direkt an, immer noch die riesige Snacktüte in der Hand haltend.Wie viel kosten diese Mahlzeiten inklusive Reise- und Besorgungsspesen? Diese überweise ich Ihnen.Zhou Shiyu warf ihr einen Blick zu und sagte leise: Nein, ich benutze WeChat nicht.Ye Mei war fassungslos.Wie alt ist das? Wenn jemand WeChat nicht nutzt, wie kann er dann im täglichen Leben Kontakte knüpfen?Was ist mit Alipay oder Bankkarte?Nichts.Im Ernst, wie kommunizieren Sie normalerweise mit Ihren Freunden?Ich habe keine Freunde.Lebt diese Person normalerweise im Ausland?Das ist völlig aus der Zeit gefallen, oder?Dann gebe ich es dir an einem anderen Tag in bar.Zhou Shiyu ging zum Schuhschrank im Wohnzimmer, um seine Schuhe zu wechseln, ohne Ja oder Nein zu sagen, senkte er den Blick und sagte leise.Zhou Yan wird nachts wahrscheinlich nicht zurückkommen, daher ist die Tür verschlossen.du möchtest ausgehenIst er nicht gerade zurückgekommen?Zhou Shiyu verliebte sich.Er hob seinen Mantel auf und wollte gerade hinausgehen, als Ye Mei unbewusst seinen Arm festhielt.Moment mal.Plötzlich erinnerte sich Ye Mei daran, wie er tagsüber ihren Arm weggeworfen hatte, und nahm ihre Hand wütend zurück.Sie sagte zögernd: „Ist die Verletzung an deinem Arm in Ordnung? "Bußgeld.Sie holte schnell die einzige übrig gebliebene Flasche Joghurt aus der Snacktüte und reichte sie ihm.Betrachten Sie dies als Entschädigung.Zhou Shiyu senkte den Blick und warf einen Blick zu. Er stimmte weder zu noch antwortete er. Er drehte einfach den Blick zurück und ging zur Tür.Die Tür wurde sanft geschlossen.Ye Mei hielt immer noch die Flasche Joghurt in der Hand, ihre Arme stagnierten wie eine Idiotin in der Luft.Die Schuldgefühle, die zum ersten Mal in ihrem Leben aufkamen, wurden so offen zurückgewiesen.Ye Mei kräuselte die Lippen und steckte den Joghurt mit einem erleichterten Seufzer zurück in die Tüte.Das ist gut, sie sollte nicht untätig und aufmerksam sein.Er hat es verdient, zu Tode verletzt zu werden.Sie ist Ye Mei. Seit ihrer Kindheit haben andere zu ihr aufgeschaut. Wie kommt es, dass sie jetzt so verdorben ist?Das nächste Mal, wenn sie ihren kalten Hintern mit einem so heißen Gesicht berührt, wird sie sich selbst zu Tode schlagen.Das Regenwasser ergoss sich über die mit Wasser befleckte Decke und prasselte mit einem Plätschern nieder, wodurch Wellen im Plastikbecken entstanden.Ohne die Belästigung durch Betrunkene wirkte der ganze Raum besonders ruhig.Ye Mei senkte den Blick und warf einen Blick auf ihr Telefon.In der Nachrichtenleiste tauchten Nachrichten und Anrufe vieler ehemaliger Freunde auf. Die meisten von ihnen fragten, wo sie gewesen war und warum ihr Haus aus unerklärlichen Gründen versiegelt war.Es ist mehr als einen halben Monat her, seit ihr Vater gestorben ist, und sie hat immer noch keine Nachricht von ihrer Mutter erhalten.Ye Mei antwortete auf keine dieser Nachrichten. Ihr Blick fiel auf die Seite im Adressbuch ihrer Mutter. Ihre Fingerspitzen waren ein wenig ungestüm und tippten lange auf jede einzelne ein.Warum legen Sie nicht einfach Ihre Würde nieder und rufen mich an?Auch wenn Sie sie nicht mitnehmen, wäre es gut, eine Unterkunft für sie zu finden. Was ist mit dem Haus des ehemaligen Liebhabers ihres Vaters los?Nach langem Zögern wählte Ye Mei dennoch die

Nummer.Drei Sekunden später ertönte aus dem Hörer eine normale Frauenstimme mit einer leeren Nummer.Meine Mutter hat ihre Telefonnummer geändert, ohne es ihr zu sagen.Offenbar war er entschlossen, den Kontakt zu ihr abzubrechen.Ye Mei runzelte leicht die Stirn und blickte durch das Fenster nach unten.Zhou Shiyu kam zufällig aus einem Wohnhaus. Er trug immer noch eine schwarze Jacke und seine Schirmmütze war tief ins Gesicht gezogen.Die schwachen Straßenlaternen beleuchteten ihn, und die Schatten unter seinen Füßen waren dünn.Die Schultern, die so breit und breit waren, schienen jetzt sehr dünn zu sein, und es herrschte ein unerklärliches Gefühl von Kälte und Kälte.Zhou Shiyu schien ziemlich einsam zu sein.Genauso wie ich.

Als Zhou Shiyu den Korridor verließ, war es völlig dunkel.Er zündete sich eine Zigarette an, öffnete das Fenster, setzte sich auf den Fahrersitz und blickte ausdruckslos auf die geschäftigen Kameras in der Nähe.Ein Mann Anfang dreißig plapperte vor der Kamera.Sobald er Ye Mei aus dem Korridor kommen sah, begrüßte er sie sofort und zog natürlich seine Anzugjacke aus und zog sie ihr an.Ye Mei weigerte sich nicht. Sie stand neben dem Mann und sagte lächelnd etwas in die Kamera, und ihr Verhalten war ziemlich intim.Zhou Shiyu runzelte die Stirn und schaute weg, ohne zu bemerken, dass die Zigarettenkippe seine Fingerspitzen verbrennen würde.Als die zweite Zigarette fast ausgeraucht war, erklangen aus der Ferne und in der Nähe des Wagens mehrere High-Heels-Geräusche.Ye Mei ging mühelos zum Beifahrersitz, öffnete die Tür und stieg ein.schick mich nach Hause.Zhou Shiyu hatte keine Zeit gehabt, die Zigarette in seiner Hand auszudrücken.

Kapitel 11Die Atmosphäre war still und unangenehm, aber Ye Mei fühlte sich nicht so. Sie senkte nur den Blick und schnallte sich an.Dieser Ort liegt so abgelegen, in der Wildnis, und ich hatte kein Auto dabei, also konnte ich nicht zurück. Wie Sie wissen, sind meine Fahrkünste so schlecht, dass es zu gefährlich ist, an einen Ort wie diesen zu fahren .Zhou Shiyu runzelte immer noch die Stirn und schaute aus dem Fenster.Warum hat dich dieser Mann jetzt nicht zurückgeschickt?Ye Mei war für einen Moment fassungslos: Du hast es gesehenNach ein paar Sekunden lächelte sie plötzlich: Nein, du bist eifersüchtig.Ein Blick, der weder salzig noch gleichgültig war, blickte sie an und Ye Mei schloss wissend den Mund.Bußgeld.Da sein Gewissen noch nicht vollständig ausgelöscht ist, ist er nicht völlig erleichtert, dass sie ihn an einem so verlassenen Ort zurückgelassen hat.Widerwillig erlaubte sie ihm, ein paar Worte zu sagen.aussteigen.Zhou Shiyu streckte seine Zigarettenkippe aus und hob sein Kinn in Richtung Zheng Wenyis Auto.Du gehst mit ihrem Auto zurück, ich habe noch etwas zu tun.Ye Mei verschränkte die Arme, lehnte sich im Stuhl zurück und schloss die Augen, um sich auszuruhen.Ich kenne sie nicht.Dann bist du immer noch – Zhou Shiyu drehte sich fast augenblicklich um, seine dunklen Augen waren nicht mehr ruhig und zeigten offensichtliche Wut.Ye Mei hatte keine Angst vor ihr, stattdessen begegnete ihr Blick diesen schwarzen Augen, ihre Brauen leicht hochgezogen.Was sonst?Seinen Mantel so natürlich zu tragen und mit einem Mann zu sprechen, den sie nicht so natürlich und vertraut kannteZhou Shiyu starrte sie lange an und nahm die Worte schließlich zurück.Angesichts ihrer aktuellen Beziehung ist es unangemessen, solche Dinge zu sagen.Nichts.Zhou Shiyu startete das Auto. Die Gereiztheit in ihm war nicht verschwunden und er fuhr noch rücksichtsloser. Er machte eine scharfe Kurve und warf Ye Mei fast aus dem Fenster.Standort.Ye Mei hielt die Armlehne mit einer Hand fest, tat so, als wäre er ruhig, und ordnete die Ohrringe auf, die gerade fast weggeworfen worden wären.Blue Ocean Villa, wo ich früher gelebt habe.Zhou Shiyu hielt seine Fingerspitzen leicht inne und blickte sie durch den Spiegel an.Nach einer langen Weile gab er ein leises Summen von sich.Der schwarze SUV raste mit hoher Geschwindigkeit über die Straße und die beiden schwiegen die ganze Zeit.Die Gereiztheit in Zhou Shiyus Körper wurde vom Wind fast verweht und er kehrte allmählich in einen ruhigen und gleichgültigen Zustand zurück, ohne Ye Mei während des gesamten Vorgangs auch nur anzusehen.Durch die Risse in den Fenstern wehte weiterhin kalter Wind ins Auto, und die Atmosphäre war eiskalt.Ye Mei schaute leicht gedankenverloren aus dem Fenster.Es sieht so aus, als würde es wieder regnen. Zhou Shiyu hasste Regen vorher am meisten und sie mochte nicht einmal regnerische Tage.Das Wetter vor starkem Regen ist immer so, düster und trüb, nicht einmal das Tageslicht kann hineinscheinen.Als sie fast die Hälfte der Fahrt hinter sich hatte, konnte Ye Mei die seltsame Atmosphäre nicht mehr ertragen, also schaltete sie die Automusik ein und spielte ein fröhliches Stück Musik.In der nächsten Sekunde wurde die Musik von Zhou Shiyu ausgeschaltet.Ye Mei:Zhou Shiyu sah sie nicht einmal an und sagte leise: Hast du nicht gerade gesagt, dass du mit mir reden willst? Wovon redest du?Oh das.Ye Mei berührte ihre Nasenspitze und spürte sofort, dass die Atmosphäre steifer war als zuvor.Sie hatte gewusst, dass sie hätte warten sollen, bis sich ihre Beziehung wieder entspannte, bevor sie sich von ihm nach Hause schicken ließ, aber jetzt war sie zu ungeduldig und sie war diejenige, die darunter litt.Ursprünglich wollte sie ein paar unbedeutende Themen finden, über die sie reden konnte, aber nachdem sie lange gekämpft hatte, wollte sie immer noch das fragen, was sie gerade am meisten wissen wollte.Ye Mei warf unbewusst einen Blick auf sein Gesicht.Wo lebt Zhou Yan jetzt?Sie schuldete Zhou Yan so viel, dass sie es in ihrem Leben niemals zurückzahlen könnte.Zhou Shiyu warf Ye Mei aus dem

Rückspiegel einen Blick zu und schloss das Fenster, um den kalten Wind abzuhalten.Sie will dich wahrscheinlich nicht sehen.Ich weiß. Ye Mei senkte den Blick, aber ich möchte mich persönlich bei ihr entschuldigen, wenn ich die Gelegenheit dazu habe.Holen Sie sich wieder Geld zum AusgleichSeit ihrer Kindheit wusste sie nicht, wie man nett zu anderen ist oder wie man andere liebt, und niemand um sie herum hat es ihr beigebracht.Sie wusste nur, dass er ihnen jedes Mal, wenn die Frauen in der Nähe ihres Vaters unglücklich waren, ein Bündel Geld gab und sie sofort damit fortfuhren, ihrem Vater zu schmeicheln und ihn mit einem strahlenden Lächeln zu erfreuen.Also begann sie, das Beispiel ihres Vaters nachzuahmen.Sie zerbrach absichtlich die Vase, verschmutzte den Teppich und gab den Kindermädchen einen Geldbetrag zum Aufräumen. Sie waren offensichtlich viel glücklicher und erwarteten sogar, dass sie mehr falsche Dinge tun würde.Das Gleiche gilt für den Eintritt in die Gesellschaft. Solange sie Zheng Wenyi jeden Monat seine Idealfigur gibt, wird er bereitwillig hinter Ye Mei zurückbleiben, um das Chaos zu beseitigen.Aber sie wusste, dass Geld nicht alles war, zumindest nicht für Zhou Shiyu.Im Gegensatz zu den Yingying Yanyan in der Nähe ihres Vaters ist es etwas schwierig, Zhou Meiren zum Lächeln zu bringen.Natürlich bemerkte Zhou Shiyu ihren stillen Blick und nach einer Weile sprach er leise.Zhou Yan lebt nicht in Xicheng.Ye Mei summte leise.Sie hat es tatsächlich erraten.Sie sagte: Wenn du zurückkommst, sage ich dir, dass alles Vergangenheit ist und dass dir die guten und schlechten Dinge der Vergangenheit egal sind.Zhou Shiyus Stimme war ruhig, als würde er etwas beschreiben, das nichts mit ihm zu tun hatte.Aber es war so ein Tonfall, der Ye Meis Nase wund machte und sie am liebsten ohne Grund geweint hätte.Sie schienen alle voranzukommen.Aber sie kommt da nicht durch.Sieben Jahre lang wanderte sie allein am selben Ort umher, konnte aber keine Tür finden, durch die sie hinausgehen konnte.Die Zeit ist kein Heiler und niemand kann sie ausschalten.Ye Mei unterdrückte ihre Tränen, hob leicht ihr Kinn und befahl arrogant.Halten Sie das Auto an, ich möchte aussteigen.Zhou Shiyu runzelte die Stirn und warf ihr einen Blick zu: Warum bist du plötzlich so verrückt?Ye Mei blickte ausdruckslos nach vorne: Ich möchte nicht mehr in deinem Auto mitfahren, ich habe Kopfschmerzen.

Kapitel 12Dann ertrage es.Auch Zhou Shiyu blickte gelassen zurück: Wenn man auf dieser Straße nicht anhält, werden Punkte abgezogen.Ye Mei:Mir wurde schlecht und ich habe mich in deinem Auto übergeben.Es macht mir nichts aus. Zhou Shiyu sah sie nicht einmal an und spottete kalt: „Benutzt du nicht immer Geld, um Probleme zu lösen? Ich kann das Auto immer noch waschen. "Ye Mei:Während der letzten zehn Minuten der Fahrt sagte keiner von ihnen ein

Wort.Ye Mei schaute vom Fenster weg und runzelte leicht die Stirn, während Zhou Shiyu während des gesamten Prozesses einen ruhigen Gesichtsausdruck hatte und sein Blick nie auf sie fiel.Sobald das Auto vor der Tür anhielt, öffnete Ye Mei die Tür und ging nach oben, ohne ihn auch nur anzusehen.Nachdem Zhou Shiyu zusah, wie sie nach oben ging und die Tür abschloss, wollte er gerade das Lenkrad drehen, als er vage ein weißes Auto unter einem alten Baum sah.Jahrelange Professionalität sagte Zhou Shiyu, dass mit diesem Auto etwas nicht stimmte.Dieses Villenviertel ist eigentlich sehr abgelegen, völlig weit weg von der Stadt, aber die Menschen, die hier leben, sind im Allgemeinen reich oder adelig und ihre Häuser haben eine eigene Garage. Wie konnte ein so altes Auto in der Nähe von Ye Meis Haus geparkt werden?Er hielt das Auto an und näherte sich dem weißen Auto.In der Nähe des weißen Autos ist Unkraut überwuchert. Der Lack blättert ab und das Nummernschild wurde entfernt. Es sieht aus, als wäre es schon lange verschrottet.Die Lichter in der Villa gingen an und Zhou Shiyu hob unbewusst den Kopf, nur um zu erkennen, dass das Auto auf Ye Meis Zimmer gerichtet war.Er bückte sich halb, um es auszuprobieren. Aus diesem Blickwinkel konnte er, selbst wenn er im Auto saß, immer noch vage die Hälfte von Ye Meis Körper durch das Unkraut und die vom Boden bis zur Decke reichenden Fenster sehen.Aber es gibt hier überwuchertes Unkraut und es gibt keine Spuren von Zertrampelungen. Es sieht nicht so aus, als ob irgendjemand hineinkommen könnte.Zhou Shiyu runzelte die Stirn.Was für ein ZufallEr grub sich durch das Gras, machte ein Foto des Nummernschilds und schickte es an Peng Qian. Nachdem er gründlich überprüft hatte, dass das Auto keine aktuellen Fahrunterlagen hatte, war er bereit, zurückzugehen.Bevor Zhou Shiyu ins Auto stieg, blickte er unbewusst in Richtung der Lichter.Auf dem Balkon im zweiten Stock bewegten sich blaue Windspiele sanft im Wind.Ye Mei hatte bereits ihren Schlafanzug angezogen, sie stand auf dem Balkon und blickte auf Zhou Shiyu herab.Die Abendbrise streichelte ihr Haar, und ihr reinweißer Seidenpyjama kräuselte sich über ihr langes Haar. Der Raum war von Dunkelheit umgeben und sie stand allein da, als wäre sie mit Licht vergoldet.Zhou Shiyus Bewegungen waren leicht steif und seine Hand um den Türgriff wurde fester.Er hatte vergessen, wie lange es her war, seit sie sich so angesehen hatten.Das blaue Windspiel, das in der Mitte des Balkons hängt, war Zhou Shiyus erstes Geburtstagsgeschenk an sie.Er dachte, sie sei schon vor langer Zeit verloren gegangen.Die Zeit verging, egal wie lange es dauerte, er lockerte langsam seine Fingerspitzen, senkte den Blick wieder und stieg ins Auto.Das Auto fuhr davon, ohne die Absicht, anzuhalten.Ye Mei schloss ihr rechtes Auge und gestikulierte mit der linken Hand wie ein Teleskop, bis das Auto aus ihrem Blickfeld verschwand.Sie hatte vergessen, wann sie anfing, Gefühle für Zhou Shiyu zu empfinden.Es ist, als ob diese Art von Liebe ganz natürlich, langsam und langsam, ohne Vorwarnung keimte.

Vor acht Jahren, Xicheng Town.Am Morgen des dritten Tages nach ihrem Aufenthalt im Haus von Zhou Shiyu wurde Ye Mei durch das heftige Geräusch zerbrechenden Glases geweckt.Sie hatte nicht einmal Zeit, ihren Schlafanzug anzuziehen. Nachdem sie hastig ins Wohnzimmer gerannt war, wurde ihr klar, dass es Zhou Yan war, der zurück war und auf dem Boden hockte, um die zerbrochenen Glassplitter aufzusammeln, die sie umgeworfen hatte.Zhou Yan hat letzte Nacht wahrscheinlich viel getrunken. Als sie die Tür öffnete, erfüllte der Geruch von Alkohol das gesamte Wohnzimmer.hat dich aufgewecktZhou Yan hob ihr Kinn zum Esstisch und brachte dir Frühstück.Ye Mei nickte, ging zum Esstisch und setzte sich.Das Frühstück war tatsächlich reichhaltiger als erwartet, mit allem von Xiaolongbao, Tofu, Tofu, Sojamilch und frittierten Teigstangen. Sie dachte, sie würde an getrockneten Dampfbrötchenscheiben knabbern.Zhou Yan saß auf dem Sofa und überprüfte sorgfältig den schwarzen Rock in ihrer Hand. Ihr Gesicht war voller Abscheu.Verdammt, der Geruch von Zigarettenrauch hat meinen Rock befleckt. Es ist ekelhaft. Jetzt muss ich für die chemische Reinigung bezahlen.Ye Mei biss auf das Xiaolongbao in ihrer Hand und runzelte unkontrolliert die Stirn.Obwohl sie es nie sagte, blickte sie in der Vergangenheit tatsächlich auf Menschen wie Zhou Yan herab.In ihren Augen ist Zhou Yan eine wahre Prostituierte.Wenn sie sich auf dieses hübsche Gesicht verlässt, kann sie aus der Gunst eines Mannes Nutzen ziehen, um ihre Eitelkeit zu befriedigen.Während ich die Bequemlichkeit anderer genieße, verachte ich diese Person dafür, dass sie unhöflich und unhöflich ist.Aber als sie verzweifelt war, wollten sich die Leute, die ihr jeden Tag schmeichelten, unglücklicherweise verstecken, aber eine Person, die sie in jeder Hinsicht nicht mochte, nahm sie auf.Gerade als Ye Mei in Gedanken versunken war, sagte Zhou Yan plötzlich: „Was ist mit dieser Tür los? " Der betrunkene Typ auf der anderen Seite ist gekommen.Ye Mei hob nicht einmal die Augenlider und gab ein leises Summen von sich.Geht es dir gut?Zhou Yans Pupillen weiteten sich leicht und sie ging hastig um den Tisch herum an Ye Meis Seite, wobei sie unbewusst ihren Arm hielt.Gab es Verletzungen? Hat er Sie berührt?Ye Mei schob ihre Hand weg, ohne eine Spur zu hinterlassen.Mir geht es gut.Zhou Yan sah sie mehrmals an und nachdem sie sich vergewissert hatte, dass es ihr gut ging, krempelte sie die Ärmel hoch und stand auf.Ich besuchte ihn. Er wagte es, jeden im Haus meiner Mutter anzufassen. Ich dachte, er sei des Lebens überdrüssig.Er ist nicht reingekommen.Ye Mei schnappte sich ihre Kleidung.Ein paar Sekunden später fügte Ye Mei mit leiser Stimme hinzu: Zhou Shiyu kam letzte Nacht zurück.Du kennst meinen BruderÄh. Ye Mei aß weiterhin den Reis in der Schüssel. Sie hatte ihn am ersten Tag gesehen, als sie hierher kam, und kam zurück, um etwas zu holen.Es schien, als hätte sie wirklich Hunger. Essen, das ihr vorher überhaupt nicht gefiel, war jetzt so appetitlich.Zhou Yan sah Ye Mei ausdruckslos an, ihre Lippenwinkel bewegten sich, aber sie sagte lange Zeit nichts.Mit anderen Worten: Zhou Shiyu wusste, dass plötzlich ein fremdes Mädchen zu Hause lebte, war aber dennoch bereit, am nächsten Tag zurückzukommen, um die kaputte Holztür zu reparieren.Das ist wirklich nicht sein Stil.Zhou Yan dachte ursprünglich, dass Zhou Shiyu kommen und sie fragen würde, warum sie einen Fremden ohne Erlaubnis sein Zimmer bewohnen ließ, und die beiden würden wahrscheinlich einen großen Streit haben.Nach dem Frühstück ging Zhou Yan ans Telefon.Das Haus war überhaupt nicht schallisoliert. Auch wenn Ye Mei sich im Zimmer versteckte und die Kopfhörer auf maximale Lautstärke stellte, konnte sie Zhou Yans Telefongespräch immer noch deutlich hören.Es waren nichts weiter als ein paar flirtende Worte. Der Mann auf der anderen Seite der Stimme war wahrscheinlich nicht mehr jung. Er sprach in einem schmierigen Ton. Sie konnte die schmierige Miene des Mannes durch das Telefon spüren.Als das Thema immer deutlicher wurde, konnte Ye Mei es nicht mehr ertragen, also zog sie ihre Kopfhörer aus der Steckdose und verließ das Haus.Jetzt möchte sie einfach nur allein sein, auch wenn sie einen Nachmittag lang an einem ruhigen Ort sitzt und nichts tut.Sobald sie aus dem Tor kam, sah sie nicht weit entfernt mehrere Onkel und Tanten an der Tür sitzen und plaudern. Ihre Augen konnten nicht anders, als auf ihre glatten Schenkel zu fallen. Gelegentlich kamen sie zusammen und besprachen etwas in aller Ruhe Stimme.Ye Mei wollte nicht mit ihnen reden, aber als sie an ihnen vorbeiging, hielt sie plötzlich ein alter Mann auf.Kleines Mädchen, du kommst von außerhalb der StadtYe Mei nickte.Du siehst nicht aus wie wir. Unsere Mädchen würden sich niemals so kleiden.

Kapitel 13Die kurzhaarige Tante neben ihr warf ihr einen Blick zu und sagte lächelnd: „Oh, sie sieht aus wie ein kleines Mädchen aus der Stadt. Sie zeigt gerne ihre hellen Arme und Beine. Sie muss ihr glattes Haar locken. Ja, sie. " Alle ahmen Ausländer nach und kleiden sich schon in jungen Jahren in schicke Kleidung. Meine Tochter ist anders. Sie ist gut und gehorsam. Während des chinesischen Neujahrs in diesem Jahr hat sie sogar einen Volkslehrer als ihren Freund gefunden, was erstaunlich ist.Autsch, Schwägerin Zhao hat wirklich Glück. Lehrerin zu sein ist großartig und kann lesen und schreiben.Die alte Familie Zhao kann als kultivierte Person angesehen werden.Ye Mei wusste jetzt, warum diese Leute endlos auf ihre Schenkel starrten.Ihre Lippenwinkel verzogen sich, aber in ihren Augen war kein Lächeln: Tante, deine Tochter muss sehr nett sein.Natürlich, mein Mädchen – Bevor die Tante zu Ende gesprochen hatte, antwortete Ye Mei mit einem Lächeln: „Um mehr als 20 Jahre mit einem so gemeinen Menschen wie dir zusammenleben zu können und trotzdem so kindisch zu sein, ist deine Tochter wirklich ein guter Mensch. "Die Atmosphäre wurde sofort still und mehrere Leute, die ursprünglich mitgewirkt hatten, richteten ihre Aufmerksamkeit auch auf Ye Mei.Ye Mei unterdrückte ein Lächeln und sah mit ausdruckslosem Gesicht auf sie herab: Es steht mir frei, zu tragen, was ich will. Auch wenn ich mich ausziehe und nackt herumlaufe, hat das nichts mit dir zu tun. Tante, lass mich dir gefallen mit deinen Worten. Kann ich der Schwiegersohn eines Lehrers sein?Danach hielt sie den Sonnenschirm hoch und drehte sich um, um zu gehen, egal wie die Leute hinter ihr über sie diskutierten, in ihren Augen war keine Wärme.wirklich interessant.Sie, Ye Mei, hat als Kind immer auf andere herabgeschaut und wurde nie gemobbt.Deshalb war ich erst seit drei Tagen hier. Am ersten Tag schlug Zhou Shiyu die Tür zu, am zweiten Tag wurde ich von einem Betrunkenen belästigt und am dritten Tag wurde ich von Fremden beschimpft, weil ich mich gezeigt hatte aus.Ich weiß nicht, wen sie provoziert hat.Als sie die Ecke erreichte, bog ein weißes Motorrad schnell vor ihr ab und auf dem Boden zeichnete sich deutlich ein heller, weißer, halbkreisförmiger Kratzer ab.Der junge Mann in der Fliegerjacke nahm seinen Helm ab und seine etwas rauen Augen blickten ihn mit einem halben Lächeln an.Auf dem Kopf trägt der junge Mann ein paar weiße Haarbüschel mit Locken an den Enden. Seine Gesichtszüge sind scharf und glatt. In den Ohrknochen wurde ein kleiner silberner Diamant gebohrt, der leicht in der Sonne schimmerte.Es sieht ziemlich gut aus, aber ein wenig unkonventionell.Ye Mei warf ihm einen leichten Blick zu, hob die Beine und ging zur Seite.Der junge Mann spreizte seine langen Beine und blockte sie kräftig ab.Ye Mei hob den Blick und sah ihn ruhig an: Geh aus dem Weg.Der junge Mann lehnte träge auf dem Motorrad und seine beiden kleinen Tigerzähne leuchteten hell, als er lächelte.Von außerhalb der StadtYe Mei war irritiert und ihr Ton war natürlich nicht angenehm.Das geht Sie nichts anVersteh das nicht falsch.Der junge Mann hob sein Kinn in Richtung Ecke. „Die Ältesten und Tanten, die gerade da sitzen, sind unter uns notorisch geschwätzig. Sie sprachen über einen vorbeikommenden Hund. Ihre Worte gerade jetzt sind ziemlich beruhigend. "Ye Mei hatte das Gefühl, dass diese beiden Sätze nicht ganz richtig waren, egal wie sie sie schmeckte, als würden sie um den heißen Brei herumreden und sie beschimpfen.Ye Mei machte sich nicht die Mühe, es weiterzuverfolgen und ging mit einem Regenschirm in der Hand weiter vorwärts.Die beiden langen Beine des Jungen stützten das Motorrad und glitten langsam mit ihrer Geschwindigkeit vorwärts.Wo gehst du hin?Ye Mei sagte leise: Machen Sie einen Spaziergang.Suchen Sie sich einen Ort, an dem niemand in der Nähe ist. Je ruhiger, desto besser. Sie kann wirklich keine Sekunde an diesem elenden Ort bleiben.Wie wäre es damit, ich bringe dich an einen guten Ort. Dort war es anders, mit all den jungen Leuten in der Stadt.Ye Mei drehte den Kopf und sah ihn mit etwas Argwohn im Blick an.Schau mich nicht so an, ich bin kein schlechter Mensch.Der Ton des jungen Mannes war nachlässig und er hatte immer einen langsamen und trägen Ton, wenn er sprach.Darf ich mich vorstellen. Mein Name ist Xie Rong. Ich werde dieses Jahr siebzehn. Ich wohne in Zimmer 304, dritter Stock, Nr. 28, dieser Gasse. Meine Familie besteht aus drei Personen. Der Name meines Vaters ist Xie Yong, und er ist der Besitzer des Kaufhauses Xizhen. Der Name meiner Mutter ist Li Mingjuan und sie ist die Lehrleiterin der Xizhen-Mittelschule. Meine ID-Nummer ist 32xxxxxxx.Ye Mei:Nachdem er sich vorgestellt hatte, beugte sich Xie Rong halb vor und streckte herablassend eine Hand in Richtung von Ye Mei aus.Was ist mit dir? Wie heißt du?Die Mittagssonne war glühend heiß, die Zikaden zwitscherten ununterbrochen und die Sonnenschirme brachten keine Abkühlung in das heiße Wetter.Ye Mei schaute zum Ende der Straße. Schmale und alte Gebäude waren dicht an dicht. Die Häuser waren nicht schallisoliert und sie konnte immer noch undeutlich die lauten Auseinandersetzungen des Paares nebenan hören.Es ist höchstwahrscheinlich schwierig, einen ruhigen und unabhängigen Ort zu finden, also müssen Sie das Beste daraus machen.Ye Mei sah Xie Rong an. Das Sonnenlicht schien auf die schöne Stirn des jungen Mannes und ließ seine Augen funkeln.Seine Augen waren aufrichtig, er war wahrscheinlich kein schlechter Mensch.Sie streckte ihre Hand aus und legte sie auf die große Hand, die schon lange in der Luft war.Hallo, mein Name ist Ye Mei.Eine halbe Stunde später hielt die Lokomotive langsam am Fuß eines vierstöckigen Gebäudes an.Xie Rongs Reitkünste waren wirklich nicht sehr gut und er tobte eine halbe Stunde lang durch die Gasse. Ye Mei konnte seine Kleidung nur festhalten, und dann konnte sie die Schmetterlinge in ihrem Bauch zurückhalten und sich nicht an ihn übergeben.Ye Mei hielt sich den ganzen Weg über an der Treppe fest, unterdrückte ihren Schwindel und erreichte den dritten Stock.Sobald Xie Rong die bunte Tür öffnete, ertönte der Klang rhythmischer Musik durch den Türspalt.Es sind tatsächlich junge Leute drinnen, die Basketball spielen, Rennen fahren, schießen und Puppen fangen. Die Musik vermischt sich leicht mit dem Lachen junger Liebender und dem knackigen Geräusch von Metallsilbermünzen, die in den Plastikkorb fallen.Ist das nicht nur eine große Videospielstadt? Sie dachte wirklich, es sei ein guter Ort.Ye Mei blickte sich in der Arcade-Stadt um und blieb am Getränketisch vorne stehen.Durch das Menschenmeer kollidierte mitten in der Luft ein Paar dunkler und gleichgültiger Augen mit ihr.Ich weiß nicht, wie lange er mich schon sieht. Seine Augen sind offensichtlich ein wenig geistesabwesend, aber seine Hände wiederholen immer noch mechanisch den Vorgang des Reinigens der Tasse.Es ist Zhou Shiyu.Er trug heute schwarz-weiße Arbeitskleidung. Der Kragen seines Hemdes war sauber und flach, und die Manschetten waren leicht zur Hälfte hochgekrempelt, so dass ein weißes, knochiges Handgelenk zum Vorschein kam.Dieses Outfit sieht etwas elegant aus.Viele junge Mädchen standen um den Getränketisch herum, einige machten Fotos, andere versammelten sich mit roten Wangen und flüsterten. Ihre Augen waren alle auf Zhou Shiyu gerichtet.Ye Meis Augenbrauen waren leicht hochgezogen und ihre Augen schienen eine Show zu sehen.Ich hätte nicht erwartet, dass er bei kleinen Mädchen so beliebt sein würde.Gerade als Ye Mei fasziniert war, wurde ihr unvorbereitet ein Billardqueue zugeworfen.Ye Mei packte es unbewusst.Weißt du, wie man das spielt? Xie Rong hob sein Kinn zum Billardqueue, wie wäre es, wenn ich es dir beibringe, es ist ganz einfach.Auf mich herabblickenYe Mei lächelte, ging zum Billardtisch, beugte sich vor und nahm die Standardhaltung zum Billardspielen ein.Der Taillenrock betont eine schöne Taillenkurve, und ein paar lange Haarsträhnen fallen gefährlich auf ihre Taille, was ihre Figur noch schlanker und anmutiger macht.Xie Rong warf fast unbewusst einen Blick auf ihre Taille, während sein Adamsapfel unkontrolliert rollte.Die nächste Sekunde. Sobald der Schuss einschlug, ertönte sofort das Geräusch farbiger

Kugeln, die aus dem Beutel fielen.Xie Rong sah zu und war verblüfft. Ursprünglich wollte er vor der schönen Frau nur cool aussehen, aber er hatte nicht erwartet, dass sie so professionell sein würde.Verdammt, BlödsinnYe Mei warf ihm die Stange zu: Finde beim nächsten Mal etwas Schwieriges, das du mir beibringen kannst.Als sie wieder in Richtung des Weintisches blickte, hatte Zhou Shiyu irgendwann schon weggeschaut und putzte mit gesenktem Blick weiter den Becher in seiner Hand.Egal, was das Mädchen neben ihm sagte, er wirkte ruhig und ruhig, ohne jegliche Störung.Er schien für immer so zu sein, ruhig und gleichgültig, alle Gefühle vertuscht, als ob die Hektik der Welt nichts mit ihm zu tun hätte.Zhou Shiyu hat sich völlig daran gewöhnt, allein zu sein.Ye Mei war zufällig zwei völlig andere Menschen als er. Sie wurde einsam geboren, hasste es aber, allein zu sein.Das Gefühl, niemanden in der Nähe zu sehen, wenn sie die Augen öffnete, löste in ihr immer ein Gefühl der Leere aus, als würde etwas in ihrem Herzen fehlen.Ohne die Veränderungen in Ye Meis Familie hätten sich ihre Wege nie gekreuzt.Verdammt, warum ist er heute an der Reihe? Es ist wirklich Pech.Als Ye Mei wieder zur Besinnung kam, bemerkte sie, dass Xie Rongs Blick auf Zhou Shiyu fiel.Sie fragte unbewusst: Kennst du ihn?Warum kennst du nicht unseren guten Schüler Zhou Shiyu?Xie Rongs Ton war voller Sarkasmus, er umklammerte die Stange und richtete seinen Blick auf das Billard.Gibt es in der ganzen Stadt jemanden, der ihn nicht kennt?Ye Mei warf Zhou Shiyu unbewusst einen Blick zu: Er hat sehr gute Noten.sehr gut. Xie Rong traf das Loch mit einem Ball und richtete sich auf, um sich auf den Billardtisch zu lehnen. Solange er die Prüfung machte, egal in welchem Fach er punktete, würde er definitiv der Erste in der Klasse sein. Er lag weit hinter dem Zweiten Platz, auch wenn er in die Provinz oder Stadt ging, um an der Liga teilzunehmen. Er schnitt auch in Prüfungen hervorragend ab. Meine Mutter sagte immer, dass Zhou Shiyu zum Lernen geboren wurde.Unerwarteterweise ist dieser Mann auch ein guter Schüler.Sie dachte, Zhou Shiyu würde jeden Tag Teilzeit draußen arbeiten, weil seine Noten nicht gut waren, und so kam er früher nach Hause, um eine Fähigkeit zu erlernen, mit der er seine Familie ernähren konnte.Aber es ist ziemlich lustig.Shiyus Noten waren diese Woche so gut, aber er bekam kein einziges Stipendium. Sie wurden alle an den Zweitplatzierten vergeben. Er nahm nicht einmal jeden Montag an der Ehrenrede der Schule teil. Mehrere Schüler, die hinter ihm rangierten, taten dies Ich bin nicht einmal dabei. Ich war schon so oft dort oben, dass ich es gar nicht mehr zählen kann.Ye Mei runzelte leicht die Stirn: Warum hat er einen Fehler gemacht?Nicht wirklich. Sie wissen nicht, dass seine Schwester ihn bei dieser Drecksarbeit unterstützte, damit er lernen konnte.Xie Rong blickte Zhou Shiyu an. Ihr Familienhintergrund war nicht sehr ruhmreich. Vor ein paar Jahren kamen sie mit hohen Schulden nach Xizhen.

Jeden Tag kam eine Gruppe von Gläubigern, um ihre Schulden einzutreiben.Ye Mei nahm das Queue und zielte auf das Billard auf dem Tisch. Sie sagte nichts und senkte schweigend ihre Wimpern.Sie schien zu verstehen, warum Zhou Shiyu immer für sich blieb.Es ist nicht so, dass er sich nicht in die Welt integrieren will, aber die Welt kann ihn nicht tolerieren.Wenn Xie Rong wüsste, dass sie von Zhou Yan zurückgebracht wurde, wäre ihre Behandlung wahrscheinlich nicht besser als die von Zhou Shiyu.Vergiss es, lass es uns nicht erwähnen. Warum redest du über ihn? Es wird deine Stimmung beeinflussen.Xie Rong nahm auch den Schläger, der auf der einen Seite stand, und ging auf die andere Seite zu. Kurz gesagt, halten Sie sich von ihm fern, wenn Sie ihn in Zukunft sehen, und lassen Sie sich nicht vom Pech treffen.Ye Mei:Am nächsten Nachmittag spielten Ye Mei und Xie Rong mehrere Stunden lang in unerklärlicher Harmonie Billard.In dieser Zeit fassten mehrere kleine Mädchen mit roten Wangen den Mut, zu Xie Rong zu kommen, kehrten jedoch niedergeschlagen zurück, als sie Ye Mei neben ihm stehen sahen.Natürlich würde Xie Rong solch ein kleines Detail nicht übersehen. Er lehnte sich vor den Tisch und sah Ye Meidao mit einem halben Lächeln an.Findest du, dass wir wie ein Paar aussehen? Gerade haben mehrere Leute gesagt, dass wir gut zusammenpassen.Auch Ye Mei lächelte: „Wenn du nicht so unkonventionell wärst, würden wir zusammen vielleicht besser aussehen, aber leider bist du nicht der, den ich mag. "Welchen Typ magst du also?Ye Mei verstummte und konzentrierte sich auf das Billard-Queue, doch die Gestalt von Zhou Shiyu tauchte unwissentlich in ihrem Kopf auf.Unnötig zu erwähnen, dass sie, als sie Zhou Shiyu zum ersten Mal sah, das Gefühl hatte, dass dieser schöne und saubere Junge ihr Idealtyp sei.

Plötzlich unterbrach ein Donner ihren Traum. Ye Mei setzte sich auf, mit dünnen Schweißperlen auf ihrer Stirn.Vor dem Fenster zuckten Blitze ein und aus, und gelegentlich spiegelten sich gesprenkelte Baumschatten an der Wand.Sie hob den Blick und warf einen Blick auf die Uhr an der Wand.Es ist sechs Uhr morgens und draußen vor dem Fenster ist es noch dunkel. Der Regen prasselt wie verrückt auf die Fensterbank, und ein paar Blätter sind nass und kleben am Fenster.Es regnete wieder und sie hatte einen Traum.Seit ihrer Rückkehr nach Xicheng träumt sie immer ungewollt von der Vergangenheit, und als sie aufwacht, erfüllt ein unerklärliches Gefühl der Machtlosigkeit ihren Körper.Sie hatte letzte Nacht alle Zigaretten, die sie zur Hand hatte, ausgeraucht, ließ aber ihr Handy und ihre Tasche in Zhou Shiyus Auto zurück.Sie durchsuchte alle ihre Mäntel und fand nur 100 Yuan in bar.Ye Mei zog ihre Hausschuhe an und wusch sich schnell. Sie hatte nicht einmal Zeit, sich zu schminken, und ging in den kleinen Supermarkt unten, um ein paar Schachteln Zigaretten zu kaufen.Bevor sie ausging, fand sie auch das Mobiltelefon, das sie vor sieben oder acht Jahren benutzt hatte.Mit einem Hauch von Scharlach auf den Fingerspitzen lehnte sich Ye Mei auf dem Fahrersitz zurück und legte ihre Ellbogen lässig auf das Fensterbrett.Nach dem Aufladen lässt sich das Telefon glücklicherweise noch einschalten.In dem Moment, als sie das Telefon einschaltete, strömte die ganze Vergangenheit wie eine Flutwelle auf sie zurück.Ganz oben stehen die Dutzenden Telefonanrufe und Hunderte Textnachrichten von Zhou Shiyu am letzten Tag, als sie Xicheng verließ.Ye Meis Nasenspitze war leicht säuerlich. Sie wagte nicht, sie anzusehen und blätterte schnell zur Seite von Xie Rongs Nachrichtenspalte.Xie Rong rief sie an diesem Tag oft an, mindestens dreißig oder vierzig.Wenn ich jetzt darüber nachdenke, fällt mir auf, dass ich Xie Rong seit sieben oder acht Jahren nicht mehr kontaktiert habe.Versuchen Sie andernfalls, einen Anruf zu tätigen.

Kapitel 14Nachdem eine Zigarette langsam ausgebrannt war, zündete sich Ye Mei eine neue an. Sie hob den Blick und warf einen Blick auf die Uhrzeit auf ihrem Handy.7:10, okay, nicht zu früh.Obwohl Xie Rong zuvor ein unauffälliger Mensch war, musste er sich unter dem Druck der Mutter des Dekans dennoch die gute Angewohnheit aneignen, früh zu Bett zu gehen und früh aufzustehen.Das ist viel besser als das von Ye Mei zuvor.Nach langem Zögern drückte sie schließlich den Wählknopf.Der Gesprächspartner ging schnell ans

Telefon, in seinem Ton lag ein Anflug von Überraschung.Ye MeiZum Glück erinnerte er sich noch an sie.Seine Stimme hat sich im Vergleich zu früher stark verändert.Die klare und großmütige Stimme des jungen Mannes war nicht mehr da und seine Stimme hatte eine unbeschreibliche Tiefe und Heiserkeit.Nun, ich bin es.Ye Meis Blick fiel auf ihre Fingerspitzen und sah zu, wie die Zigarettenkippe langsam ausbrannte, Xie Rong, lange nicht gesehen.Die andere Partei schwieg zwei Sekunden lang: Sie sind nach Xicheng zurückgekehrtYe Mei summte: „Ich bin erst vor Kurzem zurückgekommen und du arbeitest nicht mehr in Xicheng? "Xie Rong lächelte bitter und sagte hilflos: Das geht nicht. Was damals passierte, machte es mir unmöglich, in der Stadt zu überleben. Meinetwegen redeten meine Eltern miteinander, wenn sie gingen.Ye Mei schürzte leicht die Lippen und bevor sie überhaupt den Mund öffnete, um sich zu entschuldigen, wurde sie plötzlich von Xie Rong unterbrochen.Hast du Zhou Shiyu gesehen?Äh.Nach ein paar Sekunden der Stille senkte er seine Stimme und fragte zögernd.Was ist mit Schwester Zhou Yan?Zhou Shiyu sagte, dass sie außerhalb der Stadt arbeitet, aber ich kenne den genauen Standort nicht.Durch das Telefon konnte Ye Mei hören, wie laut die Stimme auf der anderen Seite war. Mehrere Männer mit rauen Stimmen schrien aus vollem Halse.Ye Mei nutzte die Situation und fragte: Welche Arbeit machst du jetzt?Hey, ich habe keine Ausbildung und keinen Verstand. Ich kann nur durch

Handarbeit in einem Monat etwas Geld verdienen. Wie auch immer, wenn eine Person satt ist, wird die ganze Familie nicht hungrig sein.Xie Rongs Tonfall war entspannt, mit einem Anflug von Selbstironie in seinen Worten.Er war vorher nicht so.Er sollte stolz und mutwillig sein. Er ist so arrogant, dass sein Kinn fast bis zum Himmel reicht. Zumindest würde er niemals solche abfälligen Worte über sich selbst sagen.Ye Mei schaute seitlich aus dem Fenster: Kann ich dich sehen?Ohne sie wären Xie Rong und Zhou Yan nicht wie Ratten über die Straße gegangen, hätten geschrien und einander geschlagen.Sie wollte es wieder gutmachen.Ob Arbeit oder Geld.Der Regen prasselte heftig gegen die Autoscheibe, und ein durchnässtes Kätzchen sauste am Auto vorbei, wodurch sich in der kleinen Pfütze mehrere Wellen bildeten.Xie Rong schwieg eine Weile und sagte leise:Vergiss es.Vergessen wir es, es ist zu lange her und es besteht kein Grund für ein erneutes Treffen.Nachdem er aufgelegt hatte, hielt Ye Mei das Telefon fest und die Hand, die die Zigarette hielt, wurde von der Zigarettenkippe fast verbrannt.Sie senkte den Kopf, runzelte die Stirn und die Enden ihrer Augen waren leicht gerötet.Vielleicht kam sie zu spät und niemand war bereit, ihr eine Chance zu geben, sich zu rehabilitieren.Die Zigarettenkippen waren eine nach der anderen ausgebrannt und Ye Mei fühlte sich leicht schläfrig, bis ein weißer SUV vor ihren Augen auftauchte.Sie erkannte das Nummernschild. Es war Zhou Shiyus Auto.Wahrscheinlich hier, um die Tasche abzuliefern, die sie letzte Nacht im Auto gelassen hat.Ye Meis Auto war sehr diskret geparkt und man würde nicht bemerken, dass hier ein Auto geparkt war, wenn man nicht genau hinschaute.Sie saß mit einer Zigarette zwischen den Fingerspitzen auf dem Fahrersitz und hob den Blick, um jede Bewegung von Zhou Shiyu zu beobachten.Ein paar Minuten später stieg die Person im Auto vom Fahrersitz auf und hielt ihre schwarze Ledertasche in der Hand.Zhou Shiyu stand vor der Villa, hob den Kopf und warf einen Blick in Richtung des zweiten Stocks. Seine Fingerspitzen ruhten lange Zeit bewegungslos auf der Türklingel.Er kannte offensichtlich das Passwort. Nach all den Jahren hatte Ye Mei nie das Passwort für jede Tür geändert.Nach einigen weiteren Minuten zog Zhou Shiyu seine Hand zurück und stieg wieder ins Auto.Der SUV drehte sich um. Gerade als Ye Mei dachte, er würde gehen, änderte das Auto nur leicht seine Position und hielt auf der linken Seite der Villa. Aus diesem Winkel wäre Ye Mei besser sichtbar, wenn sie hinausging.In der nächsten halben Stunde hatten die Leute im SUV noch immer nicht die Absicht, aus dem Auto auszusteigen.Ye Mei war heute besonders geduldig. Sie wollte nur sehen, welche Tricks Shi Yu machen würde, wenn sie ihm diese Woche einfach ein Paket geben würde.Ich weiß nicht, wie viel Zeit vergangen ist, aber das ursprünglich aufgeladene Backup-Handy zeigte, dass der Akku weniger als 20 Jahre alt war, und sie hatte eine ganze Packung Zigaretten geraucht.Ye Meis Geduld war völlig erschöpft. Sie stieg auf High Heels aus dem Auto und stellte sich direkt vor Zhou Shiyus Co-Piloten.Anders als sie es sich vorgestellt hatte, schlief Zhou Shiyu nicht im Auto, sondern studierte geduldig mehrere markierte Informationen auf A4-Papier.Als Zhou Shiyu Ye Mei so plötzlich hereinkommen sah, war er offensichtlich für einen Moment fassungslos.Nach ein paar Sekunden kehrte er zu seinem gewohnten ruhigen und gleichgültigen Gesichtsausdruck zurück und reichte Ye Mei die Tasche in der hinteren Reihe.Ihre Tasche wurde letzte Nacht in meinem Auto gelassen.Ye Mei nahm die Tasche und holte ihr Handy heraus: Wann bist du gekommen?Zhou Shiyu sagte leise: Gerade angekommen.JaYe Mei zog die Augenbrauen hoch und warf einen Blick auf die Uhrzeit auf ihrem Handy.Es ist fast elf Uhr.So befanden sich die beiden fast vier Stunden lang fast in einer Pattsituation vor der Tür.Es ist ein Zufall, dass ich gerade herausgekommen bin.Ye Mei entlarvte ihn nicht. Sie wollte ihren Lippenstift auftragen, bevor sie redete, aber als sie den Spiegel herausholte, war sie erstickt.Sie trug nicht einmal Make-upWeil er letzte Nacht nicht gut geschlafen hat, sah er blass aus und seine Augen waren stumpf. Er hatte einen Pickel auf der Stirn, weil er vor zwei Tagen lange wach geblieben war.Außerdem war er vom Regen überrascht, seine Haare waren nass und hingen ihm bis über die Ohren. Das Gesamtbild war unbeschreiblich schlampig.Verdammt, in letzter Zeit hat sie sich jedes Mal, wenn sie Zhou Shiyu sah, komplett geschminkt.

Jetzt kam ihr wahres Gesicht vollständig zum Vorschein.Ye Mei blickte Zhou Shiyu mit schlechtem Gewissen an. Glücklicherweise war er die ganze Zeit auf seine schäbigen Informationen konzentriert und hatte keine Zeit, mit ihr zu reden.Sie schloss den Spiegel, holte leise die Maske aus ihrer Tasche und setzte sie auf.Hey, heute ist Wochenende, oder?Zhou Shiyu summte leise.Du gehst also auch nicht zur ArbeitZhou Shiyu schloss das Dokument und sah sie an.Was ist passiertYe Mei sah ihn an und wollte gerade etwas sagen, aber aus irgendeinem Grund wehte ihr plötzlich ein kühler Windstoß in den Mund.Ihr Hals fühlte sich sofort extrem juckend an. Sie bedeckte ihren Mund und senkte ihren Rücken, um zu husten.Zhou Shiyu schloss sofort das Fenster, holte eine Flasche Wasser aus der Schublade, öffnete sie und reichte sie ihr mit gerunzelter Stirn.Kann man nicht einfach weniger rauchen und es als Mahlzeit essen?Der Ton war unangenehm, aber Ye Mei empfand aufgrund seiner Worte immer noch eine gewisse Besorgnis.Diese unbewussten Handlungen waren so geschickt, dass sie sich fast in seine Knochen einbrannten und im Laufe der Zeit nicht mehr verändert werden konnten.Als sie in Xicheng lebte, litt sie an schwerer Bronchitis. Es war Zhou Shiyus Angewohnheit, eine Flasche Wasser bei sich zu haben, was sich auch nach so vielen Jahren nicht geändert hat.Ich habe schlechte Laune.Ye Mei trank etwas Wasser und gewann endlich ihre Fassung zurück.Als sie zu Ende gesprochen hatte, fiel ihr plötzlich etwas ein und sie sagte lächelnd: „Zhou Shiyu, ich verspreche dir, in den letzten zwei Wochen nicht zu rauchen. Kannst du mir etwas versprechen? "Zhou Shiyu schnaubte kalt, wandte den Blick ab und blickte aus dem Fenster: Warum willst du rauchen oder nicht?Wirklich, ich schwöre.Zhou Shiyu sagte nichts, also nahm Ye Mei dies als seine Zustimmung.Gib mir einen Tag, nur einen Tag, ich möchte irgendwohin gehen, nur um Zeit mit meinen alten Klassenkameraden zu verbringenZhou Shiyu lehnte ohne nachzudenken ab: Nein, ich habe keine Zeit – Bevor er zu Ende gesprochen hatte, wurde die Beifahrertür zugeschlagen.Sofort drang eine kühle Brise in das Auto ein und wurde bald wieder von der Außenseite isoliert.Ye Mei rannte zum Haus und drehte sich um, um zu erklären: „Es ist vereinbart, ich werde mich umziehen und bald zurück sein. Du musst auf mich warten. "Zhou Shiyu:Das Auto fuhr auf einer breiten Straße, die Scheibenwischer vor den Fenstern schwangen wild und die Äste und Blätter auf beiden Straßenseiten neigten sich zur Seite.Heute regnet es stark und es ist wieder Wochenendferienzeit, sodass die Straße leicht verstopft ist.Wenn es so gewesen wäre wie zuvor, wäre Ye Mei ungeduldig gewesen und hätte Zheng Wenyi vielleicht gebeten, das Auto anzuhalten und sie zurückgehen zu lassen.Aber sie ist jetzt gut gelaunt.Ye Mei schaute sich Zhou Shiyus Profil an.Tatsächlich hat er sich nicht viel verändert, er ist genauso schön und zart wie zuvor, aber seine Gesichtszüge sind reifer und dreidimensionaler und seine dunklen Augen wirken an regnerischen Tagen weniger deprimiert und werden ruhig und gleichgültig.Sie wusste nicht, wann Zhou Shiyu aufgehört hatte, Angst vor Regen zu haben, und sie wusste nicht, wie er nach und nach geselliger und weniger einsam wurde. Jetzt war sogar die Aggressivität, die er vorher hatte, verschwunden. Völlig zurückhaltend.Ye Mei war an all dem nicht beteiligt, es wurde alles allein von Zhou Shiyu gemacht.Vierzig Minuten später hielt das Auto langsam im Erdgeschoss eines vierstöckigen Gebäudes an.Im Vergleich zu früher hat sich im Viertel bis auf ein paar weitere Wohnhäuser und Einkaufszentren nicht viel verändert.Ye Mei schaute die Treppe hinauf. Drinnen war es stockfinster. Sogar die Eisentür war rostig. Außerdem waren mehrere Insektenkadaver in den Spinnennetzen an der Ecke der Treppe verfangen.Es ist so viele Jahre her und ich weiß nicht, ob die Spielhalle hier geschlossen hat.Nein, es ist nur so, dass das Geschäft nicht mehr so gut läuft wie zuvor.Zhou Shiyu schaltete die Taschenlampe seines Mobiltelefons ein und ging vor Ye Mei.Wenn die Lichter im Flur kaputt sind und Sie sie nicht reparieren, wird sich das Geschäft natürlich verschlechtern.Aber woher weiß er das? War er nicht schon seit vielen Jahren wieder da?Das Geschäft läuft erwartungsgemäß sehr düster: Der Bereich, in dem einst Tanzmaschinen und Puppen beliebt waren, ist verlassen, nur noch ein paar Grundschüler stehen vor den Münzschiebern, um Wetten abzuschließen.Die Bar ist von Mädchen umgeben und ein Teenager sitzt in der Mitte der Bar und wäscht Tassen.Der Junge sah ziemlich gut aus. Er trug eine schwarze Jacke. Er war ein cooler Typ. Sein Blick würde die Mädchen um ihn herum zum Schreien bringen.Ye Mei konnte nicht anders, als in ihrem Herzen zu seufzen.Nach so vielen Jahren hat sich am Geschäftsalltag des Chefs tatsächlich nichts geändert.Zhou Shiyu hob sein Kinn in Richtung Billardbereich: Schauen Sie sich Ihr Territorium nicht an.Ye Mei schüttelte den Kopf und sagte ehrlich: „Eigentlich spiele ich nicht gern Billard. "Zhou Shiyu:Sie saß jeden Tag mit Xie Rong am Billardtisch und spielte den ganzen Nachmittag.Ye Mei schien zu verstehen, was er dachte.Ich bin hierher gekommen, um Ball zu spielen, weil es bequem ist, dich zu sehen. Wussten Sie nicht, dass es sehr bequem ist, Sie aus diesem Blickwinkel zu sehen?

Kapitel 15Vor acht Jahren, Xicheng Town.Der Himmel wurde allmählich düster, ein kalter Wind wehte vorbei und die abgefallenen Blätter strömten zusammen mit dem schrägen Wind und dem Nieselregen aus dem Fenster ins Zimmer. Ich weiß nicht, wann es draußen vor dem Fenster zu nieseln begann.Das Wetter in Xicheng ist wirklich schlecht. Jedes Mal kommt es unerwartet zu heftigen Regenfällen, obwohl die Sonne tagsüber immer noch hell scheint.Gegen sieben Uhr abends war es völlig dunkel.Mehrere grob aussehende Männer brachen in die Videospielstadt ein, jeder hielt einen Stock in der Hand. Sie sahen grimmig aus, besonders der mit dem Kopf, der eine lange Narbe im Gesicht hatte, die schräg vom Augenbrauenwinkel abging. Der Die Narbe war sehr tief und erstreckte sich bis zur rechten Seite seiner Nase.Bald wurden alle Kunden in der Spielhalle rausgeschmissen, so dass nur noch wenige Mitarbeiter in der Ecke standen.Zhou Shiyu schien daran gewöhnt zu sein. Während des gesamten Vorgangs hob er nicht einmal die Augenlider, sondern senkte leise den Blick und wischte die Tasse in seiner Hand ab.Scarface ging zu Zhou Shiyu und klopfte an seinen Schreibtisch: Junge, deine Schwester ist weggelaufen, wann zahlst du das Geld zurück?Bevor Zhou Shiyu etwas sagen konnte, sagte plötzlich jemand: „Chef, hier ist noch jemand, der noch nicht gegangen ist. " Diese Frau sagte, sie würde nicht gehen, selbst nachdem sie dafür bezahlt hatte.Fast in diesem Moment war es, als würde ein Becken mit kaltem Wasser von seinem Kopf nach hinten fließen. Zhou Shiyu spürte sofort, dass sein Fleisch und Blut steif waren.Er hob den Kopf und blickte ausdruckslos auf den Billardbereich.Tatsächlich war es Ye Mei.Sie war die Einzige, die es wagte, in einer solchen Szene so arrogant zu sein.Sie hielt das Queue immer noch mit ausdruckslosem Gesicht in der Hand, ihre Augen waren ganz auf das Billard gerichtet, ohne die Absicht, sich zu entfernen.Xie Rong hustete leicht, senkte die Stimme und sagte: Warum hören wir nicht auf zu spielen, lass uns zuerst gehen und morgen wiederkommen.Ye Mei schlug den Ball, richtete sich auf und sagte leise: Ich habe dir gesagt, ich habe das Geld bezahlt, warum solltest du mich gehen lassen?Scarface kniff die Augen zusammen und sagte mit tiefer Stimme: „Du Mädchen, kannst du die Situation nicht klar erkennen? "Wie viel schuldet er dir?Ye Mei warf den Schläger beiläufig beiseite, offensichtlich ohne Angst.Scar blickte sie von oben bis unten an. Es war offensichtlich, dass er die Ware kannte. Er konnte auf den ersten Blick erkennen, dass Ye Mei teure Kleidung trug.Er sagte misstrauisch: Sie müssen das Geld für ihn zurückzahlenYe Mei zog leicht die Augenbrauen hoch: Nein?Die Mundwinkel von Scarface bewegten sich und er wollte gerade etwas sagen, als Zhou Shiyu ihn plötzlich unterbrach.Bruder Zhao——Sein Ton war leise und heiser, als würde er seine Gefühle absichtlich unterdrücken.Zhou Shiyus Blick fiel auf Scarface und er sah Ye Mei nicht einmal aus dem Augenwinkel an.Ich werde es Ihnen innerhalb einer Woche zurückzahlen.Okay, ich werde dir einmal glauben. Wenn du das Geld nicht innerhalb einer Woche bekommst, werde ich die gesamte Weststadt absuchen, um Zhou Yan zu finden.Nachdem Scarface und seine Bande gegangen waren, waren nur noch wenige von ihnen in der riesigen Videospielstadt übrig.Xie Rong lehnte sich an den Tisch, holte eine

Zigarette aus seiner Tasche und zündete sie sich an. Sein Blick fiel gelangweilt auf das Billard-Queue.Ich fragte, warum heute so viele junge Mädchen in der Spielhalle seien. Es stellte sich heraus, dass hier unsere guten Schüler arbeiten.Ich weiß nicht, ob dieser Mann immer im Yin- und Yang-Stil spricht oder ob er Zhou Shiyu absichtlich unzufrieden ansieht, und in seinen Worten liegt offensichtlich ein Hauch von Spott.Ye Mei warf einen Blick auf die Zigarette an Xie Rongs Fingerspitzen.Yellow Crane Tower 1916, eine Packung Zigaretten kostet mehr als 100 Yuan. Es scheint, dass Xie Rongs Familienverhältnisse in dieser kleinen Stadt tatsächlich gut sind.Tatsächlich hatte sie nichts gegen den Zigarettengeruch. Die Freunde, die sie traf, bevor sie in die Stadt kam, waren viel schicker als Xie Rong. Verglichen mit Xie Rong konnte Xie Rong immer noch als guter Junge angesehen werden.Zhou Shiyu ging hinüber, ohne Xie Rong auch nur anzusehen, und sagte leise:Wer draußen rauchen möchte, ist hier nicht willkommen.Zhou Shiyu, hör auf, vor schönen Frauen so zu tun, als wärst du gut. Ich weiß nicht, was deine Tugenden sind.Xie Rong grinste höhnisch und legte einen Arm auf Ye Meis Schulter.Sehen Sie, Ye Mei, unsere guten Schüler lernen nicht nur gut, sondern haben auch gute schauspielerische Fähigkeiten. Sie sind so schön. Wenn Sie in Zukunft in die Unterhaltungsbranche einsteigen, vergessen Sie nicht, uns Zhou Yi als Schauspieldirektor zu bitten.In dem Moment, als ihr Name erwähnt wurde, hob Zhou Shiyu die Augenlider und sein Blick fiel auf die Hand auf Ye Meis Schulter.Ye Mei lehnte Xie Rongs plötzliches Vorgehen nicht ab.Sie kamen sich sehr bekannt vor, unterhielten sich, lachten und spielten den ganzen Nachmittag zusammen Billard.Zumindest war er viel näher als Zhou Shiyu.Zhou Shiyu kam wieder zur Besinnung, als seine Fingerspitzen plötzlich von heißem Wasser verbrannt wurden.Er wandte seinen Blick leicht ab, senkte den Blick und drehte den Wasserhahn zu, dann zog er seine Arbeitskleidung und Jacke aus und warf sie auf die Bar.Sein Blick fiel auf Zhou Shiyu,Xie Rong sah ihn ausdruckslos an und stotterte ein wenig, als er sprach.Was machst du? Ich habe keine Angst vor dir.Zhou Shiyu antwortete nicht auf die Frage und sein Blick fiel ruhig auf ihn.Ich habe dienstfrei.Hör auf, mir Angst zu machen.Xie Rong hob mutig sein Kinn, zupfte an den Ecken von Ye Meis Kleidung und senkte seine Stimme.Lassen Sie uns zuerst loslegen: Dieser Typ könnte etwas tun, wenn er verrückt wird, er ist einfach verrückt.Ye Mei zielte mit ihrem Queue auf die Billardkugel, ohne auch nur den Blick zu heben.Ich werde nicht gehen, du gehst zuerst zurück, ich habe etwas anderes zu tun.Nun, beschuldigen Sie mich nicht, dass ich Sie nicht daran erinnert habe.Ye Mei sah zu, wie Xie Rong den ganzen Weg zurückeilte, und ihr war danach, unerklärlicherweise zu lachen.Sie dachte wirklich, Xie Rong sei eine Art rücksichtsloser Charakter. Es stellte sich heraus, dass er nur ein etwas bösartiger Mensch war. Er war so schlecht, dass er nicht einmal die Blicke anderer ertragen konnte, wenn etwas passierte.Aber was ich diese Woche erlebte, war wirklich überraschend.Was hätte er tun können, bevor Xie Rong Angst davor hätte, dass er so würde?Erst als Zhou Shiyu von der Arbeit kam, legte Ye Mei ihre Golfschläger weg und folgte ihm ganz natürlich hinaus.In dem Moment, als sich die Tür öffnete, strömten schräger Wind und Nieselregen auf.Dunkle Wolken bedeckten die Sonne in der Luft, und gelegentlich brach Gewitter aus. Der Regen war nicht stark und die ganze Stadt war in eine neblige Atmosphäre gehüllt.Zhou Shiyu ging sehr schnell und mit langen Beinen, als ob er sich ohne ersichtlichen Grund erstickt fühlte und überhaupt nicht die Absicht hatte, mit ihr zu sprechen.Auch wenn Ye Mei den ganzen Weg rannte, wurde sie schnell von ihm zurückgelassen.Unfähig, es zu ertragen, jagte sie ihm nach, hob ihren Arm und packte sein Handgelenk.Zhou Shiyu.Zhou Shiyus Schritte hörten tatsächlich auf, er neigte leicht den Kopf, sein Blick fiel auf das Handgelenk, das sie hielt, und sein Ton war offensichtlich ein wenig genervt.Du bist wütendYe Mei runzelte die Stirn. Sie hatte immer noch nicht herausgefunden, warum er plötzlich die Beherrschung verlor.Zhou Shiyu runzelte die Stirn und schaute weg: Nein.Ye Mei runzelte immer noch die Stirn und starrte ihn an, mit der Einstellung, dass sie ihn nicht gehen lassen würde, es sei denn, er würde einen Grund nennen.Zhou Shiyu schürzte die Lippen: Hast du zu viel Geld zum Ausgeben?Ich möchte es nur wieder gutmachen, ich bin es nicht gewohnt, anderen Menschen etwas zu schulden.Du schuldest mir nichts.Ich habe mich an diesem Tag am Arm gekratzt und Zhou Yan hat mich bei dir zu Hause aufgenommen und wollte an diesem Tag etwas kaufen————Bevor Ye Mei zu Ende gesprochen hatte, unterbrach sie plötzlich eine dumpfe Stimme.Ich sagte, du schuldest mir nichts, ich schulde dir etwas.Zhou Shiyu sah auf sie herab, seine Brust hob und senkte sich leicht und sogar der Arm, den sie hielt, zitterte ein wenig.Sie wusste nicht, ob es Einbildung war oder ob die Straßenlaternen in dieser Nacht zu grell waren, aber sie schien zu sehen, wie Zhou Shiyus Augen rot wurden.Dieser Satz ist nicht laut, aber er scheint großes Gewicht zu haben.Es war wie ein starker Windstoß, der an mir vorbei wehte, und nach ein paar Sekunden beruhigte er sich plötzlich wieder.Ye Mei sah ihn verständnislos an: Was meinst du?Ye Mei hob den Blick und sah Zhou Shiyu an. Ihre Hand zeigte nicht nur nicht die Absicht, sie loszulassen, sondern sie drückte sie sogar noch fester.In seinen Augen lag die Sturheit, dass keiner von ihnen gehen könnte, wenn er es heute nicht klar erklären würde.Auch Zhou Shiyus Blick fiel auf sie.Mehrere Autos rasten auf der leeren Straße vorbei. Ein Windstoß wehte vorbei und ließ die Äste und Blätter rascheln. Die Äste auf beiden Seiten neigten sich zur Seite und bildeten einen Bogen, der kurz davor war abzubrechen.Ye Mei stand unter dem Baum, ihr langes schwarzes Haar hing sanft um ihre Taille und ihre Haarspitzen leuchteten in mehreren Schichten goldenen, funkelnden Lichts unter den Straßenlaternen.Sie sah nur zu ihm auf, ihre wunderschönen Augenbrauen fest zusammengezogen, ihre herzergreifenden Pfirsichblütenaugen waren deutlich voller Wut und ihr zartes kleines Gesicht war deutlich voller Unzufriedenheit.Vielleicht aufgrund der übermäßigen Bewegung gerade war der Schmetterlingsohrring, der unter ihrem rechten Ohrläppchen hing, leicht verheddert, und Zhou Shiyu wollte plötzlich seine Hand heben, um ihr beim Aufräumen des Ohrrings zu helfen.Er zwang seinen Blick von ihr abzuwenden und runzelte leicht unkontrolliert die Stirn.Entschuldigung.Die Atmosphäre verfiel in eine lange Stille, und lange Zeit sagte niemand ein Wort.Nachdem Ye Mei den größten Teil des Tages auf einen solchen Satz gewartet hatte, war er sprachlos.Sie sah ihn misstrauisch an: Zhou Shiyu, hast du eine Krankheit, Schizophrenie oder ähnliches?Zhou Shiyu:Du musst mir heute etwas 123 sagen. Ich hasse es, wenn Leute mit halbem Mund, aber mit halbem Mund reden. Sonst bleiben wir einfach hier und keiner von uns wird zurückgehen.Sie musste heute Zhou Shiyus schlimmes Problem heilen.Ich habe heute noch etwas anderes zu tun.Zhou Shiyus Ton war ruhig und er hatte nicht die Absicht, ihr zu antworten.Wieder die gleiche Ausrede.Die dunklen Wolken hingen schwer am

Himmel, als würden sie in der nächsten Sekunde fallen.Ye Mei starrte ihn lange Zeit schweigend an.Nach ein paar Sekunden ließ sie sein Handgelenk los, die Mundwinkel leicht angehoben, aber in ihren Augen war keine Spur eines Lächelns zu sehen.Auch wenn ich nicht weiß, wovor du davonläufst, Zhou Shiyu, selbst wenn du es mir heute nicht sagst, werde ich es früher oder später herausfinden. So ernst meine ich es, verstehst du?Bevor Zhou Shiyu etwas sagen konnte, drehte sich Ye Mei ausdruckslos um und ging vorwärts.Diese Stadt ist voller Gassen. Ye Mei ging ziellos vorwärts. Sie wollte nur außer Sicht und Verstand sein und einen Ort finden, an dem Zhou Shiyu nicht in der Nähe war.Je mehr sie darüber nachdachte, desto wütender wurde sie.Er verliert ohne ersichtlichen Grund die Beherrschung, sagt einige seltsame Dinge und entschuldigt sich am Ende.Stimmt etwas mit Zhou Shiyus Gehirn nicht?Xie Rong hatte in der Tat recht, Zhou Shiyu war ein Wahnsinniger, ein Wahnsinniger, der noch rätselhafter war als ein Wahnsinniger wie sie.Sie wusste nicht, wie lange sie schon gelaufen war, aber ein donnerndes Geräusch mitten in der Luft unterbrach ihre Gedanken.Unmittelbar danach kam heftiger Regen, und die großen Regentropfen fielen schnell auf den Boden, und der feuchte Geruch von mit Erde vermischtem Regen breitete sich überall in der Luft aus.Ye Mei beschleunigte ihren Schritt und suchte sich einen nahegelegenen Dachvorsprung, um sich vor dem Regen zu schützen. In der engen und langen Gasse erklangen mehrere Hundegebelle.Sie blickte sich unbewusst um und hatte dann ein wenig Angst.Es war überall dunkel und die Straßenlaternen in der Ferne waren bereits zu schwach, um das Licht zu erkennen.Offensichtlich war es erst etwa zehn Uhr abends, in allen Haushalten war das Licht ausgeschaltet, und nur ein paar hier und da konnten noch die Geräusche der Leute hören, die fernsahen.Nicht weit vor ihr verlief ein kleiner Fluss, und um das Flussufer herum türmte sich Unkraut. Es war so dunkel, dass man keine Gegenstände erkennen konnte. Ihre Ohren waren erfüllt vom Quaken der Frösche und dem Zirpen der Grillen.Der Regen wird stärker.Mücken wissen auch, wie sie sich vor dem Regen verstecken können, und versammeln sich in Gruppen in Richtung Ye Mei, um sich auf ein Festmahl vorzubereiten.Die beiden dünnen weißen Beine unter dem kurzen Rock waren ganz rot von Bissen. In nur kurzer Zeit schlug Ye Mei unzählige Mücken zu Tode.Sie konnte es nicht mehr ertragen und hockte sich auf den Boden, legte die Hände auf die Knie und rollte sich zusammen.Es regnet so stark, aber der Akku meines Telefons ist gerade leer.Den ganzen Tag über kam es ihr so vor, als wäre ihr so viel Pech widerfahren.Der heftige Regen fiel weiter, ohne die Absicht aufzuhören. Ye Mei war bereit, die Nacht damit zu verbringen, Mücken zu füttern.Sie wusste nicht, wie lange es gedauert hatte, aber sie hörte vage das Geräusch von Schritten, die durch den Regen rannten und von weit weg immer schneller und näher wurden.Unmittelbar danach traf sie ein helles Licht und Ye Mei hob unbewusst ihre Arme, um ihre Augen zu bedecken.

Kapitel 16endlich habe Ich dich gefunden.Es war Zhou Shiyus Stimme.Seine Stimme hatte einen hohen Wiedererkennungswert, mit tiefem Ton und einer einzigartigen kalten Qualität. Ye Mei erinnerte sich daran, nachdem er sie einmal gehört hatte.Es klang zu diesem Zeitpunkt nur etwas heiser.Ye Mei hob den Kopf und sah ihn verständnislos an.Zhou Shiyus Körper war völlig nass. Er war gebeugt und seine Brust hob und senkte sich leicht. Er hielt seine Knie mit einer Hand und streckte seinen anderen Arm aus, um ihr einen Regenschirm zu reichen.Aus ihrem Blickwinkel stand sie direkt gegenüber von Zhou Shiyus dunklen Augen, mit einem schwachen Schatten unter ihren langen Wimpern.Die Wasserflecken auf den kaputten Haaren liefen über Stirn und Schwanz und fielen klappernd zu Boden.Der Regenschirm, den er Ye Mei reichte, war neu und noch nicht geöffnet. Wahrscheinlich hatte er ihn gerade in einem nahegelegenen Supermarkt gekauft.Er hasst Regen, aber er hält nie einen Regenschirm.Ein paar nasse, abgefallene Blätter waren von der gelblich weißen Wand neben ihm gekratzt, und sofort war eine Schicht offensichtlicher Wasserflecken an der Wand zu sehen.Als Passanten sie wegen ihrer Leichtfertigkeit beschimpften, empfand sie keinen Kummer.Als sie sich mit Zhou Shiyu stritt, fühlte sie sich nicht gekränkt.Sie fühlte sich nicht gekränkt, als sie sich aus Angst an einem solchen Geisterort versteckte.Aber in diesem Moment wollte sie wirklich weinen.Meine Nasenspitze ist sauer und sogar meine Augenlider sind etwas trocken.Seit sie klein war, hat Ye Mei selten so gefühlt.Wenn andere sie schikanieren, rächt sie sich. Egal wie sehr ihre Eltern sie vernachlässigen, es ist ihr egal, als ob nichts falsch wäre. Aber heuteYe Mei schürzte die Lippen und vergrub ihren Kopf wieder auf ihren Knien, ohne ihn anzusehen.Zhou Shiyu seufzte: „Bist du ein Kind? Du rennst weg, wenn du wütend bist. "Dieser Ort liegt nicht in der Nähe seines Zuhauses und Zhou Shiyu ist damit nicht sehr vertraut.Er bedauerte, Ye Mei innerhalb von fünf Minuten zu Fuß eingeholt zu haben. Allerdings war diese Gasse wie ein Labyrinth mit Dutzenden von Kreuzungen und Zhou Shiyu selbst war verwirrt.Unterwegs wagte er es nicht, einen Moment anzuhalten, und er war so besorgt, dass ihm das Herz fast bis zum Hals reichte. Schließlich erlaubte ihm Gottes Gnade, diese kleine Gestalt zu sehen.Ye Mei schwieg und ignorierte ihn.Zhou Shiyu betrachtete ihr nasses Haar. Er schwieg zwei Sekunden lang und öffnete den Regenschirm, um ihren Kopf zu bedecken.Hast du schon etwas gegessen?Ye Mei sprach immer noch nicht.Zhou Shiyu streckte seine Hand aus und als seine Fingerspitzen im Begriff waren, auf ihren Kopf zu fallen, blieb er plötzlich stehen.Nach zwei

Sekunden senkte er den Blick und zog seine Hand zurück.Ye Mei.Komm, ich lade dich zum Abendessen ein.Ye Mei sagte mit leiser Stimme: Ich werde nicht gehen. Ihr Restaurant ist zu ungenießbar. Es ist besser, zu verhungern.Zhou Shiyu:Dann bringe ich dich zuerst nach Hause und gehe etwas kaufen.Ye Mei hob den Kopf und sah ihn an: Ich möchte mit dir gehen.Zhou Shiyu lehnte nicht ab: Dann lasst uns nicht hier hocken und Mücken füttern.Der Ort, zu dem Zhou Shiyu wollte, war nicht weit von hier entfernt und der Weg dorthin dauerte nur etwa zehn Minuten.Die beiden schwiegen die ganze Zeit und schauten beide schweigend auf den Boden.Die vergilbten abgefallenen Blätter schwammen in den Wasserflecken, und auf dem Boden bildeten sich mehrere Schichten heller, wellenförmiger Kreise, die vor dem Hintergrund der Straßenlaternen wie Schmetterlinge aussahen, die ihre Flügel ausbreiteten.Zhou Shiyu hielt einen Regenschirm in der Hand, der in Richtung Ye Mei geneigt war. Die andere Hälfte seiner Schulter war bereits völlig nass.Nicht lange danach legte Zhou Shiyu seinen Regenschirm weg und führte Ye Mei in ein dreistöckiges Gebäude.Ist das ein Supermarkt oder ein Einkaufszentrum? Das letzte Mal, als du mir etwas gekauft hast, war es hier.Ye Mei sah sich um. Es war ein großer Supermarkt mit Snacks und frischen Lebensmitteln im ersten Stock, Kaufhäuser und Haushaltsgeräte im zweiten Stock und Schuhe und Kleidung im dritten Stock. Gebäude dieser Ebene waren in dieser kleinen Stadt nicht üblich .Nun, alles ist hier.Ye Mei erinnerte sich an die Szene, als er morgens mit Xie Rongs Motorrad fuhr. Es fühlte sich an, als hätte die Fahrt mindestens eine halbe Stunde gedauert.Es stellt sich heraus, dass er das letzte Mal so weit gekommen ist.Es sind viele Leute im Supermarkt und die Umgebung ist ziemlich laut, die meisten von ihnen sind große Familien, die gemeinsam den Supermarkt besuchen.Zhou Shiyu schob einen Einkaufswagen und Ye Mei folgte ihm, wobei er mit einer Hand die Kante des Einkaufswagens festhielt und sich ständig umsah.Das warme gelbe Licht scheint auf diese langen, weißen, geraden Beine, und die Halskette und die Schmetterlingsohrringe leuchten unter dem Licht in einem durchscheinenden und blendenden Glanz. Ihre luxuriöse Kleidung passt offensichtlich nicht zu jedem hier.Ye Mei ist so schön, dass sie beim Gehen in der Menge ein echter Hingucker ist. Sie sieht auf dem Weg wie ein Stern aus und lockt viele Menschen dazu, sich umzudrehen.Unter ihnen war ein junger Mann mit gelben Haaren, der ihnen absichtlich oder unabsichtlich auf dem Weg folgte und seine Augen immer auf Ye Meis Schenkel starrte.Ye Mei achtete nicht darauf, aber Zhou Shiyu konnte all diese kleinen Bewegungen sehen.Zhou Shiyu holte eine Schachtel frisches Rindfleisch aus dem Gefrierschrank, warf sie in den Einkaufswagen und warf Ye Mei einen Blick zu.Das Mädchen neben ihr schürzte leicht die Lippen, hob leicht ihre langen Wimpern und folgte Zhou Shiyu wortlos.Verglichen mit ihrem sonst herrschsüchtigen Auftreten wirkte sie jetzt viel braver.Zum ersten Mal im SupermarktYe Mei summte: Findest du mich nicht komisch?Zhou Shiyu: Was?Ich war in meinem ganzen Leben noch nie in einem Supermarkt.Sie war noch nie in einem Supermarkt, schon gar nicht in einem großen Supermarkt wie diesem.In der Vergangenheit stellte die Familie viele Kindermädchen und Fahrer ein. Das Kindermädchen kaufte alle ihre Lieblingsspeisen pünktlich zu Hause ein. Sogar die Früchte wurden alle geschält und in Stücke geschnitten und zu ihr gebracht. So etwas war ihr noch nie zuvor gelungen . sich Sorgen machen um.Unerwarteterweise ging ich zum ersten Mal mit Zhou Shiyu in den Supermarkt.Zhou Shiyu sagte kein Wort. Er pflückte zwei Kartoffeln aus der Gemüseabteilung, packte sie ein und warf sie in den Einkaufswagen.Tatsächlich geht er selten in den Supermarkt. Normalerweise kauft er viele Zutaten auf einmal und stellt sie in den Kühlschrank, was viel Zeit spart.Als sein Blick wieder hinter sich fiel, folgte Huang Mao ihnen immer noch und tat gelegentlich so, als würde er Gemüse pflücken, aber sein Blick fiel endlos auf Ye Meis Schenkel.Zhou Shiyu blickte zurück und die Kühle in seinen Augen wurde deutlicher.Er hob sein Kinn in Richtung des Snackbereichs neben ihm.Wirst du keine Snacks kaufen?Ye Mei folgte seiner Blickrichtung und warf einen Blick auf den Snackbereich, senkte ihre Stimme und sagte: „Ist das in Ordnung? "Zhou Shiyu fand es ohne Grund etwas lustig: Warum kann er nicht in den Supermarkt kommen, ohne ein Spion zu sein?Ye Mei kniff die Augen zusammen, um ihn anzusehen, ihre schmalen und schönen Augen waren voller Nachfrage.Du lachst mich also ausNein, ich traue mich nicht.Zhou Shiyu hatte immer noch ein Lächeln auf den Lippen. Er stützte sich träge mit seiner Taille auf die Verkaufssäule und hob sein Kinn in Richtung des Snackbereichs.Gehen Sie und kaufen Sie ein paar Snacks. Es sind einige Dinge drin. Sie werden das nächste Mal nicht unbedingt hierher kommen.Ye Mei blickte eine Weile auf den Snackbereich, dann richtete sie ihren Blick auf Zhou Shiyu und musterte ihn von oben bis unten, als würde sie über etwas zögern.Nach ein paar Sekunden starrte sie ihn genau an und erklärte ihm jedes Wort.Dann darfst du nicht alleine gehen, du musst warten, bis ich zurückkomme.Sobald sie diese Worte sagte, hielt Zhou Shiyu offensichtlich inne.Kein Wunder, dass sie die ganze Zeit über ein wenig nervös war, nachdem sie heute im Supermarkt angekommen war. Es lag daran, dass sie Angst hatte, dass er sie in dieser Umgebung zurücklassen würde.Ursprünglich dachte er, dass dieses Mädchen, das normalerweise so arrogant und stur war, unbesiegbar sei.Zhou Shiyu summte: Keine Sorge, ich werde nicht gehen.Ye Mei sah ihn mehrmals misstrauisch an, doch am Ende konnte sie dem Charme der Snacks nicht widerstehen.Während sie ging, erklärte sie: Wie versprochen musst du dort auf mich warten, wo du bist, und du kannst nicht herumlaufen.Als Huang Mao hinter ihm sah, wie Ye Mei ging, ließ er sofort den Kohl in seiner Hand fallen und folgte ihr schnell.Das Lächeln auf seinen Lippenwinkeln verschwand sofort. Zhou Shiyu hob einen Arm und stoppte Huang Mao ausdruckslos.Mein Freund, willst du deine Augen nicht mehr?Das Gedränge war chaotisch und alle möglichen Geräusche vermischten sich, und fast niemand bemerkte dieses kleine Zwischenspiel zwischen den beiden.Zhou Shiyus Blick war sehr hell, aber sein Blick war fest auf ihn gerichtet und seine dunklen Augen waren voller Unterdrückung.Huang Maos Herz zog sich zusammen, er umklammerte das Telefon in seiner Hand und sagte bluffend.Du bist sein FreundZhou Shiyu runzelte die Stirn: Nein.Warum mischen Sie sich dann in Ihr eigenes Geschäft ein?Huang Mao warf ihm einen ungeduldigen Blick zu und hatte vor, Zhou Shiyu auszuweichen.Noch bevor er einen Schritt getan hatte, umklammerte plötzlich eine Hand mit klaren Knochen sein Handgelenk fest. Die Adern an seiner Hand traten leicht hervor und sogar die Fingerspitzen waren ein wenig weiß.Huang Mao konnte sich ein Zischen nicht verkneifen und nutzte seine andere Hand, um Zhou Shiyus Hand mit aller Kraft aufzubrechen.Bist du verdammt verrückt? Lass mich gehen. Ich rufe die Polizei.Die Hand, die sein Handgelenk hielt, blieb immer noch an Ort und Stelle, aber ihre Kraft wurde immer stärker und zerquetschte fast das Handgelenk.Zhou Shiyu sah ihn ruhig an und holte sein Handy heraus.Wer

zum Teufel glaubst du, dass ich bin? Warum sollte ich——
————Mitten in seinen Worten war Zhou Shiyu offensichtlich etwas ungeduldig und unterbrach ihn mit einem leisen Knurren.Gib mir dein Handy.Huang Maos ganze Hand war bereits leicht lila, daher musste er zitternd das Telefon abgeben.Zhou Shiyu senkte den Blick, holte sein Fotoalbum heraus und löschte alle Fotos von Ye Meis Oberschenkeln.Nachdem alles überprüft und alles in Ordnung war, wurde das Telefon wieder in Huang Maos Arme geworfen. Zhou Shiyu sah ihn ausdruckslos an und im nächsten Moment beugte er die Knie und trat ihm in den Bauch.Das Telefon fiel klappernd zu Boden und auf dem Bildschirm erschienen Risse wie Spinnennetze.Huang Mao jammerte sofort und stand gebeugt da und hielt seinen Unterleib mit einer Hand fest.Zhou Shiyu sah ihn nicht einmal an. Als er vorbeikam, während er seinen Koffer schob, sagte er in ruhigem Ton.Wenn wir uns das nächste Mal treffen, werde ich dich nicht gehen lassen.

Der Abendwind wehte durch die Baumwipfel und der Regen vor dem Fenster ließ allmählich nach. Ein paar durchnässte Spatzen standen noch immer auf der Fensterbank, um Schutz vor dem Regen zu suchen.Zhou Shiyu stand hinter Ye Mei, hielt zwei volle Körbe mit Spielmünzen in der Hand und beobachtete sie, wie sie vor verschiedenen Klauenmaschinen lag und studierte, welche die schöneren Puppen hatte.Ein paar Minuten später blickte sie wieder zu Zhou Shiyu und zeigte auf die Klauenmaschine vor ihr.Zhou Shiyu, ich möchte, dass du mir hilfst, eine Puppe zu fangen.Zhou Shiyu warf einen Blick aus dem Fenster: Ich habe noch etwas zu tun, du kannst dich selbst darum kümmern und später mit dem Taxi zurückfahren.Er war bereits frei genug, sie extra hierher zu schicken. Was konnte er jetzt noch tun? Es war nichts weiter als Doppelzüngigkeit.Zhou Shiyu würde ihr nicht trauen, sie an einem Ort wie diesem allein zu lassen und ein Taxi zurück zu nehmen.Ye Mei verstand es sehr gut und blinzelte ihn an.Ich habe dich schon angefleht, ist das nicht genug?

Zhou Shiyus Fähigkeit, Puppen zu kneifen, ist wirklich nicht sehr gut.Das letzte Mal, dass sie eine Puppe fingen, war wahrscheinlich die von Ye Mei vor acht Jahren. Nachdem sie sie einen ganzen Nachmittag lang gefangen hatten, kehrten die beiden schließlich mit leeren Händen zurück.Ihr Blick war auf den Glasrahmen gerichtet und sie beobachtete, wie der Clip immer wieder aufgenommen und fallen gelassen wurde. Ye Mei wurde allmählich ängstlich und konnte nicht anders, als zu befehlen.Ups, geh ein bisschen rein, das, was du gerade gemacht hast, ist offensichtlich falsch.Diese Königinmutter, ich habe im Internet gelesen, dass der Clip hochgeklappt werden muss.Es ist nur ein bisschen schlimmer. Es ist so nervig. Zhou Shiyu, weißt du, wie man Puppen fängt?Zhou Shiyu:

Kapitel 17Der starke Wind ließ allmählich nach,

vereinzelte Regentropfen fielen auf die Fenster und die abgefallenen Blätter wurden von den Scheibenwischern weggefegt.Ye Mei saß auf dem Beifahrersitz, hielt die einzige Puppe, die sie gefangen hatte, mit beiden Händen und drückte sie zweimal.Warum ist dieser so hässlich? Es ist der hässlichste.Die Puppe sieht wirklich nicht sehr gut aus, mit einem Kopf, der mindestens dreimal so groß ist wie ihr Körper, einem Wurstmund und Mungobohnenaugen, und selbst ihre Haare sehen aus wie gebratene Mungobohnensprossen.Das ist das Ergebnis von zwei, drei Stunden harter Arbeit.Ye Meis Blick nutzte die rote Ampel und fiel auf die Gasse neben der Spielhalle.Drinnen war es immer noch stockfinster und kein Ende in Sicht. Es war fast genauso wie vor sieben Jahren. Sie wusste nicht, woher sie den Mut hatte, alleine hineinzulaufen.Erinnern Sie sich noch daran, dass ich zum ersten Mal außerhalb dieser Spielhalle mit Ihnen gestritten habe?Das Fenster war einen kleinen Spalt geöffnet und die Abendbrise wehte herein. Zhou Shiyu hob die Hände, senkte den Blick und zündete sich eine Zigarette an.An diesem Abend bist du fast in eine andere Stadt gegangen, um mir ein gutes Essen zu geben.Aber du hast mich endlich gefunden und wir haben diesen Regenschirm lange Zeit zusammen benutzt.Ye Mei senkte den Blick und betrachtete die Puppe in ihrer Hand. Sie sprach schnell, aber ihr Ton war ruhig.Tatsächlich vermisse ich diese Tage sehr. Mit euch, Zhou Yan, und Xie Rong, uns vieren, zusammen zu sein, ist die erholsamste und glücklichste Zeit in meinem Leben, seit ich aufgewachsen bin.Sie stocherte in den Augen der Puppe und ein bitteres Lächeln erschien auf ihren Lippen.Ich hätte nie gedacht, dass ich so bei dir sitzen könnte.Der Wind beruhigte sich wirklich, ein paar gelbe Blätter fielen langsam zu Boden und die Wasseroberfläche erzeugte eine Schicht subtiler kreisförmiger Wellen.Dies war das erste Mal, dass sie ihr Herz vor Zhou Shiyu offenbarte.Ich habe es nicht gesagt, als wir vor acht Jahren Tag und Nacht miteinander auskamen, und ich habe es auch nicht gesagt, als wir Xicheng allein ließen.Genau jetzt.Zhou Shiyu drehte den Kopf und schaute aus dem Fenster, seine dunklen Augen senkten sich leicht und ein schwacher Schatten spiegelte sich unter seinen Wimpern.Nach langer Zeit löschte er die Zigarettenkippe und der Rauchgeruch drang durch die Ritzen im Fenster. Erst als der Rauchgeruch im Auto vollständig verflogen war, schloss Zhou Shiyu langsam das Fenster.Das hast du nicht gesagt, als du gegangen bist.Sein Ton war so leise, dass man ihn nicht hören konnte, wenn man nicht genau hinhörte. Er wusste nicht, ob er mit Ye Mei sprach oder ob er sich bewusst an etwas erinnerte.Nachdem die Fenster geschlossen waren, wurde es im Innenraum des Wagens sofort warm und ruhig.Ye Mei hat letzte Nacht nicht gut geschlafen und ist heute früh aufgestanden. Als Zhou Shiyu sie nach Hause schickte, konnte sie nur die Hälfte der Reise zurücklegen und fiel in einen schläfrigen Schlaf.Als sie aufwachte, war der Himmel bereits etwas heller und ein unauffälliger Sonnenstrahl schien durch die Lücken in den Blättern auf das Lenkrad. Die Luft war erfüllt vom feuchten Geruch von mit Erde vermischtem Regen.Sie hatte auch ein Kleid an ihrem Körper.Es war eine große schwarze Jacke mit einem sehr leichten und angenehmen Geruch nach Waschmittel mit Sandelholzduft und einem leichten Tabakduft.Als sie gestern Abend in ihrer Villa ankamen, weckte Zhou Shiyu sie daher nicht, sondern parkte das Auto vor der Tür und wartete die ganze Nacht.Die Mundwinkel von Ye Mei bewegten sich. Sie wollte etwas sagen, doch als ihr Blick auf den Fahrersitz fiel, wurde ihr klar, dass auch Zhou Shiyu schlief.Er trug nur ein kurzärmeliges Hemd und seinen einzigen Mantel hing über Ye Mei.Die Morgensonne scheint auf sein feines schwarzes Haar. Unter diesem Licht sind seine langen Wimpern fast klar erkennbar und sie sind schöner und geschwungener als die des Mädchens.Zhou Shiyu träumte wahrscheinlich von etwas Schlimmem. Seine Lippen waren gespitzt, seine Brauen waren gerunzelt und seine Augenlider zitterten gelegentlich leicht.Ye Mei wollte ihre Jacke ausziehen und ihm anziehen, doch bevor sie seinen Körper überhaupt berührte, öffnete Zhou Shiyu sofort reflexartig ihre Augen und packte ihr Handgelenk mit einer Hand.Diese dunklen Augen hatten einen leicht bösartigen Ausdruck und die Hand, die ihr Handgelenk hielt, war so stark, dass sie ihr fast die Knochen zerschmetterte.Sofort erschien ein roter Fleck zwischen ihren hellen Handgelenken. Ye Mei runzelte die Stirn und kämpfte: „Zhou Shiyu, ich bin es. Dein Griff tut mir weh. "Als sein Blick auf Ye Meis Gesicht gerichtet war, verschwanden die Trübung und der Zorn in seinen Augen allmählich und Zhou Shiyu war offensichtlich für einen Moment fassungslos.Nach zwei Sekunden kam er plötzlich zur Besinnung und ließ sofort seine Hand los.Zhou Shiyu ließ sich erneut auf den Fahrersitz fallen, runzelte die Stirn und zog die Brauen zusammen.Leid tun.Die Stimme war leise und heiser, offensichtlich ein wenig müde.Dieser Mensch ist immer noch derselbe wie zuvor, mit einem ausgeprägten Sinn für Selbstverteidigung, noch übertriebener als zuvor, und hat das Stadium äußerst empfindlicher Nerven erreicht.Ye Mei schüttelte zweimal sanft ihre rot gefärbte Hand und warf Zhou Shiyu einen Seitenblick zu.Ich war zu müde und bin letzte Nacht eingeschlafen. Warum hast du mich letzte Nacht nicht geweckt?Zhou Shiyu antwortete ihr nicht, sondern summte nur leise.Du hast darauf gewartet, dass ich aufwacheNEIN. Zhou Shiyu erwiderte leise: „Ich bin auch eingeschlafen. "Das Auto wurde absichtlich im Schatten eines Baumes geparkt, insbesondere auf dem Beifahrersitz, der die Sonne fast vollständig abschirmte. Offensichtlich hatte sie Angst, dass ihr am nächsten Tag die Sonne in die Augen schlagen würde.Ye Mei blickte zurück und sagte langsam.Jedenfalls erwartete sie nicht, dass Zhou Shiyu etwas Ernstes sagen würde.Nachdem Ye Mei an diesem Tag nach Hause zurückgekehrt war, traf er Zhou Shiyu die nächsten zwei Tage nicht.Sie hatte Zheng Wenyi zuvor versprochen, mindestens einen halben Monat in diesem Waisenhaus zu unterrichten.Obwohl es in dieser Zeit keine Kamera gibt, der man folgen kann, wird Zheng Wenyi trotzdem jeden Tag ein paar Fotos machen, sie verfeinern und in den sozialen Medien veröffentlichen, um zu beweisen, dass sie keine völlige Show abliefern.Dieser Ort hat eine wunderschöne Landschaft und ohne die Hektik und das schnelle Tempo einer Großstadt ist Ye Mei gerne gemächlich.Wenn sie nichts zu tun hat, malt sie normalerweise entweder im Hinterhof oder hört den Lehrern im Hof beim Plaudern und Klatschen zu. Wenn sie nichts zu tun hat, sitzt sie einfach in ihrem provisorischen Büro und schaut sich Dramen an.In dieser Zeit ist sie gut gelaunt und ihre Laune hat sich deutlich verbessert. Normalerweise bringt sie den Kindern Snacks und Spielzeug auf den Hof.Dadurch wurde sie erfolgreich zur beliebtesten Person im Waisenhaus. Jedes Mal, wenn sie ins Waisenhaus kam, versammelte sich eine große Gruppe von Kindern um sie.Am vierten Unterrichtstag schlief Ye Mei aus und arbeitete bis Mittag weiter.Noch bevor sie aus dem Auto stieg, versammelte sich eine Gruppe von Kindern um sie und blickte sie gespannt und mit bunten Gesichtsausdrücken an, einige hatten sogar rote Augen.Der Junge an der Spitze sagte: Lehrer Ye, wir dachten, du würdest nie wieder kommen.Nennen Sie mich nicht Lehrerin, nennen Sie mich Feenschwester.Ye Mei stieg vom Fahrersitz und ging auf High Heels ins Haus. Während sie ging, senkte sie den Kopf und kramte in ihrer Tasche nach etwas.Außerdem, warum denkst du so?Der Junge antwortete nicht auf ihre Frage, sondern fragte aus einem anderen Blickwinkel: Feenschwester, wirst du bald gehen?Sobald sie zu Ende gesprochen hatte, holte Ye Mei ein paar Bonbons aus ihrer Tasche. Sie drehte sich um, beugte sich halb nach unten, hielt die Bonbons hoch und betrachtete sie.Ich habe hier ein paar Süßigkeiten, wer zuerst kommt, mahlt zuerst. Kinder, die sie haben wollen, heben ihre Hände.Ihre Reaktion war nicht so intensiv wie sonst. Stattdessen sahen sie sie schüchtern an. Ein sehr junges Mädchen hob unbewusst die Hand, wurde aber sofort von dem etwas älteren Jungen neben ihr heruntergezogen.Erst da wurde ihr klar, dass heute etwas mit ihnen nicht stimmte: Was ist passiert? Sie wurde vom Dekan beschimpft.Die Kinder sahen sich verwirrt an. Nach einer Weile sagte jemand in der Menge vorsichtig: „Fee Schwester, wir werden deine Snacks nicht essen und wollen deine Spielsachen in Zukunft nicht mehr haben. Kannst du bitte nicht gehen? "Wir wollen deine Sachen nicht mehr, Schwester, bitte hasse uns nicht.Ye Mei war fassungslos: Du magst mich nicht wegen dieser Gabennatürlich nicht. Die klare Stimme des kleinen Mädchens ertönte aus der Menge. Meine Schwester ist wunderschön, mit wunderschönen Kleidern, wunderschönen Schuhen und Taschen und sehr schönen Gemälden. Sie ist auch bereit, uns so geduldig zu unterrichten, genau wie die Prinzessin im Märchen. Wir mögen Dich sehr. .Ye Mei sah sie ausdruckslos an und warf unbewusst einen Blick auf Zheng Wenyi, der in der Ferne Fotos machte.Aus irgendeinem Grund fühlte sie sich ein wenig ironisch.Seit ihrer Kindheit war sie sehr unbeliebt, besonders während ihrer Schulzeit. Ganz zu schweigen von ihren Freunden, ihre Klassenkameraden wollten sich alle von ihr fernhalten. Der einzige Gleichaltrige, mit dem sie in ihrem Alter in Kontakt kam, war Zhou Shiyu, der ebenfalls verrückt war.Es war das erste Mal, dass mir jemand so offen gesagt hat, dass ich sie mag, aber ich habe tatsächlich ein paar unerfahrene Kinder getäuscht, als ich mein Schauspiel vermarktet habe.Bevor sich Ye Mei von den wenigen Kindern erholen konnte, vibrierte das Telefon in ihrer Tasche plötzlich zweimal.Der Anruf kam von Song Yu. Ihre Stimme klang etwas müde. Der Hintergrund schien an einem leeren und lauten Ort zu sein, und ein paar ausländische Akzente waren undeutlich zu hören.Ich werde heute Abend in der Nähe des Waisenhauses, in dem du arbeitest, zu Abend essen. Möchtest du zusammenkommen? Ich leihe mir das Auto von Bruder Hua und hole dich heute Abend ab.Du bist nicht in der StadtIch bin nach Jiangcheng gegangen, was etwas mit diesem Fall zu tun hat. Ich bin gegangen, um Team Zhou und den anderen zu helfen. Es ist erst heute zu Ende gegangen.Äh.Kein Wunder, dass sie in dieser Zeit keine Neuigkeiten über Zhou Shiyu erfahren konnte. Sie dachte, er würde sich vor ihr verstecken und absichtlich verschwinden.Zum Glück hat er sie noch nicht so sehr belästigtAls Song Yu merkte, dass sie schon lange nicht die Absicht hatte, zuzustimmen, sagte sie einfach in einem entschlossenen Ton: „Es ist vereinbart, ich werde dich am Abend abholen und lass uns eine gute Zeit haben. "Ye Mei schwieg ein paar Sekunden und fragte zögernd: Ihr Kapitän, der namens Zhou, wird er auch kommen?Nachdem sie das gesagt hatte, fügte sie sofort mit schlechtem Gewissen hinzu: „Ich habe nur dafür gesorgt, dass heute Abend ein paar Leute da sind. Schließlich ist Ihr Kapitän ziemlich nervig. "Sie konnte Song Yu nicht hören lassen, dass sie auf Umwegen nach dem Mann fragte.Wo würde sie sonst ihr würdevolles Ye Mei-Gesicht hinstellen?Auf der anderen Seite des Telefons herrschte eine Weile Stille.Aus irgendeinem Grund sprach Song Yu nicht und Ye Meis Herz schien von etwas getroffen zu werden, das immer schneller schlug und ihr fast aus der Kehle sprang.Könnte es sein, dass Song Yu die Hinweise gesehen hat?Bruder Hua wird heute Abend nicht kommen.Song Yus Stimme war etwas heiser. Er wurde bei diesem Einsatz verletzt und wird immer noch im Krankenhaus behandelt. Darüber hinaus wurde er für einige Tage suspendiert.Zhou Shiyu wurde verletztDie Worte trafen sie wie ein Blitz aus heiterem Himmel. Ye Mei stand verständnislos da, ihr

Gehirn war benommen und sie spürte sofort, dass das Blut in ihrem Körper erstarrt war.Sie umklammerte das Telefon fest und brachte fast ein paar Worte durch die Zähne heraus.wo ist er jetzt

Kapitel 18Ye Mei runzelte die Stirn, blickte auf die überfüllten Fahrzeuge vor ihm und hupte mehrmals.Die Fenster waren maximal geöffnet und der Regen strömte zusammen mit dem starken Wind ins Auto.Ye Meis Gedanken sind immer noch durcheinander, erfüllt von dem, was Song Yu ihr gerade am Telefon erzählt hat.Er sagte, als sie dieses Mal auf einer Mission waren, habe Zhou Shiyu jemanden spontan geschlagen. Er hörte, dass es sich bei der Person um einen Spanner handelte. Nachdem Zhou Shiyu die Fotos auf seinem Handy gesehen hatte, stürmte er herbei und schlug die Person. mehreren Leuten gelang es nicht, ihn aufzuhalten.Später brachten sie den Mann zurück zur Polizeistation. Zhou Shiyu wollte ihn persönlich verhören. Er wusste nicht, was sie drinnen sagten. Zhou Shiyu verlor erneut die Kontrolle über seine Gefühle und schlug den Mann drinnen fast zu Tode.Als Song Yu eintrat, drückte Zhou Shiyu den Mann zu Boden, seine Stirnhaare hingen vor seinen dunklen und kalten Augen herab, eine Hand hielt seinen Kragen mit hervortretenden Adern hoch und die andere Hand war erschöpft und stieß es ihm ins Gesicht mit aller Kraft.Nach Song Yus Eindruck hatte Zhou Shiyu immer ein kaltes und ruhiges Temperament, und egal wie gefährlich die Mission ist, er wird immer ruhig und gelassen aussehen.Dies war das erste Mal, dass er sah, wie Zhou Shiyu so schreckliche Gefühle zeigte. Die Adern an seinen Armen traten hervor, seine Augen waren dunkel und kalt und die Tierhaftigkeit in seinen Augen schien den Mann bei lebendigem Leibe zu zerreißen.Es sieht seinem Charakter wirklich nicht ähnlich, während einer Mission zweimal hintereinander die Kontrolle über seine Gefühle zu verlieren.Ye Mei drückte ihre Zigarettenkippe heraus und trat aufs Gaspedal.Nur weil diese Person ein Voyeur war, wurde Zhou Shiyu so wütendWarum wusste sie nicht, wann Zhou Shiyu so rechtschaffen wurde?Als sie im Krankenhaus ankam, warf sie das Auto wahllos in den Vorgarten des Krankenhauses.Ye Mei setzte ihre Sonnenbrille auf und trottete in High Heels entlang, folgte der Ansprache von Song Yu und kam an einer Ecke im dritten Stock der stationären Abteilung an.Die meisten Normalstationen auf dieser Etage verfügen über Zwei-Personen-Zimmer und es gibt nur vier Betten inklusive der Begleitpersonen.Ye Mei stieß sanft die Tür zur Station auf, und als sie einen kurzen Blick darauf warf, sah sie zwei oder drei Teenager mit bunten Haaren vor einem Krankenhausbett sitzen. Einer von ihnen hatte ein Pflaster an seinem weiß gefärbten Bein.Von dem Moment an, als sie eintrat, waren die Augen mehrerer Teenager auf sie gerichtet und vergaßen sogar das Spiel, das sie spielten.Mehrere

Leute senkten ihre Stimmen und flüsterten.Ye Mei warf ihnen einen leichten Blick zu und ihr Blick fiel auf das Bett nebenan.Zhou Shiyus schwarze Jacke hing über dem Stuhl. Dies sollte seine Position sein, aber ich weiß nicht, wohin er ging.Bevor sie ihre Tasche abstellte, kam ein Junge mit rot gefärbten Haaren zu ihr, steckte die Hände in die Taschen und pfiff ihr achtlos zu.Schönheit, füge mich auf WeChat hinzu.Ye Mei war zu faul, um auf ihn zu achten und sagte kalt.Keine Zeit.Der Gesichtsausdruck des jungen Mannes versteifte sich, er trat näher an sie heran und sprach mit gesenkter Stimme.Nein, ich habe so viele Brüder, die zuschauen. Es ist so peinlich für dich, mich abzulehnen. Wenn wir nicht reden, wenn wir zurückkommen, warum fügst du mich dann nicht zuerst hinzu, okay?Der starke Geruch minderwertiger Zigaretten schlug ihr entgegen und machte sie schwindelig.Ye Mei selbst ist kein guter Charakter. Früher war sie besessen von dem schwachen Tabakgeruch auf Zhou Shiyus Körper. Sie empfand es immer als einen leichten und erfrischenden Duft, gemischt mit dem hormonellen Gefühl von Nikotin. Sie ist aus unerklärlichen Gründen süchtig.Ye Mei warf ihm einen gereizten Blick zu: Ich sagte nein, ich meine nein, verstehst du die menschliche Sprache nicht?Der Ton war nicht laut, reichte aber aus, damit jeder auf der Station es deutlich hören konnte.Mehrere leise Spottrufe kamen von hinten. Das Gesicht des jungen Mannes wurde grün und weiß und sah hässlich aus. Er drehte den Kopf und schrie.Du bist so lächerlich, halt die Klappe.In der nächsten Sekunde krempelte er die Ärmel hoch und drehte sich um, um Ye Mei anzustarren.Ich habe dir ein Gesicht gegeben, aber du weißt nicht, was gut oder schlecht ist, oder?Ye Mei zog die Augenbrauen hoch und zeigte keine Absicht, Angst vor ihm zu haben.Warum möchten Sie aktiv werden?Ich möchte wirklich umziehen———Bevor er seine Worte beenden konnte, wurde sein erhobener Arm sofort eingeklemmt und umgedreht.Es schmerzt.Zhou Shiyu hatte eine Hand in einem Pflaster um seinen Hals hängen, die andere Hand drückte seinen Arm und trat gegen sein Knie. Der Mann kniete sofort vor Ye Mei nieder.Lass los, wer zum Teufel bist du, lass los, du spielst den Helden, um die Schönheit zu retten, oder? Das ist ein verdammtes Krankenhaus, du traust dich, es zu tunYe Mei verschränkte die Arme und schnalzte zweimal mit der Zunge.Ups, warum machst du so ein großes Geschenk? Hast du nicht gerade geschrien, dass du jemanden schlagen wolltest?Dieser arrogante Blick schien, als hätte sie eine Vorahnung gehabt, dass Zhou Shiyu kommen würde.Zhou Shiyu warf ihr einen leichten Blick zu und drehte seinen Kopf, um die Teenager ausdruckslos anzusehen.Warum kommen wir nicht zusammen?Mehrere Teenager standen vor dem Krankenhausbett und sahen sich an.Einer der Jungen hustete und berührte seine Nase: „Ich, meine Mutter, sagte, ich muss heute Abend vor zehn Uhr zu Hause sein, ich muss zuerst nach Hause, Bruder Shun, ruh dich gut aus. "Was ist damit? Ich habe meine Ferienhausaufgaben noch nicht erledigt. Ich gehe jetzt. Auf Wiedersehen, Bruder Shun.Ich gehe runter und esse etwas.Bald drängten sich mehrere Teenager und gingen, und einer von ihnen, der etwas treuer war, vergaß nicht, die knienden roten Haare vom Boden wegzuziehen.Zhou Shiyu sah zu, wie mehrere Teenager gingen. Als sein Blick auf Bai Mao fiel, der auf dem Bett lag, erschrak er und senkte sofort den Kopf und setzte seine Kopfhörer auf, um Spiele zu spielen.Also waren nur noch Ye Meis Augen auf der Station und starrten ihn an.Zhou Shiyu ignorierte sie, ging zum Wasserspender, senkte den Blick und nahm sich ein Glas Wasser.Ye Mei trat auf High Heels vor und fragte stirnrunzelnd.Sie wurden verletzt und ins Krankenhaus eingeliefert. Warum haben Sie mich nicht kontaktiert? Wie kam es zu Ihrer Armverletzung?Zhou Shiyu hatte immer noch nicht die Absicht zu sprechen und sein Blick fiel nicht einmal auf sie.Er könne nicht sagen, dass er sich den Arm ausgerenkt habe, als er jemanden geschlagen habe.Diese Verletzung war etwas frustrierend und es war ihm wirklich peinlich, das auszusprechen.Ye Mei hasst es am meisten, wenn die andere Person nicht reagiert, wenn sie spricht, was den Eindruck erweckt, dass sie völlig ignoriert wird.Sie packte Zhou Shiyus Arm und starrte ihn stirnrunzelnd an.Zhou Shiyu, du hast wieder angefangen, Pantomime zu spielen, oder?Diese dunklen Augen warfen einen Blick auf seinen Arm und starrten dann Ye Mei zwei

Sekunden lang an.Ihre Blicke trafen sich mitten in der Luft und beide kochten vor Wut, als würden sie einen stillen Krieg führen, um zu sehen, wer den anderen übertrumpfen könnte.Du bist nach Jiangcheng gegangenYe Mei hatte nicht die Absicht nachzugeben und ihre Augen wurden Schritt für Schritt enger.Er hat auch jemanden geschlagen, warum?Es hat nichts mit Dir zu tun.Mit etwas Heiserkeit in seiner tiefen Stimme schaute Zhou Shiyu leicht weg, warf ihren Arm ab und ging auf das Bett zu.Warum hat es nichts mit mir zu tun?Ye Mei hatte immer noch nicht die Absicht, ihn gehen zu lassen.Ich habe vor zehn Jahren gesagt, dass Ihr Geschäft mein Geschäft ist und es mir vielleicht egal ist.Als Zhou Shiyu diesen Satz erwähnte, schien er aus unerklärlichen Gründen aufgeregt zu sein. Er drehte sich plötzlich um und starrte sie mit seinen dunklen Augen an.Ich frage Sie: Müssen Sie für Ihren Job einen so kurzen Rock tragen?Ye Mei verstand eine Weile nicht, was er meinte. Wenn er verletzt war, was hatte das mit dem zu tun, was sie trug?WasEr senkte den Blick und sah sie an, seine dunklen und scharfen Augen waren von den zerbrochenen Haaren auf seiner Stirn verdeckt. Die Fingerspitzen, die die Tasse hielten, zitterten leicht, als würde er seine Gefühle extrem unterdrücken.Deine Leibwächter und Assistenten reden normalerweise so nett, aber wie schützen sie dich in kritischen Momenten? Deshalb sagst du immer wieder, dass du ein gutes Leben führst.Ye Mei sah ihn ausdruckslos an. Seine Stimmung war so abnormal. Als er dieses Mal nach

Jiangcheng ging, musste ihm etwas passiert sein, und es hing höchstwahrscheinlich mit ihr zusammen.Sie fragte misstrauisch: Zhou Shiyu, geht es dir gut?Der ursprünglich erwartete große Streit blieb aus und Ye Mei war offensichtlich viel ruhiger, als Zhou Shiyu es sich vorgestellt hatte.Die unerklärliche Wut, die aufkam, wurde durch ihre Worte ausgelöscht.Zhou Shiyu schwieg einige Sekunden lang, dann schloss er die Augen und ging in Richtung Badezimmer.Ich gehe zur Toilette.Die Badezimmertür war verschlossen. Zhou Shiyu öffnete den Metallhahn und das kalte Wasser klatschte ihm heftig auf die Wangen und tropfte über sein Kinn und auf das Waschbecken.Er senkte die Wimpern und sein Adamsapfel rollte unkontrolliert.Nachdem er Ye Mei wieder getroffen hatte, war das gleichgültige Image, das er so viele Jahre lang gepflegt hatte, völlig zerstört und er wurde wirklich abnormal.Nachdem Zhou Shiyu das letzte Mal die Adresse von Xiao Tang erhalten hatte, brachte er Song Yu und andere nach Jiangcheng und nahm Liang Mos Ex-Freund erfolgreich in einem Internetcafé fest.Der Mann war blass und dünn und hatte eine Kamera um den Hals. Selbst wenn er erwischt wurde, wirkte er völlig gleichgültig.Zhou Shiyu schaltete seine Kamera ein und warf einen Blick darauf.In diesem Moment war jegliche Vernunft verschwunden.Er spürte deutlich, dass seine Hände zitterten.Tausende Fotos von Ye Mei erschienen sofort auf dem Bildschirm, darunter Fotos, die gerade an einer Veranstaltung teilgenommen hatten, einige, die gerade von zu Hause zurückgekommen waren, und die meisten Fotos ihrer Oberschenkel aus verschiedenen Blickwinkeln.Die Wut brach augenblicklich durch seine Brust. Zhou Shiyu packte ihn am Kragen, sein Kiefer war angespannt und steif, die Adern traten in seinen Armen hervor und er schlug heftig zu, seine Stimme war unterdrückt und zitterte.Wie lange verfolgst du sie schon?Der Mann berührte unbewusst seine Nase und das Blut floss unkontrolliert.Ohne seine Reaktion abzuwarten, hob Zhou Shiyu ihn direkt hoch, erwürgte seinen Hals und drückte ihn mit solcher Kraft gegen die Wand, dass es schien, als würde er ihm den Hals in Stücke brechen.Ich frage dich, wie lange verfolgst du sie schon?Dieser Satz wurde fast laut geschrien, und die Stimme war kalt und beißend und ließ die Leute schaudern.Seine Brust hob und senkte sich leicht und seine Augen waren blutunterlaufen.Es war eher Panik als Wut.Die Polizisten an der Seite hatten Angst. Sie hatten Zhou Shiyu noch nie so gesehen und es dauerte eine Weile, bis ihnen klar wurde, wie sie sie wegziehen konnten.Das ganze Gesicht des Mannes war rot gerötet, weil er sich zurückgehalten hatte, und sein Gesicht war mit Tränen und einer laufenden Nase bedeckt. Es schien, als würde er in der nächsten Sekunde sterben, und er sagte immer noch etwas Unklares.Mehrere Polizisten an der Seite unterdrückten den außer Kontrolle geratenen Zhou Shiyu gewaltsam und setzten ihre ganze Kraft ein, um die beiden vollständig zu trennen.In dieser Nacht beruhigte sich Zhou Shiyu und öffnete die Tür des Verhörraums.Die Nase des Mannes war verletzt und sein Gesicht war nach den Schlägen geschwollen, aber er saß ihm immer noch mit einem lässigen Blick gegenüber und hatte sogar ein leichtes Lächeln auf den Lippen, als würde er darauf warten, dass etwas Gutes passiert.Schau dich so an, du magst ja auch Ye Mei

Kapitel 19Die silbernen Handschellen hatten einen schwachen Glanz und der Mann lehnte träge auf dem Stuhl und sah sorglos aus.Unsere Malerin Ye Da ist wirklich charmant. Egal in welcher Branche sie tätig ist, sie hat die Kontrolle über sie.Sagte Zhou Shiyu in einem ruhigen Ton, ohne auch nur die Augenlider zu heben.Herr Zeng Lie, wann haben Sie und Miss Tang Mo angefangen, sich zu treffen?Ich weiß nicht, ob er absichtlich ausgewichen ist, aber Zeng Lie dachte immer noch nicht daran, auf den Punkt zu kommen und redete weiter mit sich selbst.Um ehrlich zu sein, ich habe sie bemerkt, seit sie in Jiangcheng angekommen ist. Ye Mei ist keine gute Frau. Sie hängt jeden Tag mit anderen Männern in Bars ab. Trotzdem gibt es immer noch viele Leckhunde, die dazu bereit sind heraufzukommen und als Ersatzreifen für sie zu dienen. Ich frage mich wirklich, wie sie diese Bilder gemalt hat.Der Stift in seiner Hand wurde klappernd auf den Tisch geworfen und Zhou Shiyu sah ihn ausdruckslos an.Bitte kooperieren Sie bei der Untersuchung.Mal sehen, du siehst ziemlich gut aus, aber mit diesem Status wirst du in ihren Augen wahrscheinlich erst in Hunderten von Jahren in der Rangliste aufgeführt. Die Menschen um sie herum sind entweder reich oder edel, entweder die zweite Generation von Prominenten oder die zweite Generation reicher Leute. Es gibt viele mächtige Leute in der Geschäftswelt.Hören Sie auf meinen Rat, es ist nicht gut, irgendeinen Menschen zu mögen, man muss diese Art von Schlampe mögen – Bevor er das letzte Wort sagen konnte, trat ihm Zhou Shiyu direkt in den Unterleib.Die Stuhlbeine erzeugten starke Reibung mit dem Boden. Zeng Lie und der Stuhl wurden direkt auf den Boden geworfen. Der Boden erzeugte einen lauten Knall, der in dem stillen Raum äußerst abrupt war.Lassen Sie mich Sie ein letztes Mal fragen.Zhou Shiyu sah ihn herablassend an und die dunklen Wellen in seinen Augen wurden von diesen dunklen Augen gewaltsam unterdrückt.Hat der Tod von Tang Mo etwas mit Ihnen zu tun?Sobald er zu Ende gesprochen hatte, hörte Zeng Lie, der sich am Boden abmühte, plötzlich auf. Er war mehrere Sekunden lang fassungslos, bevor er plötzlich zu Zhou Shiyu aufblickte.Tang Mo ist totKein Wunder, dass ich sie nicht finden kann.Zeng Lies Augen waren ein wenig verwirrt und seine Stimme war leise, als würde er vor sich hin murmeln. Ich fragte, wie diese Frau mich so grausam verlassen konnte, und ich sagte, sie sagte, sie würde nicht vor meinen Augen sterben. Mein Körper ist es Es geht mir so gut und ich habe überhaupt keine Krankheit.Wie konnte Tang Mo sterben? Ihr müsst mich angelogen haben. Ihr Bastarde, ich war für die geheimen Dreharbeiten verantwortlich. Warum habt ihr mich wegen Tang Mo angelogen?Zeng Lie hob plötzlich den Kopf, seine Augen waren rot, seine Stimme war scharf und schrill und der Stuhl unter ihm zitterte mehrmals heftig.Zhou Shiyu hob den Blick und sah ihn an, und der Stift, den er schrieb, hielt inne.Wann haben Sie Tang Mo das letzte Mal gesehen?Das letzte Mal, als ich Ye Meis Kunstausstellung besuchte, entdeckte sie, dass ich heimlich Fotos machte.Zeng Lie sprach zusammenhangslos, seine Brust hob und senkte sich und Tränen strömten ständig aus seinen Augen.Es muss an Ye Mei liegen. Wenn sie nicht gewesen wäre, hätte Tang Mo nicht mit mir Schluss gemacht und ihr wäre nichts passiert. Ye Mei, eine Schlampe, sollte nicht gut sterben, also sollte sie – —Die Faust schlug gegen seine Wange und ließ die Adern in Zhou Shiyus Arm hervortreten, und eine Hand packte ihn fest an den Haaren.Diese schwarzen Augen starrten ihn an und hielten sich nicht mehr zurück, als verbargen sie einen heftigen Sturm.Ich sagte, wenn du es wagst, sie noch einmal zu erwähnen, werde ich dich töten.Im Verhörraum ertönte ein schrilles Geheul, und als die Polizisten vor der Tür hereinstürmten, stand Zhou Shiyu auf.Er runzelte die Stirn, schaute auf seine linke Hand, hielt sein rechtes Handgelenk hoch und schüttelte es langsam.Zeng Lie lag mit einer verdrehten Bewegung auf dem Boden, die Wange fest gegen den Boden gedrückt. Das Nasenbluten und die Blutflecken in seinen Mundwinkeln flossen über den ganzen Boden und aus seiner Kehle drang noch immer ein leises Wimmern.Mehrere Polizisten machten sich sofort auf den Weg, um ihn hinauszutragen.Der Regisseur starrte ausdruckslos auf alles vor ihm, biss die Zähne zusammen und rief Zhou Shiyu zu: Zhou Shiyu, wenn du es wagst, an einem Ort wie diesem etwas zu tun, willst du es dann tun?Es war Herr Zeng Lie, der als erster die Polizei angriff.Zhou Shiyu zeigte auf einen blauen Fleck an seinem Lippenwinkel und sagte leise:Ich habe in Notwehr gehandelt.In dieser Nacht wurde Zhou Shiyu erfolgreich von seinem Job suspendiert.Schließlich bevorzugte ihn der Direktor immer noch. Wenn in der Vergangenheit so schlimme Dinge in ihrem Team passierten, wären sie ohne ein Wort gefeuert worden. Zhou Shiyu hatte tatsächlich die Möglichkeit, gegen Bezahlung suspendiert zu werden und ihn in die Schule gehen zu lassen Krankenhaus, um sich zu erholen.Kaltes Wasser lief über das Waschbecken. Zhou Shiyu bückte sich, hielt beide Seiten des Waschbeckens mit einer Hand fest und betrachtete sich im Spiegel.Sein Stirnhaar war leicht durchnässt und ein Tropfen kaltes Wasser lief über das Haar bis zum Nasenrücken. Seine Lippenwinkel waren blass und angespannt, und der Gesamteindruck wirkte irgendwie unbeschreiblich elend.Es klopfte mehrmals heftig an der Tür und es war offensichtlich, dass Ye Mei mit dem Warten ungeduldig war.Zhou Shiyu, komm raus, du bist schon fast eine halbe Stunde drin. Versuche nicht, mir auszuweichen. Ich bleibe heute einfach hier.Zhou Shiyu runzelte die Stirn und schloss die Augen. Nach ein paar Sekunden drehte er den Wasserhahn zu, öffnete die Tür und sah sie herablassend an.Plötzlich waren die beiden nur noch wenige Meter entfernt und eine dunkle Gestalt schoss zu Boden und umgab augenblicklich ihren ganzen Körper.Ye Mei hob ihren Kopf und sah ihm in die Augen.In diesem Moment schien die umgebende Luft still zu sein und nur zwei Augenpaare kollidierten in der Luft.Ye Meis Kehle fühlte sich unerklärlicherweise trocken an. Sie wandte den Blick ab und lehnte sich mit verschränkten Armen gegen den Türrahmen.Zhou Shiyu sagte leise: Wann gedenkst du zurückzukehren?Ye Mei hat überhaupt nicht die Absicht zu gehen: Ich sagte, ich würde heute hier bleiben.Dieser Blick ohne Abwehrbereitschaft und Selbstvertrauen war genau derselbe wie zuvor.Zhou Shiyu holte tief Luft, mit einem Hauch von Nachsicht zwischen seinen Lippen und Zähnen.Hier leben viele Männer.Also, gibt es hier kein Bett? Warum sollte ich außerdem zurückgehen?Ye Mei machte ein Geräusch und folgte langsam seinen Schritten. Wenn Sie mich bitten zu kommen, werde ich kommen. Wenn Sie mich bitten zu gehen, werde ich gehen. Das Krankenhaus wird nicht von Ihrer Familie geführt.Als Zhou Shiyu den nachlässigen Blick dieser Person sah, lachte er fast vor Wut über sie.Gibt es irgendetwas auf dieser Welt, das Ihnen Angst macht?Ich weiß sowieso nur, dass mir nichts passieren wird, solange du hier bist. Wovor sollte ich also Angst haben?Ye Meis Ton war sehr locker, sie nahm einfach ihre Umhängetasche ab, setzte sich auf das Krankenhausbett und schaltete den Fernseher ein.Diese Person namens Peng wohnt nicht bei Ihnen.zurück gegangen.Sagte Ye Mei langsam und ihr Blick fiel auf den Fernseher.Sie glaubte wirklich, dass es Zhou Shiyu jetzt gut ging, aber das Ergebnis war nicht das gleiche wie zuvor, als er krank wurde und niemand da war, der sich um ihn kümmerte.Diese Station kann als relativ hochwertig im Krankenhaus angesehen werden. Sie verfügt nicht nur über ein separates Badezimmer, sondern auch über einen speziellen Bereich zum Essen und Arbeiten in der Nähe des Balkons.Am Nachmittag machte Ye Mei einen Sonderausflug, um den Assistenten zu bitten, dem Krankenhaus etwas Geld hinzuzufügen und den Klinikjungen auf die Station zu verlegen, sodass nur noch Ye Mei und Zhou Shiyu auf der gesamten Station übrig waren.Ye Mei tat so, als würde sie nicht gehen, selbst wenn sie sterben würde. Zhou Shiyu hatte nichts mit ihr zu tun, also ignorierte er sie einfach außer Sicht und Verstand.Er holte einen Stapel gedruckter Informationen auf A4-Papier heraus, setzte sich an den Schreibtisch und betrachtete die Informationen vor ihm mit trübem Gesichtsausdruck. Eine Hand steckte in Gips und die andere Hand schrieb und kratzte immer noch auf den Informationen.Mit der Zeit schien das warme gelbe Licht auf Zhou Shiyus

Rücken und auch seine breiten Schultern waren mit einer Schicht goldenen Lichts überzogen.Ye Meis Blick fiel absichtlich oder unabsichtlich auf ihn und sie drehte unbewusst die Lautstärke der Fernsehserie herunter.Draußen vor dem Fenster regnete es in Strömen, aber drinnen waren nur das Geräusch des Fernsehers zu hören, der absichtlich heruntergedreht war, und das Rascheln einer Stiftspitze, die auf Papier kratzte.Dieses ruhige und warme Gefühl hatte ich schon lange nicht mehr.Ye Mei hat niemandem gegenüber erwähnt, wie sehr sie diese Schlichtheit begehrt.Als sie vor vielen Jahren zusammen in einem gemieteten Haus in der Stadt Xicheng lebten, war dieses Geräusch immer im Raum zu hören.Zu dieser Zeit waren Ye Meis Noten nicht gut. Sie nahm nicht einmal ihre Schultasche mit, als sie von der Schule nach Hause kam, und verbrachte den ganzen Tag auf dem Sofa, um sich Idol-Dramen anzusehen.Auch Zhou Shiyu saß auf dem schäbigen Sofa im Wohnzimmer und beugte sich über den Couchtisch, um seine Hausaufgaben zu machen.Die beiden saßen zusammengedrängt auf demselben Sofa. Ye Mei stellte den Ton des Fernsehers immer sehr leise ein und gelegentlich zitterte das Sofa leicht, wenn sie nicht anders konnte, als zu lachen.Sie träumte davon, in diese unwissenden und intimen grünen Jahre zurückzukehren.Als Zhou Shiyu mit der Verarbeitung der vorliegenden Informationen fertig war, blickte er wieder auf und sah, dass es völlig dunkel war.Draußen vor dem Fenster war das Geräusch des prasselnden

Regens zu hören, und durch das Fenster wehte eine kühle Brise herein. Die Spinnenpflanze vor dem Fenster wurde vom Wind nach unten gedrückt und zu einem Bogen gebogen, der kurz davor war, zu brechen.In Xicheng regnet es immer, egal ob vor acht Jahren oder jetzt.Das fleckige Licht des Fernsehers spiegelte sich an der Wand und der Ton war so leise, dass es sich anfühlte, als würde man einem Pantomimen zuschauen, nicht einmal so laut wie der heftige Sturm vor dem Fenster.Irgendwann schlief Ye Mei ein, immer noch die Fernbedienung in der Hand haltend.Sie schlief nicht gut und warf und trat immer gern mit der Steppdecke. Zu diesem Zeitpunkt waren alle Steppdecken zu Boden gefallen. Das schlanke Mädchen kauerte zusammengekauert und zitterte auf dem Bett.Zhou Shiyu schloss das Fenster, dämpfte seine Schritte, ging zu Ye Meis Bett, zog die Decke hoch und deckte sie sanft zu.Nachdem alle Ecken verstaut waren, wollte Zhou Shiyu gerade gehen, als er vage Ye Mei mit leiser Stimme reden hörte.Der Ton war sanft, sanft und ein wenig unklar, wahrscheinlich weil er träumte.Nachdem Zhou Shiyu es mehrmals sorgfältig identifiziert hatte, wurde ihm klar, dass sein Name aufgerufen wurde.Zhou Shiyu.Zhou Shiyu antwortete unbewusst: JaHast Du Schmerzen?Der Wind vor dem Fenster war wirklich stark und sogar der Fensterrahmen wackelte ein wenig.Zhou Shiyu senkte den Blick und sah sie an. Er wusste nicht warum, aber seine Nasenspitze tat so weh. Da war etwas Hartnäckiges in seinem Herzen, das in diesem Moment leise zusammenzubrechen schien.Es tut weh, es tut wirklich weh.Es tat so weh, dass ich fast keine Luft mehr bekam.Das Trauma ist jetzt weniger schmerzhaft als bei ihrer Abreise.Ihre Wimpern zitterten leicht, auf ihrer Stirn bildeten sich dünne Schweißperlen und sie runzelte die Stirn, wahrscheinlich weil sie schlecht träumte.Zhou Shiyu hockte sich neben ihr Bett und entfernte ihr vorsichtig die stacheligen Ohrringe.Zhou Shiyu.Sie rief ihn erneut an.ÄhYe Mei kauerte zusammen, ihre Brust hob und senkte sich, ihre langen Wimpern zitterten heftig.Was soll ich tun? Ich habe wirklich Schmerzen.

Kapitel 20Vor acht Jahren, Xicheng Town.Der Abendwind wehte in der Gasse, die Äste und Blätter raschelten, und auf dem alten Fensterbrett standen zwei zwitschernde Spatzen.Nachdem er im Supermarkt Sachen eingekauft hatte und zum Miethaus zurückgekehrt war, ging Zhou Shiyu geschickt zur Spüle und wusch das Gemüse, das er heute gekauft hatte.Dieses Miethaus ist zu klein, selbst das Badezimmer ist zu eng für zwei Personen und die Küche ist direkt mit dem Wohnzimmer verbunden.Das schwache Wohnzimmerlicht schien auf das Schneidebrett. Zhou Shiyu senkte den Kopf, hielt den Griff des Messers mit seinen schlanken weißen Fingern und senkte seinen Blick leicht auf die beiden Kartoffeln.Er war offensichtlich äußerst geschickt im

Kochen und seine Messerkenntnisse waren sauber und ordentlich. Innerhalb weniger Minuten waren zwei Kartoffeln vollständig geschält und in Scheiben geschnitten.Ye Mei hielt einen roten Apfel in der Hand. Während sie den Apfel kaute, lehnte sie sich vor den Schrank und sah ihn an.Ich hätte nicht erwartet, dass du kochen kannst.Sagte Zhou Shiyu leise, ohne auch nur ein Augenlid zu heben.Wer nicht kochen kann, wird verhungern.Wenn man darüber nachdenkt, könnte es sein, dass Zhou Yan aufgrund ihres unzuverlässigen Temperaments nicht alle halben Monate nach Hause geht und Zhou Shiyu nicht in der Lage wäre, für sich selbst zu sorgen.Er ist zu diesem Zeitpunkt besser als sie.Ye Mei lebt seit mehr als zehn Jahren und ihre Fähigkeit zu leben ist fast gleich Null, ganz zu schweigen davon, in dieser Umgebung für sich selbst zu sorgen.Das warme Licht im Wohnzimmer ist mit Schichten von Heiligenscheinen gefüllt, die von Zeit zu Zeit auf Zhou Shiyus hängendes Haar fallen. Es ist fein und weich und spiegelt einen flachen Schatten auf seiner glatten Stirn wider.Ye Mei biss in den Apfel und ihr Blick richtete sich aus irgendeinem Grund auf ihn.Sie ist seit ihrer Kindheit eine Schönheitskontrolleurin und hat fast keinen Widerstand gegen schöne Dinge.Besonders jemand wie Zhou Shiyu, der rein und schön ist, mit einem kühlen und kalten Temperament, wie ein kleiner Unsterblicher, der aus der Welt der Sterblichen herabgestiegen ist, um die Trübsal zu überleben.Aus Ye Meis Blickwinkel konnte sie gerade noch ein kleines Muttermal zwischen seinem großen und erhobenen Adamsapfel wachsen sehen. Als sich sein Hals leicht bewegte, rollte auch das kleine Muttermal mit der Haut auf und ab. .Ye Mei war bewusstlos fassungslos und vergaß sogar, den Apfel in ihrem Mund zu kauen.Vielleicht war sie jetzt zu ruhig und Zhou Shiyu war das nicht gewohnt. Er drehte seinen Kopf und warf ihr einen Blick zu, der zufällig mitten in der Luft auf Ye Meis leeren Blick traf.Zhou Shiyus Augenbrauen hoben sich leicht und seine Augen fielen wieder zurück.Was ist falschNichts.Plötzlich erschien eine rote Pigmentschicht an der Basis ihrer Ohren und Ye Mei konnte deutlich spüren, dass ihr gesamtes Gesicht heiß wurde.Sie schluckte schnell den Apfel in ihrem Mund herunter und schaute schuldbewusst weg.Darauf ankommenAlso hatte sie gerade Sex mit Zhou Shi und wurde von ihm entdecktYe Mei berührte ihre Nasenspitze, ging zum Sofa, holte die Fernbedienung heraus und drückte zweimal auf den Fernseher.Kann ich diesen Fernseher weiterhin ansehen? Wie kann ich ihn einschalten?Es dauerte nicht lange, bis das gesamte Essen auf dem Tisch stand.Das Essen sieht ziemlich gut aus, mit vier Gerichten und einer Suppe, zwei Fleisch- und zwei vegetarischen Gerichten, und sogar der Reis ist genau richtig weich und klebrig.Seitdem Ye Mei in die kleine Stadt gekommen ist, ist sie fast jeden Tag hungrig und satt. Im Vergleich dazu scheinen die von Zhou Shiyu zubereiteten Gerichte viel mehr nach ihrem Geschmack zu sein.Nachdem Ye Mei eine Schüssel Reis aufgegessen hatte, war sie immer noch ein wenig hungrig. Sie berührte ihre Nasenspitze und hustete leicht.Nun ja, ich bin kein großer Esser. Heute habe ich – Bevor Ye Mei zu Ende sprechen konnte, nahm Zhou Shiyu bewusst ihre Schüssel und füllte sie mit einer Schüssel Reis.genugEr hob den Blick und sah sie an, sein Ton war immer noch kühl und ruhig, er klang völlig ruhig.Ye Mei antwortete sofort mit einem Lächeln: Das reicht, das reicht.Bußgeld.Obwohl die Worte und Taten dieser Person normalerweise unangenehm sind, kocht sie glücklicherweise köstliches Essen und sein Image in Ye Meis Herzen hat sich ein wenig verbessert.Aber nur ein bisschen.In dieser Nacht steckte Zhou Shi in Schwierigkeiten und konnte nicht gehen.Nachdem er das Geschirr weggeräumt hatte, wollte er ursprünglich direkt in Zhou Yans Zimmer gehen, um die Fragen zu beantworten. Als sein Blick auf Ye Mei fiel, wurde ihm klar, dass sie sich die ganze Zeit absichtlich oder unabsichtlich an der Wade kratzte.Zhou Shiyu hob sein Kinn in Richtung Ye Meis Wade: Was ist mit deinem Bein los?Ich weiß nicht, vielleicht wurde ich gerade in der Gasse von einer Mücke gebissen.Lassen Sie mich sehen.Er ging halb in die Hocke vor Ye Mei und hob sanft einen Zipfel ihres Rocks von ihren Beinen.Tatsächlich war es kräftig rot.Das Mädchen, das verwöhnt und in der Hand gehalten wurde, kam zum ersten Mal in die Stadt. Natürlich konnte ihre helle und zarte Haut das nicht ertragen. Er vergaß sogar das.Der leichte Schatten des Lichts hüllte Zhou Shiyu ein. Er roch sehr gut, es war die Art von leicht nach Minze duftendem Waschmittel, und es gab auch eine schwache Spur von extrem leicht nach Minze duftendem Waschmittel auf seinem Körper. Der Geruch von Tabak.Zhou Shiyu war tatsächlich nicht so sauber und unschuldig, wie er äußerlich aussah, und ihre Intuition sagte ihr, dass diese Person ein Raucher sein musste.Ye Mei sah auf ihn herab und platzte unbewusst heraus.Zhou Shiyu, du riechst köstlich.Die Fingerspitzen hielten leicht inne, Zhou Shiyu schwieg zwei Sekunden lang und stand dann mit einem leichten Stirnrunzeln auf.Ich ging raus, um Medikamente zu kaufen.Braucht nicht. Mir geht es gut, wenn ich es aushalte.Zhou Shiyu sagte kein Wort, nahm seinen Mantel vom Sofa und ging zur Tür.Ye Mei packte unbewusst die Ecke seiner Kleidung: Zhou Shiyu, draußen regnet es stark.Sie erinnerte sich, dass er den Regen hasste.Sie hatte ihn gebeten, heute im Regen nach ihr zu suchen. Sie wollte nicht, dass Zhou Shiyu noch einmal wegen ihr rausging.Der starke Regen spülte die Fenster weg und auf den alten Fensterbänken waren bereits Wasserflecken entstanden. Aus dem undichten Spalt in der Mitte der Decke traten ständig Wasserflecken aus.Der Regen ist wirklich stark.Der Himmel ist immer düster und düster, und ich weiß nicht, wann ich das Licht sehen werde.Zhou Shiyu summte leise, senkte den Blick, wechselte seine Schuhe und ging hinaus.Aus dieser Sicht waren die meisten Apotheken in der Stadt geschlossen. Seiner Meinung nach war dieser Laden wahrscheinlich der einzige, der noch geöffnet hatte.Shi Yu ging schnell zur Apotheke, schaute auf die Gedenktafel, steckte seinen Regenschirm weg und ging hinein.Gibt es Medikamente gegen Juckreiz und Narbenentfernung?Bist du nicht der Bruder von Zhou Yan? Ich habe dich seit ein paar Tagen nicht gesehen.Eine stark geschminkte Frau lehnte vor der Theke und hielt einen Teddyhund im Arm. Als sie Zhou Shiyu hereinkommen sah, begrüßte sie Zhou Shiyu enthusiastisch.Wie geht es dir in letzter Zeit? Deine Schwester erledigt diese Art von Arbeit auch heute noch.Zhou Shiyu sagte ausdruckslos: Ich möchte eine Flasche Mittel gegen Juckreiz.Nachdem er das gesagt hatte, fügte er sofort hinzu: Ich will das Beste.Die Frau, die es für jemanden gekauft hatte, berührte sanft den Kopf des Welpen und sah sie misstrauisch an. Es ist eine Menge Geld für Ihr Kind, bereit zu sein, solch ein gutes Medikament zu verwenden.Ich habe Geld, gib es mir einfach.Während die Frau nach Medikamenten suchte, nörgelte sie immer noch.So gibst du dein Geld nicht aus. Schau dir deine Schwester an. Als wir zusammengearbeitet haben, hat sie das ganze Geld, das die Männer ihr gaben, gespart und es für dich behalten. Aber diese Männer waren wirklich seltsam. Warum? Jeder geht auf die Stange, um Gib Zhou Yan Geld. Ist sie nicht einfach jünger? Ich war auch jung.Als wäre er daran gewöhnt, schwieg Zhou Shiyu und untersuchte sorgfältig die Medizin in seiner Hand.Nachdem er alle

Medikamente erhalten hatte, bezahlte Zhou Shiyu das Geld und wollte gerade ausgehen, als eine Frau mittleren Alters hereinkam.Sie zeigte auf Zhou Shiyu und fragte: Wer ist das? Kennst du ihn?Oh, diese beiden Geschwister lebten früher neben meinem Haus. Es waren die beiden Geschwister aus der Familie Zhou, Zhou Yans jüngerer Bruder.Die Frau seufzte und blickte mitfühlend auf Zhou Shiyus Rücken: „Dieses Mädchen, Zhou Yan, ist auch erbärmlich. Sie hat so ein schönes Gesicht. Ich habe gehört, sie hat einen Abschluss an einer renommierten Universität. Sie ist in keinem Job gut, aber sie will es einfach machen. " Ihr Mein Körper und mein Ruf sind so schmutzig.Da ist ein kleiner Idiot zu Hause. Ich habe schon einmal jemanden sagen hören, dass dieser Junge offenbar psychische Probleme hat. Er redet mit niemandem und hat den ganzen Tag ein düsteres Gesicht. Egal wie gut seine Noten sind, es wird gut sein nutzlos. Das wird in Zukunft passieren. Menschen sind vielseitig, wenn sie in die Gesellschaft eintreten. Ich denke, Zhou Yan hat wirklich in die falsche Person investiert.Das Gespräch zwischen den beiden war laut und Zhou Shiyu hörte alles deutlich. Er öffnete seinen Regenschirm und stieg mit ausdruckslosem Gesicht in den Regen.Der Regen fiel immer stärker und Zhou Shiyu ging immer schneller. An den Ecken seiner Hose und Schuhe befand sich bereits eine Schicht offensichtlicher Wasserflecken.Erst als er nach Hause kam, lehnte er sich gegen die Tür, als hätte er keine Kraft mehr, sein Rücken drückte sich fest gegen die Holztür und sein Brustkorb konnte nicht aufhören, sich leicht zu heben und zu senken.Sein Körper war völlig nass. Zhou Shiyu senkte den Kopf, sein feines Haar hing ihm in die Stirn und er hielt die Medizin, die er für Ye Mei gekauft hatte, immer noch fest in der Hand.Ye Mei nannte ihn vorsichtig: Zhou Shiyu.Zhou Shiyu kam plötzlich zur Besinnung.Er hob seinen Blick leicht, hob seine dunklen Augen und konzentrierte sich allmählich auf Ye Meis Gesicht.

Kapitel 21In dieser Nacht erkrankte Zhou Shishi an Fieber.Ye Mei hat einen unregelmäßigen Zeitplan. Normalerweise schläft sie tagsüber und spielt nachts bis drei oder vier Uhr morgens auf ihrem Handy.Gegen zwei Uhr morgens kam sie aus dem Badezimmer und ging am Wohnzimmer vorbei. Sie sah zufällig Zhou Shiyu, der auf dem Sofa schlief und dessen Bettdecken zu Boden fielen.Sie ging hinüber, um ihn mit einer Decke zuzudecken.Zhou Shiyu war nicht gut gelaunt, seit er nachts vom Einkaufen für ihn zurückkam, und sein Gesicht war düster, als wäre ihm etwas passiert.Es ist das Gleiche, auch wenn ich jetzt schlafe.Seine dünnen Lippen waren geschürzt und seine Brauen waren durch und durch gerunzelt. Auf seiner Stirn standen dünne Schweißperlen und sein Atem ging ungewöhnlich schnell.Die Decke bedeckte Zhou Shiyu und als ihre Fingerspitzen seine Haut berührten, spürte Ye Mei vage, dass etwas nicht stimmte.Sein Körper war extrem heiß und seine Wangen waren unnatürlich rot. Obwohl er so verbrannt war, zitterte sein ganzer Körper immer noch und war zusammengekauert.Normalerweise scheint ein so starker und paranoider junger Mann in diesem Moment etwas zerbrechlich zu sein.Ye Mei holte schnell das elektronische Thermometer aus Zhou Yans Arztkoffer heraus und misst es in Richtung seiner Stirn.39,5°.Tatsächlich hatte Zhou Shiyu, wie sie vermutete, Fieber.Als Ye Mei das Thermometer sah, geriet sie sofort in Panik.So etwas hatte sie noch nie zuvor gesehen.Früher waren meine Nanny und mein Hausarzt immer an meiner Seite, selbst wenn ich krank wurde. Wenn jemand anderes krank wurde, ließ die Nanny sie nicht an mich heran, aus Angst, sie mit der Krankheit anzustecken.Sie hat wirklich keine Erfahrung darin, sich um Menschen zu kümmern.Zwei Sekunden später klopfte Ye Mei Zhou Shiyu auf die Schulter, ging in die Hocke und rief ihn zweimal an.Zhou Shiyu öffnete schläfrig die Augen. Nach einer Weile veränderte sich seine Sicht allmählich von trüb zu klar.In dem Moment, als sich seine Augen konzentrierten, war es dieses schöne und zarte Gesicht, das seinen Blick traf.In der Ecke des Wohnzimmers brannte nur ein kleines Licht, und das schwache Licht fiel auf Ye Meis Wange. Sie schien zu reden. Zhou Shiyu konnte nicht hören, was sie sagte, und konnte nur ihren schönen rosa Mund sehen .

Offen und geschlossen.Aus Zhou Shiyus Blickwinkel konnte er gerade noch ihre hochgezogenen langen Wimpern sehen, geschwungen und schlank, die zu diesem Zeitpunkt leicht zitterten, wie ein Schmetterling, der mit den Flügeln schlägt.Zhou Shiyu war zwei Sekunden lang fassungslos und streckte unbewusst seine Hand aus, um ihre Wange zu berühren.Es ist ein Traum.Warum sollte es sonst so verwirrend und unklar sein?Wie könnte er sonst die Anspannung und Sorge in ihrem Gesicht sehen?Als ihr Arm halb hoch war, hielt Ye Mei ihn plötzlich in ihren Armen, ihre Augen waren auf ihn gerichtet.Zhou Shiyu, du bist krank, lass uns ins Krankenhaus gehen.Zhou Shiyu kam endlich zur Besinnung. Er war zwei Sekunden lang fassungslos, dann nahm er seine Hand zurück und drehte ihr den Rücken zu.Braucht nicht.Der Ton war klar und hell, mit etwas Heiserkeit.Ye Mei runzelte die Stirn und sagte: Du hast Fieber.Zhou Shiyu bestand immer noch darauf: Morgen wird alles gut.NEIN.Ye Mei wurde zu diesem Zeitpunkt sturer, stand auf und sah ihn herablassend an.Wir müssen heute ins Krankenhaus, sonst gehe ich zu Zhou Yan und bitte sie, dich ins Krankenhaus zu bringen.Zhou Shiyu fühlte sich bereits schwindelig und unwohl. Zu diesem Zeitpunkt wollte er nicht mit Ye Mei streiten und sein Tonfall wurde unwissentlich ernster.Ich sagte, ich muss nicht.Die Atmosphäre wurde sofort still, und Regenwasser prasselte skrupellos auf die Fenster. Das im undichten Bereich des Wohnzimmers platzierte Plastikbecken hatte bereits weniger als die Hälfte der vergilbten Regenflecken des Beckens aufgefangen.Die Regentropfen tropften in das Becken und machten die Atmosphäre zu diesem Zeitpunkt noch stiller.Ye Mei schwieg lange und sah Zhou Shiyu mit hochgezogenen Augenbrauen an.Okay, das hast du gesagt.Bald war hinter Zhou Shiyu das Geräusch des Schuhwechsels zu hören und im nächsten Moment wurde die Tür zugeschlagen.Der Regen schien immer noch nicht aufzuhören. Der starke Wind fegte durch die Blätter und die Regentropfen trafen wie silberne Fäden gegen den Wind auf Ye Meis Gesicht.Ye Mei rannte den ganzen Weg und erwischte schließlich am Eingang der Gasse ein Taxi.Ye Mei folgte der Adresse, die Zhou Yan ihr sagte, und kam in etwa einer halben Stunde im Erdgeschoss eines sehr modernen Gebäudes an.Dieses Gebäude hat etwa vier oder fünf Stockwerke und der Veranstaltungsort ist ziemlich groß. Das gesamte Gebäude ist von Lichtern umgeben und sogar die Wände leuchten in goldenem Licht.Ye Mei teilte den beiden Männern in Anzug und Krawatte an der Tür den Namen von Zhou Yan mit.Die beiden sahen sich an, einer von ihnen nickte und der andere führte sie ins Zimmer.Der erste Stock war ein riesiger, flacher Boden, und sobald sie die Tür betrat, traf sie der Klang von Musik mit einem starken Rhythmus.In der Mitte befindet sich eine Bühne, auf der mehrere Frauen in spärlicher Kleidung wild Pole Dance tanzen. Unten sitzen ein paar Männer in Anzügen verstreut auf den Ledersofas. Daneben waren sie alle von vielen weiblichen Begleitern umgeben.Die weiblichen Begleiter sahen süß aus und schmeichelten den älteren Männern um sie herum, während die Männer mit erröteten Gesichtern lächelten und ihre Hände unehrlich auf die Schenkel der Menschen um sie herum legten.Für Ye Mei ist eine solche Szene nicht überraschend.Es handelt sich um einen kleinen Nachtclub, in dem ihr Vater regelmäßig Stammgast war.Seit ihrer Ankunft in der Stadt Xicheng hatte Ye Mei das Gefühl, in der Zeit zurückgereist zu sein. Dies war das erste Mal, dass sie einen so luxuriösen Ort sah.Ye Mei folgte dem Tempo des Wachmanns und kam bis in den zweiten Stock.In der hinteren Ecke des Korridors blieb der Wachmann stehen, öffnete die Tür eines Kastens und bückte sich höflich, um ihr zu signalisieren, hereinzukommen.Fräulein, die Fräulein Zhou Yan, die Sie suchen, ist hier.Ye Mei nickte zur Tür, öffnete sie und steckte vorsichtig ihren Kopf hinein.Der Wachmann hat sie nicht angelogen. Zhou Yan befand sich tatsächlich in dieser Kiste und saß in der Mitte des Sofas.Verglichen mit der gemischten Umgebung im Erdgeschoss wirkte dieser private Raum viel luxuriöser. Der Tisch war nicht nur mit teurem und hochwertigem Wein gefüllt, sondern die Person auf der Bühne war ein drittrangiger Sänger der Unterhaltungsbranche.Alles dient dem einzigen Mann in der Mitte, der einen Anzug trägt.Die Frauen sind alle exquisit und schön. Einige hocken sich hin und schlagen sich auf die Beine, manchmal gießen sie ständig Wein ein und füttern Weintrauben, und einige ziehen ihre Schuhe und Socken aus, um die Füße der Männer zu massieren.Zhou Yan hielt eine Zigarette zwischen ihren Fingerspitzen und schmiegte sich träge in die Arme des Mannes, wobei sie gelegentlich lächelte und dem Mann zuflüsterte.In dem Moment, als Ye Mei die Kastentür aufstieß, fielen alle Blicke auf sie.Der Rauch auf Zhou Yans Fingerspitzen verstummte offensichtlich und sogar ihr Lächeln wurde steif.Der Mann musterte sie schnell, sein Blick veränderte sich von misstrauisch zu gleichgültig und in seinen Augen lag offensichtlich ein wenig Animalisches.Mädchen, komm und finde jemandenDer räuberische Blick in Ye Meis Augen löste bei Ye Mei ein körperliches Übelkeitsgefühl aus. Sie wollte gerade etwas sagen, aber als ihr Blick den von Zhou Yan traf, schluckte sie die Worte herunter, die ihr über die Lippen kamen.Zhou Yan schien sehr nervös zu sein und zwinkerte dem Mann immer wieder von hinten zu.Mit dem Mann war offensichtlich nicht zu spaßen, und er bemerkte schnell die subtile Atmosphäre zwischen den beiden.Er drehte sich zu Zhou Yan um: Woher kennt ihr euch?Zhou Yan erklärte sofort: Nein, nein, nein, woher kenne ich sie? Ich schätze, es ist – Bevor sie zu Ende gesprochen hatte, ertönte plötzlich eine helle und heisere Stimme hinter ihr.Meimei, warum bist du hier?Es war eine sehr vertraute Stimme. Sie konnte erkennen, wer es war, ohne den Kopf zu drehen. Der leichte Duft näherte sich allmählich ihr und gab Ye Mei ein unerklärliches Gefühl von Seelenfrieden.Verzeihung.Zhou Shiyu trat vor, hielt Ye Meis Hand fest und stand Seite an Seite mit ihr.Ich habe meine Freundin zum Spielen mitgebracht, aber sie ist in die falsche Box gegangen und es tut mir leid, dass ich dich störe.

Kapitel 22Nachdem sie durch die Menschenschichten und verschiedene ekstatische Orte gegangen war, stand Zhou Shiyu vor Ye Mei, hielt ihr Handgelenk mit einer Hand fest und führte sie zur Tür.Er hat lange Beine und große Schritte und Ye Mei kann nur durch Joggen mit ihm mithalten.Zhou Shiyu, bitte lass mich gehen. Bist du krank?Die Hand, die ihr Handgelenk hielt, war extrem heiß. Sein Zustand war offensichtlich nicht gut, seine Lippen waren blass und rissig und selbst seine Schritte wirkten unsicher.Trotzdem hatte er immer noch nicht die Absicht, sie loszulassen.Erst als sie ein paar Dutzend Meter vor dem Tor waren, brachte Zhou Shiyu Ye Mei hinter einen großen Baum. Erst als er bestätigte, dass niemand sie hinter ihm beobachtete, verlor sein Herz, das ganz hängen geblieben war die Zeit, vorübergehend entspannt.Er senkte seine Stimme und seine dunklen Augen waren voller Wut auf sie gerichtet.Wissen Sie, wo dieser Ort ist, bevor Sie es wagen, herumzuspielen?Ich weiß, ich war schon viel öfter an solchen Orten als Sie.Ye Mei runzelte die Stirn, schüttelte seine Hand ab und umfasste sanft zweimal ihr Handgelenk.Ich bin hierher gekommen, um Zhou Yan zu finden, und habe sie gebeten, dich ins Krankenhaus zu bringen.Wegen ihm ging er das Risiko ein, an einen solchen Ort zu kommen. Zhou Shiyu war eine Weile ein wenig überrascht.Er hatte Ye Mei immer für äußerst gleichgültig und herrschsüchtig gehalten, doch sie dachte tatsächlich an andere.Er schaute ruhig weg und sagte leise: Zhou Yan wird sich nicht um mich kümmern und ich werde nicht ins Krankenhaus gehen.Ye Mei sah ihn zwei Sekunden lang ruhig an, drehte sich um und ging geradeaus in die ursprüngliche Richtung.was Sie tunZhou Shiyu reagierte sofort und packte sie.Geh zurück zu Zhou Yan. Ye Mei begegnete diesen Blicken ohne zu zögern. Wie gesagt, wenn Sie nicht ins Krankenhaus gehen, werde ich zu Zhou Yan gehen, bis Sie einen Arzt aufsuchen.Die einzige Geduld, die er hatte, war fast erschöpft, Zhou Shiyu runzelte die Stirn und sah sie an.Ist das wichtig? Ich weiß am besten, was für ein System ich habe, ich brauche keine anderen – Natürlich ist es wichtigIch weiß nicht, welcher Satz Ye Mei plötzlich emotional berührte. Sie erhöhte unbewusst den Dezibelpegel und ihre Stimme konnte nicht aufhören zu zittern.Das wird Menschen töten.Ye Mei sah zu Zhou Shiyu auf und sie konnte immer noch den Schmerz spüren, wie ihre Nägel in ihren Handflächen in ihr Fleisch sanken.Ihr Gesicht war ein wenig blass und ihre Augen waren rot, als würde sie absichtlich betonen, dass sie nicht log.Ich lüge dich nicht an, es wird wirklich Menschen töten.Vor vielen Jahren war die Szene, in der das hohe Fieber ihrer Großmutter anhielt, in ihrem Kopf lebendig. Jedes Mal, wenn sie sah, dass jemand anderes krank war und Fieber hatte, dachte Ye Mei unbewusst an diese Szene.In dieser Nacht schneite es vor dem Fenster. Obwohl die Heizung an war, war es im Raum unzählige Male kälter als draußen vor dem Fenster.Die Mutter stand gleichgültig im Flur und rauchte eine Zigarette, während der Vater wortlos aus dem Fenster schaute. In der riesigen alten Villa der Familie Ye warf sich nur die junge Ye Mei auf das Bett und weinte.Der Raum war erfüllt von den Schreien über Ye Meis Zusammenbruch. Die einzige Person auf der Welt, die sie liebte, lag ruhig auf dem Bett. Niemand aus der gesamten Ye-Familie, mehr als ein Dutzend Menschen, kam, um sie zu überreden.Ich weiß nicht, wann es angefangen hat, aber der Regen in der Stadt Xicheng hat aufgehört und die Luft ist erfüllt vom feuchten Geruch der Erde.Ein Abendwindstoß wehte vorbei und ein gefallenes Blatt rutschte vom großen Baum und fiel langsam auf Ye Meis Schulter.Zhou Shiyu sah Ye Mei ausdruckslos an und wollte unbewusst seine Hand ausstrecken und die abgefallenen Blätter für sie wegfegen.Du weintestYe Mei drehte den Kopf und wischte sich die Augen, und mit ihren Bewegungen fielen die gefallenen Blätter zu Boden.Ich tu nicht. Kurz gesagt, Sie müssen jetzt ins Krankenhaus.Nach einer solchen Farce hatte Zhou Shiyu keine andere Wahl, als ins Krankenhaus zu gehen, also musste er Ye Mei in die Klinik nebenan folgen, um eine Schlinge zu holen.Ye Mei befolgte die Anweisungen im Internet und stellte sich an, um sich anzumelden und die Medikamente abzuholen. Sie war sehr müde, nachdem sie den ganzen Weg hinuntergerannt war.Da die beiden kein Bett fanden, mussten sie Seite an Seite auf den blauen Plastikstühlen im Krankenhaus sitzen.Als sie zur zweiten Flasche Trank wechselte, war sie auf Zhou Shiyus Schulter gelehnt eingeschlafen.Die Schwester der Krankenschwester sah die schlafende Ye Mei an und sagte leise: „Willst du sie wecken? Du bist bereits krank und es kann sehr unangenehm sein, die ganze Nacht so zu sitzen. "Zhou Shiyu schüttelte den Kopf.Lass sie einfach schlafen.Ye Mei war heute müde genug und es kam selten vor, dass sie gut schlief.Während sie den Verband wechselte, sah die Schwester der Krankenschwester die beiden lächelnd an: „Deine Freundin ist so schön, sie sieht aus wie ein Star. Ihr zwei passt so gut zusammen. "Zhou Shiyu drehte den Kopf und blickte in Ye Meis schlafendes Gesicht.Nach einer Weile summte er leise.Ja, Ye Mei ist so schön.Sie ist das schönste Mädchen, das er je in seinem Leben gesehen hat, viel atemberaubender als Zhou Yan.Er ist nur ein bisschen stur.Die Zeit verging von Minute zu Minute und auch Zhou Shiyu entspannte seinen Rücken und ließ die Hälfte ihrer Körper eng aneinander lehnen.Ich bin heute zu müde, also lasst uns ein bisschen wild sein.Wie auch immer, wenn Ye Mei aufwacht, wird heute Abend alles auf den Kopf gestellt.Das trübe Licht scheint auf sie, und auf der weißen Wand gegenüber kleben ihre Schatten eng aneinander, wie bei einem jungen verliebten Paar.Das war das erste Mal, dass sie sich so nahe standen, und es war auch das erste Mal, dass jemand die ganze Nacht bei ihm blieb, wenn er krank war.

Wenn ich darüber nachdenke, kommt mir Ye Mei immer so unvorbereitet vor.Sie schlief so fest vor einem normalen Mann im gleichen Alter, dass es schien, als hätte sie wirklich keine Angst davor, dass er etwas Impulsives tat.Zhou Shiyu zog die Steppdecke am Kopfende des Bettes hoch und deckte Ye Mei sanft zu. Gerade als er sich umdrehte, um zu gehen, ergriff plötzlich eine weiche kleine Hand fest sein Handgelenk.Ich weiß nicht, woher das Mädchen die Kraft nahm. In dem Moment, als er den Kopf drehte, packte sie seinen Gürtel und zog ihn auf das Bett.Bevor Zhou Shiyu reagieren konnte, drückte Ye Mei ihren halben Körper an ihn und schlang ihre Arme fest um seine Taille.Nach einer solchen Reihe von Aktionen waren die Augenlider des Mädchens immer noch wie verschweißt und sie bewegte sich nicht einmal.Zhou Shiyu:Erjetzt bezweifelte plötzlich, ob Ye Mei es mit Absicht getan hatte.Auf einem kleinen Krankenhausbett lagen zwei Personen. Zhou Shiyu war groß und hatte lange Beine. Die Hälfte seiner Beine hing unnatürlich an der Bettkante und lag in einer äußerst seltsamen Haltung auf dem Bett. .Die beiden standen sich sehr nahe und ihr warmer Atem berührte von Zeit zu Zeit Zhou Shiyus Wangen.Sie trägt immer noch gerne das Parfüm, das sie als Teenager verwendet hat.Der Geruch ist nicht stark, es ist ein neutraler Duft mit einem Hauch von weißem Bergtee. Dieser Geruch machte Zhou Shiyu einst sehr süchtig.Das Mädchen schien tief und fest zu schlafen. Zhou Shiyu wagte es nicht, sich zu bewegen, also konnte er nur seinen Hals versteifen und versuchen, seinen Blick abzuwenden.Sein Adamsapfel rollte unkontrolliert, und plötzlich fühlte er sich am ganzen Körper extrem heiß. Sein Hals schien von winzigen Flaumchen verstopft zu sein, was ihm ein unangenehmes Jucken verursachte.Zhou Shiyu sagte mit heiserer Stimme: Ye Mei.Ye Mei sagte nichts und umarmte ihn immer noch fest.Tu nicht so, als würdest du schlafen, ich weiß, dass du wach bist.Ye Mei verzog die Lippen. Schließlich war ihr Job als Polizistin im Laufe der Jahre nicht umsonst gewesen. Er entdeckte dies.Sie blieb einfach nicht stehen und drehte sich mit blinzelnden schönen Augen auf ihn.Ich bin es nicht gewohnt, in einer fremden Umgebung zu schlafen, und ich habe Angst davor, allein zu sein. Wie wäre es, wenn wir uns heute Nacht einfach hinlegen und zusammen schlafen?Zhou Shiyu schloss die Augen und biss fast die Zähne zusammen, bevor er sprach.Ye Mei, ich bin ein erwachsener Mann.Also magst du michIhre Fingerspitzen berührten leicht seinen Adamsapfel und Ye Mei sah ihn mit einem leichten Lächeln an, ihr Ton war offensichtlich ein wenig kokett.Zhou Shiyu runzelte die Stirn und brachte ein Wort über seine Lippen und Zähne hervor.NEIN.Dann öffne deine Augen und schau mich an.

Kapitel 23Die Antwort lautete langes Schweigen. Angesichts der Neckereien von Ye Mei reagierte Zhou Shiyu nicht mehr so heftig wie zuvor.Diese dunklen Augen öffneten sich leicht und begegneten ihr durch die Luft.Das Geräusch ihres Atems lag noch in der Luft. Sie standen sich so nahe, dass sie sogar den Herzschlag des anderen hören konnten.Zhou Shiyu sah sie ruhig an, seine Augen waren dunkel und tief, luftdicht und zeigten keine Emotionen.Aber Ye Mei hatte immer das Gefühl, dass diese Augen so ruhig und seltsam waren, als würde sich ein heftiger Sturm zusammenbrauen.Sie spürte deutlich, dass die Wurzeln ihrer Ohren heiß und rot waren.Diesmal war Ye Mei an der Reihe und zuckte zuerst zusammen.Sie schaute schuldbewusst weg und trat leicht zurück, wobei sie eine Handfläche Abstand zu ihm hielt.Lass uns heute nichts tun, sondern uns einfach hinlegen und zusammen schlafen, wie wir es vor acht Jahren getan haben, okay?Auf der Station war nur ein kleines Licht eingeschaltet, und das schwache Licht warf die beiden aneinander kuschelnden Gestalten an die Decke, genau wie damals, als Ye Mei ihn vor acht Jahren zum ersten Mal ins Krankenhaus begleitete.Die Atmosphäre war lange Zeit still, bevor Zhou Shiyu heiser sprach.Ye Mei.Ye Mei öffnete die Augen und sah ihn an, entfernte sich jedoch nie weiter.ÄhEr wollte sagen, dass es in der Nähe von Ye Mei Song Yu und Zheng Wenyi gab und dass es so viele Menschen gab, die sie liebten.Wie zuvor strahlt sie immer hell in der Menge, während alle Sterne den Mond unterstützen.Es fehlt ihr nie an der Gelegenheit, sich jede Woche zu treffen.Wenn die Dinge so weitergehen, werden sie niemals in die Vergangenheit zurückkehren können.Offensichtlich ist dies der beste Weg, Ye Mei wegzustoßen und seinem Leben wieder einen normalen Lauf zu ermöglichen.Aber Zhou Shiyu konnte nichts sagen.All die „reflexartigen Reaktionen" erinnerten ihn daran.Er konnte es nicht ertragen, Ye Mei zu verlassen, aber er wollte sie trotzdem lieben.Das Licht brachte eine unbeschreibliche Stille und eine weiche Haarsträhne fiel vor Ye Meis Ohr und zitterte sanft im Auf und Ab ihrer Bewegungen.Zhou Shiyu schürzte die Lippen, und bevor er sich umdrehte, hob er seine Hand und steckte ihr die Haare hinter die Ohren.Ruhe dich aus, es wird schon spät.Wollen Sie sagen, dass ich mich im Vergleich zu früher überhaupt nicht verändert habe?Ihr Blick fiel sanft auf seinen Rücken und ihre Augen wanderten über seinen starken Rücken. Ye Mei konnte sogar genau darauf hinweisen, wie viele Narben Zhou Shiyu an seinem Körper hatte. Die Narben befanden sich alle an der richtigen Stelle.Ihre Stimme war sehr sanft.Nein, ich habe mich so sehr verändert, dass ich es selbst nicht bemerkt habe.Früh am nächsten Morgen wurde Zhou Shiyu um sechs Uhr von seiner biologischen Uhr geweckt.Der Regen vor dem Fenster hat längst aufgehört, der Himmel ist etwas heller geworden und ein paar Spatzen auf der Fensterbank haben begonnen, ununterbrochen zu zwitschern.Zhou Shiyu wollte gerade die Decke abheben und aufstehen. Als er aufstand, wurde ihm klar, dass Ye Mei wie ein Koala war, der sich um ihn schlang und ihn mit Armen und Beinen fest auf das Bett drückte.Zhou Shiyu:Waren Sie nicht damit einverstanden, dass Sie nichts tun und einfach so ruhig schlafen würden?Zhou Shiyu hatte einen leichten Schlaf und die kleinste Bewegung konnte ihn wecken. Letzte Nacht musste er Ye Mei fast jede Stunde beim Aufstehen mit einer Decke zudecken.Nachdem er jede Ecke heimlich versteckt hatte, würde Ye Mei sie definitiv innerhalb einer halben Stunde wegwerfen.Schon in seinen Zwanzigern verhält er sich immer noch wie ein Kind und tritt endlos gegen die Decke.Zhou Shiyu hatte eine Hand in einem Gips, was unbequem war, und die andere Hand öffnete vorsichtig ihren Arm und Oberschenkel.Bevor er aufstehen konnte, hörte er undeutlich, wie Ye Mei etwas murmelte.Dieses Mädchen begann offensichtlich wieder im Schlaf zu reden.Zhou Shiyu kam etwas näher und fragte leise: Was hast du gesagt?Ye Mei runzelte die Stirn und sagte: Song Yu, warum bist du hier?Zhou Shiyus Gesicht verdunkelte sich und er umklammerte unbewusst die Decke mit einer Hand.Wessen Namen rufst du an?„Ye Mei benimmt sich nur dann am besten, wenn sie schläft ", antwortete sie verschwommen;Lied Yu.Zhou Shiyu:Die Stimmung, die ich letzte Nacht gerade beruhigt hatte, war völlig zerstört.Zhou Shiyu saß auf der Bettkante und sah sie eine Weile kalt an.Gut.Er wusste, dass Ye Mei schon immer ein wenig herzlos gewesen war.Ich habe ihn letzte Nacht absichtlich geärgert und nachts in meinen Träumen angefangen, den Namen eines anderen Mannes zu rufen.Zhou Shiyu stand auf und nahm nach dem Waschen mit einem sehr hässlichen Gesichtsausdruck ein Glas Wasser.Ich hätte es fast vergessen, Song Yu ist jetzt ihr richtiger Freund.Bestenfalls ist er jetzt ein sturer Ersatzreifen, der sein Gesicht wahren will.Nein, vielleicht ist es nicht einmal ein Reserverad. Es ist höchstens eine schlechte Sache, die Ye Meis Gewissen entdeckt hat und bereit war, ihn zu entschädigen.Als Ye Mei aufwachte, war es bereits hell, die Decke bedeckte ihren Körper vollständig und der Bereich neben ihr war völlig kalt.Sie schaute weg und fand Zhou Shiyu, der mit wütendem Gesicht am Esstisch saß und Brot zerriss.Er schien immer noch verwirrt zu sein und wusste nicht, wer ihn beleidigt hatte.Ye Mei hatte letzte Nacht den ganzen Tag ihre Kleidung getragen und keine Wechselkleidung mitgebracht, also begann sie natürlich, Zhou Shiyu um Hilfe zu bitten.Als sie in der Kleinstadt Xicheng lebte, trug sie oft seine Kleidung und die beiden waren daran schon lange gewöhnt.Zhou Shiyu, bring mir ein paar deiner Klamotten. Meine Klamotten sind schmutzig.Zhou Shiyu hob den Blick und sah sie an, sein Gesichtsausdruck war nicht sehr gut.Meine Kleidung ist zu groß für dich.Warum bist du so angeschnallt? Ye Mei kräuselte die Lippen. „Gib mir ein Hemd und ich werde es als Rock tragen. Das war vorher nicht so. "Zhou Shiyu zog nicht einmal die Augenbrauen hoch: Es war zu kurz und unangemessen.Hey, ich habe es noch nie gesagt, warum ist es jetzt unangemessen?Ye Mei ignorierte sein unerklärliches Temperament und rannte zum Schrank, um Shiyus Hemd zum Anziehen zu finden.Die Kleidung war noch größer als zuvor und bedeckte direkt die Hälfte von Ye Meis Oberschenkeln. Der Oberkörper war so breit, dass es aussah, als wäre ein Kind durch die Kleidung seines Vaters geschlichen, und der Unterkörper zeigte zwei glatte und weiße lange Beine.Wahrscheinlich, weil Zhou Shiyu im Laufe der Jahre größer geworden ist und seine Schultern breiter und gerader sind als zuvor. Seine Kleidung ist für Ye Mei einfach perfekt, um sie als Rock zu tragen.Auf dem Hemd liegt ein leichter Duft, der übliche Waschmittelduft von Zhou Shiyu, gelegentlich gemischt mit einem schwachen Tabakduft.Ye Mei mochte diesen Geschmack schon immer.Nach dem Abwasch rollte Ye Mei lässig die Haare, setzte sich Zhou Shiyu direkt gegenüber und betrachtete den Stapel gekauften Frühstücks auf dem Tisch.Das Haargummi war nicht sehr fest gebunden, und ein paar Haarsträhnen fielen über ihren blonden Hals und schwankten, als Ye Mei Einweghandschuhe anzog.Zhou Shiyu hatte es tatsächlich schon vor langer Zeit bemerkt. Er wollte ihn nicht daran erinnern, aber diese Haarsträhnen kreisten immer wieder in seinem peripheren Sichtfeld und verursachten ein trockenes und juckendes Gefühl in seinem Hals.Zhou Shiyu senkte den Kopf, um zu frühstücken, und runzelte die Stirn: „Deine Haare sind nicht richtig zusammengebunden. "Bitte helfen Sie mir, ich kann meine Hände nicht befreien.Die Worte von Zhou Shiyu sind prägnant und prägnant.NEIN.Ye Mei:Zhou Shiyu sah blass aus und hob sein Kinn zum Tisch.Zuerst frühstücken.Ye Mei sagte „Oh " und hob die Augenlider, um ihn anzusehen.Was für eine Aufnahme hast du heute Morgen gemacht?Es war offensichtlich in Ordnung, als wir gestern Abend ferngesehen und zusammengearbeitet haben, aber jetzt ist die Atmosphäre zu seltsam.Zhou Shiyu sagte leise: „Nein. "Die Atmosphäre war eine Weile ruhig und niemand sprach am Esstisch. Ye Mei konzentrierte sich darauf, am Frühstück in der Schüssel herumzubasteln, und konzentrierte sich nicht auf Zhou Shiyu.Im Gegenteil, die Person gegenüber wirkte geistesabwesend, sein Blick fiel von Zeit zu Zeit auf Ye Mei und schaute dann schweigend weg.Fünf Minuten später schaute er auf den Brei in der Schüssel und fragte, als wäre er beiläufig.Hast du letzte Nacht geträumt?letzte NachtYe Mei dachte sorgfältig darüber nach.Ich träume nicht.Sie hatte wirklich überhaupt kein Gedächtnis. Sie erinnerte sich nur daran, dass sie heute Nacht sehr gut geschlafen hatte und bis zum

Morgengrauen geschlafen hatte.Zhou Shiyu runzelte die Stirn und stocherte mit seinem Löffel auf dem Boden der Schüssel herum, mit einem Hauch unbeschreiblicher Verärgerung in seinen Augen.Träumen Sie zum Beispiel von jemandem, den Sie mögen.Er bezog sich auf Soong Yu, den er gehört hatte, als er heute Morgen aufwachte.Der Name heißt „Clear ", was zeigt, dass ich oft davon träume.Oh gut, es scheint da zu sein.Nachdem er sie daran erinnert hatte, erinnerte sich Ye Mei daran, dass sie letzte Nacht von Zhou Shiyu geträumt hatte.Sie hob den Blick, um Zhou Shiyu anzusehen, senkte dann ein wenig schüchtern den Blick und strich leicht über die Haare neben ihren Ohren. Bei genauerem Hinsehen wirkte sie etwas schüchtern gegenüber einem Mädchen.Wie Sie hören, mag ich ihn wirklich sehr.Zhou Shiyu:

Kapitel 24Ye Mei nutzte diesen Krankenhausaufenthalt und hatte endlich die Gelegenheit, ein paar Tage mit Zhou Shiyu allein zu sein. Doch bevor sie ein paar Tage Freizeit hatte, rief Zheng Wenyi an. Es waren nichts weiter als ein paar Worte, die sie drängten, dorthin zu gehen das Waisenhaus zum Angeben. .Gewissenhaft packte Ye Mei zusammen und machte sich am nächsten Morgen früh auf den Weg.Bevor sie ging, vergaß sie nicht zu sagen: Zhou Shiyu, ich komme am Abend wieder, bitte denken Sie daran, die Tür für mich offen zu lassen.Es war ein ziemlich zweideutiger Satz, und er wirkte noch provokanter, wenn er in Ye Meis Tonfall gesagt wurde.Sie hatte sich in den letzten zwei Tagen daran gewöhnt, mit ihm zu flirten. Ye Mei entdeckte, dass Zhou Shiyu zwar jedes Mal so tun musste, als wäre er ruhig und gleichgültig, aber wenn sie genau hinsah, konnte sie immer noch die leicht rote Basis seiner Ohren erkennen.Die natürlichen Reaktionen des Körpers können niemanden täuschen.Während des gesamten vierjährigen Psychologie-Wahlfachs am College hörte Ye Mei nur diesen Satz, der sich zufällig als nützlich erwies.Zhou Shiyu saß am Esstisch und frühstückte langsam. Er reagierte überhaupt nicht auf sie und wusste nicht, ob er sie hörte.Nachdem Ye Mei für weniger als einen halben Monat in Xicheng angekommen war, hatte sie sich bereits mit den meisten Kindern im Waisenhaus vertraut gemacht. Immer wenn es Zeit für kostenlose Aktivitäten war, kam eine große Gruppe von Kindern auf sie zu und fragte nach Geschenken und Geschenken Süßigkeiten.Bis auf ein kleines Mädchen, das in der Ecke sitzt.Das Mädchen ist etwa acht oder neun Jahre alt. Ye Mei hat sie schon lange bemerkt. Nach dem Unterricht bleibt sie gerne allein in der Ecke. Sie redet nicht und lacht nicht gern. Sie sieht immer noch aus blickte sie mit leicht feindseligen Augen an.Sie wusste nicht, ob es Einbildung war, aber sie hatte immer das Gefühl, dass dieses Mädchen ihr in Bezug auf ihre Augen und den Umriss ihrer Augenbrauen irgendwie ähnlich war.Ye Mei nutzte ihre Freizeit, schnappte sich einen kleinen

Jungen, holte ein Bonbon aus ihrer Tasche und reichte es ihm.Das kleine Mädchen in der Ecke, wie heißt sie? War sie schon immer so zurückgezogen?Der kleine Junge riss das Bonbonpapier ab und stopfte es sich in den Mund, dann folgte er Ye Meis Blick.Du hast An An gesagt, sie scheint schon immer so gewesen zu sein, sie spielt nie mit uns, außer um mit dem superschönen Polizeionkel zu reden.PolizeionkelÄh. Der kleine Junge dachte ein paar Sekunden nach. Es scheint, dass sein Nachname Zhou ist und er ungefähr so alt sein sollte wie Sie, Lehrer. Als Sie am ersten Tag hierherkamen, schien übrigens auch der Polizist gekommen zu sein.Polizist namens ZhouZhou ShiyuAls die Schule am Nachmittag zu Ende ging und die Schüler außerhalb des Klassenzimmers spielten, zog Ye Mei einen Stuhl heran und setzte sich neben sie.Klassenkamerad An An, hast du irgendwelche Einwände gegen mich?An An drehte den Kopf und ignorierte sie.Dann fragte Ye Mei: Kennen Sie Onkel Zhou Shiyu?An An sah unbewusst zu ihr auf und erwiderte: Das ist ihr Bruder.In dem Moment, als sich ihre Blicke trafen, wandte An An sofort den Blick ab, senkte den Kopf und sprach mit leiser Stimme.Ich erkenne dich.Bei dem Raubüberfall vor drei Jahren kamen ihre beiden Eltern ums Leben. Es war Zhou Shiyu, der zum Tatort stürmte und sie rausholte.Von diesem Tag an weigerte sich An An vollständig, mit der Außenwelt zu kommunizieren und verließ sich nur auf Zhou Shiyu.In ihrer Verzweiflung erteilten die Vorgesetzten Zhou Shiyu den Auftrag, das kleine

Mädchen nach Hause zu bringen, um es aufzuklären, und dann eine Gelegenheit zu finden, sich später darum zu kümmern.Auf diese Weise lebte An An mindestens eine Woche lang im Haus von Zhou Shiyu.Eines Nachts konnte sie nicht schlafen und ging ins Wohnzimmer, um Wasser zu holen. Als sie am Arbeitszimmer vorbeikam, sah sie zufällig, dass Zhou Shiyu ebenfalls nicht schlief.Das Mondlicht schien auf sein weiches Haar. Auf dem Tisch lag ein Foto, das mit einem Messer zerkratzt worden war. Zhou Shiyu lehnte sich vor den Tisch und klebte jedes Stück sorgfältig zusammen.An An erinnert sich an dieses Foto. Am Tag des Raubüberfalls ließ Zhou Shiyu das Foto fallen, das er bei sich trug. Als er es später bemerkte, riskierte er sein Leben und ging erneut hinein, um das Foto herauszuholen. .Aufgrund dieses Vorfalls wurde er längere Zeit von einem älteren Polizisten belehrt.Auf dem Foto ist ein sehr schönes Mädchen mit hellen und extravaganten Gesichtszügen zu sehen, das eine blau-weiße Schuluniform trägt, einen hohen Pferdeschwanz und leicht gelocktes Haar hat.Sie stand mit einem leichten Lächeln unter dem Baum und blickte zurück in die Kamera. Ihre Augen waren offen und warm und ihre Schönheit war atemberaubend.An An konnte auf den ersten Blick die Liebe in seinen Augen sehen, die im Begriff war, überzufließen.Bruder, magst du diese Schwester?Vielleicht lag es daran, dass das Mondlicht in dieser Nacht so klar war, dass er es nicht einmal ertragen konnte, Lügen zu erzählen, also widerlegte Zhou Shiyu nicht.Er senkte den Blick, betrachtete das Foto und berührte sanft die Wange des Mädchens mit seinen Fingerspitzen.Äh.An An legte den Kopf schief und sah ihm in die Augen.Mag sie dich also?Die Atmosphäre war lange Zeit ruhig. Die Abendbrise wehte sanft durch das Fenster durch das zerzauste Haar auf seiner Stirn, und das Licht spiegelte seine Gestalt an der Wand an der Seite des Arbeitszimmers wider.Zhou Shiyu senkte den Blick und betrachtete dieses Foto. Seine langen Wimpern bedeckten seine dunklen Augen und unter seinen Augen lag ein unauslöschlicher Schatten.Für einen Moment hatte An An das Gefühl, dass er gleich zusammenbrechen würde.Nach einer Weile sprach er leise.Ich bin es noch nicht wert.Obwohl die Frau auf dem Foto äußerst schön und aufgeweckt ist, steht An An nach Meinung von Zhou Shiyu ihr in nichts nach.Er war ihrer eindeutig nicht im Geringsten würdig.Vom ersten Tag an, als Ye Mei hierher kam, konnte An An erkennen, dass es sich bei dem Foto, das Zhou Shiyu sorgfältig in der Hand hielt, um diese Frau handelte.Nach so vielen Jahren ist sie schöner und strahlender geworden als auf den Fotos und die Arroganz in ihren Augen lässt sich überhaupt nicht verbergen.Ye Meis Augenbrauen waren leicht hochgezogen und ihr Blick fiel auf An An, als würde sie ihn ansehen.Was meinst du damit, dass du mich schon einmal gesehen hast?NEIN. An An schürzte die Lippen, zog den Hocker heraus und ging zur Tür, aber ich hasse dich.Was Zhou Shiyu an diesem Abend so traurig machte, war die Frau vor ihm.Also hasst An An sie.Ye Mei:Gegen fünf Uhr nachmittags kam Ye Mei gerade aus dem Waisenhaus und sah Song Yu, der in der Menge sehr auffällig war.Song Yu trug einen schwarzen Anzug, stützte sich lässig auf ihren rosafarbenen Lamborghini und hielt einen großen Strauß weißer Rosen in der Hand.Ye Mei kam ganz natürlich herüber: Warum bist du hier?Song Yu nahm seine Sonnenbrille ab und öffnete ihr die Beifahrertür: „Natürlich warte ich auf dich. Bruder Zheng hat mich gebeten zu kommen. Sie sagte, du seist nicht ans Telefon gegangen. "Der Akku meines Mobiltelefons ist leer.Ye Mei saß auf dem Beifahrersitz und zog langsam ihren Sicherheitsgurt an.Was ist mit ihm los?Oh. Song Yu schaltete den Ton auf seinem Mobiltelefon ein und spielte ihn speziell für sie ab. Dies ist die Sprachnachricht, die er an Sie gesendet hat. Lassen Sie mich sie an Sie weiterleiten.In dem Moment, als sich das Fenster schloss, ertönte sofort Zheng Wenyis unfreundliche Stimme durch den Telefonhörer und seine Wut war durch den Hörer zu spüren.Ye Mei, was zum Teufel machst du? Ist alles, was ich zu dir gesagt habe, auf taube Ohren gestoßen? Habe ich dir gesagt, dass dich in letzter Zeit unzählige Augenpaare angestarrt haben und du immer noch so frei bist, zu tun und zu lassen, was du willst? Verlangen, hast du jemals über Leben und Tod anderer nachgedacht?Ye Mei blockierte unbewusst ein Ohr: Warum ist er so verrückt?Song Yu warf ihr einen Blick zu und zeigte ihr die Fotos auf seinem Handy.Ihr Name steht auf Weibos Trend-Suchanfragen. Haben Sie die Fotos von Ihnen, die die Paparazzi im Krankenhaus gemacht haben, nicht gesehen?Die Hand, die sich vor dem Autospiegel die Haare kämmte, hielt inne. Zwei Sekunden später griff Ye Mei sofort nach dem Telefon und blickte es aufmerksam an.Das von den Paparazzi hochgeladene Foto zeigte sie, wie sie aus der Dusche kam und sich von Zhou Shiyu die Haare föhnen ließ. Das Foto war eigentlich ziemlich verschwommen, aber es war offensichtlich, dass es sich bei dem Gesicht um das von Ye Mei handelte.Glücklicherweise war Zhou Shiyus Gesicht aus diesem Blickwinkel nicht klar zu erkennen.Song Yu steckte das Telefon wieder in die Tasche und als er das Auto startete, fiel sein Blick absichtlich oder unabsichtlich auf sie.Mit wem warst du in letzter Zeit zusammen? Du kennst diesen Mann sehr gut.Sie konnte sich von ihm die Haare föhnen lassen. Es war definitiv keine gewöhnliche Beziehung. Dieses Mädchen behandelte ihre Haare normalerweise wie einen Schatz und ließ niemanden sie berühren.Hmm, ziemlich bekannt.Bruder Zheng sagte: „Lass mich ein Auge auf dich haben. Du darfst heute Abend nicht dorthin gehen. Er wird den Rest der Öffentlichkeitsarbeit erledigen. Wenn Reporter noch einmal Fotos von uns machen, können wir es nicht klar erklären. "Ye Mei sagte nicht, ob sie zustimmte oder nicht. Ihr Blick fiel auf den Spiegel vor dem Beifahrersitz. Es dauerte eine Weile, bis sie sprach.Ich muss heute Abend dorthin.Song Yu warf ihr einen Blick zu und sagte mit einer seltenen harten Haltung: „Ich habe Bruder Zheng versprochen, dass ich heute ein Auge auf dich habe und dass du nirgendwo hingehen darfst. "Song Yu fuhr die verbleibende halbe Stunde. Es war ihr egal, wohin sie fuhr, und sie machte sich nicht die Mühe zu fragen. Von Zeit zu Zeit warf sie einen Blick in den Spiegel.Song Yu konnte nicht anders, als neugierig zu fragen: „Was ist heute mit dir los? Warum starrst du ständig in den Spiegel? "Ye Mei schaute in den Spiegel und berührte ihre Wange: Habe ich so ein nerviges Gesicht?Was ist falschEs ist okay, ich wurde heute ohne Grund von einem kleinen Mädchen nicht gemocht, ich bin nur ein bisschen unglücklich.Gegen zehn Uhr abends waren die Informationen auf dem Arbeitstisch über den ganzen Tisch verstreut. Zhou Shiyu senkte den Blick und schaute auf Ye Meis Kontaktinformationen auf seinem Telefon, runzelte die Stirn und zögerte, ob er sie anrufen sollte.Als dieser Anruf vor sieben Jahren das letzte Mal getätigt wurde, hatte Ye Mei ihre Kontaktinformationen wahrscheinlich schon vor langer Zeit geändert. Selbst wenn sie jetzt durchkommen würde, weiß ich nicht, ob es ihren Verdacht erregen würde.Zhou Shiyu war heute Abend offensichtlich ein wenig geistesabwesend. Von dem Moment an, als es sieben Uhr war, fielen seine Augen alle zwei Minuten unbewusst auf die Uhr an der Wand.Mehrere Gerichte auf dem Tisch waren längst abgekühlt. Zhou Shiyu hatte sie mitten in der Mahlzeit aufgewärmt, was sie jedoch nicht davon abhielt, wieder abzukühlen.Plötzlich ertönte ein Donner. Zhou Shiyu hob den Kopf und warf einen Blick auf die Fahrzeuge, die am Fenster vorbeirasten.Der Wind ist so stark, dass es heute Nacht wahrscheinlich wieder regnen wird.Zhou Shiyu zögerte nicht länger und klickte direkt auf die Anrufschaltfläche.Zwei Sekunden später ertönte eine mechanische Frauenstimme von der anderen Seite des ausgeschalteten Telefons.Zhou Shiyu runzelte leicht die Stirn, zog seinen Mantel an, nahm seinen Regenschirm und ging zur Tür der Station.Obwohl dieses Mädchen, Ye Mei, unzuverlässig ist, hält sie immer ihr Wort. Vielleicht ist ihr heute Nacht etwas passiert, deshalb ist sie noch nicht zurückgekommen.Der schwarze SUV fuhr langsam in Richtung des Waisenhauses. Zhou Shiyus Blick wanderte von Zeit zu Zeit nach beiden Seiten, aus Angst, dass er Ye Meis Gestalt versehentlich übersehen würde.Schließlich sah Zhou Shiyu zwei bekannte Gestalten auf einer Neonbrücke.Ye Mei lehnte sich vor ihrem rosafarbenen Lamborghini und hielt eine Zigarette zwischen den Fingerspitzen. Song Yu hob seine Hand, um sie für sie anzuzünden.Die beiden hielten jeweils eine Flasche Bier in der Hand, lehnten sich aneinander und redeten und lachten, ganz wie ein verliebtes Paar.Der See unter der Neonbrücke fließt langsam in Windrichtung, die Blätter rascheln und das gesprenkelte Mondlicht scheint durch die Lücken auf Ye Meis weiches Haar.Die Schatten unter ihren Füßen liegen eng beieinander. Unabhängig von Körperform oder Aussehen wird jeder, der sie betrachtet, das Gefühl haben, dass sie perfekt zusammenpassen.Zhou Shiyu hielt das Lenkrad fest. Er entschied sich nicht, nach vorne zu treten, sondern versteckte das Auto vollständig im Schatten, als Ye Meis Augen zufielen.Er wusste nicht, warum er sich versteckte.Vielleicht hatte er aus tiefstem Herzen das Gefühl, dass er eine so schöne Szene wirklich nicht stören sollte.In dieser Nacht wurde Zhou Shiyu aus dem Krankenhaus entlassen.Als Ye Mei sich mitten in der Nacht ins Krankenhaus schlich, stellte sie fest, dass sein Bett sauber und aufgeräumt war und keine Spur seines Lebens zurückließ.In den nächsten Tagen sah Ye Mei Zhou Shiyu nicht.Dieser Mann schien ihr absichtlich aus dem Weg zu gehen. Egal wie sehr Ye Mei nachfragte, sie konnte keine Neuigkeiten von ihm erfahren.Eines Abends eine Woche später spielten Ye Mei, Song Yu und andere bis Mitternacht zusammen in der Bar.Als sie nach Hause zurückkehrte, fühlte sie sich erst am frühen Morgen müde.Ye Mei hatte nichts zu tun und loggte sich in ihr eigenes Konto ein. Sie lag auf dem Bett und suchte auf einer bestimmten Plattform nach ihrem Namen.Mit ihr stimmt etwas nicht. Jeder, der sie lobt, wird automatisch blockiert und ihre Augen sind voller Leute, die sie schimpfen.Von Angriffen auf ihre Malfähigkeiten und ihren Charakter bis hin zu Angriffen auf die akademischen Qualifikationen ihrer Familienmitglieder beschimpften sie sie auf verschiedene Weise.Ye Mei hatte schon viele Kommentare dieser Art gesehen und die meisten davon wurden von Zheng Wenyi blockiert, doch heute war sie schlecht gelaunt und wollte ihrem Ärger Luft machen.[Sie sagte, sie hätte sich keiner Schönheitsoperation unterzogen. Glauben Sie ihr wirklich? Wie oft wurde ihr Gesicht hinter ihrem Rücken operiert? Sie weiß es wahrscheinlich sehr gut. Diese reichen Leute sind keine Dummköpfe. Wenn sie nicht schön wäre , , wer ist bereit, Millionen auszugeben, um ihre Bilder zu kaufen?] Ye Mei benutzte die Trompete, um Wort für Wort zu antworten.[Es tut mir leid, Ye Meis Gesicht ist von Natur aus schön. Ich kann es nicht ertragen, zurückzugehen und wieder reinkarniert zu werden. Sie kann einen Grand Slam gewinnen, selbst wenn ihr Gemälde so schlecht ist.] Der nächste ist ein Gerüchtemacher, und diese Person sagt immer noch die Wahrheit.[Um ehrlich zu sein, habe ich persönlich gesehen, wie Ye Mei den Oberschenkel des Erben der Song-Familie umarmte. Ich habe gehört, dass Song Yu sie überhaupt nicht mochte und es ihr zu peinlich war, sich wegen ihres Gesichts abzulehnen. Wie konnte sie es wagen, ihr Gesicht abzulecken und es zu versuchen Reich werden? .] Ye Mei zog leicht die Augenbrauen hoch: [Ob Song Yu sie mag oder nicht? Ich weiß es nicht. Wie auch immer, du wirst nie in deinem Leben in eine wohlhabende Familie eintreten können.] Tatsächlich ist sie nicht sehr gut darin, Menschen online anzugreifen. Im wirklichen Leben verlässt sie sich jedes Mal, wenn sie sich streitet, auf ihr Temperament und ihre Augen, um andere zu überwältigen.Nachdem sie auf einige Kommentare geantwortet hatte, hatte Ye Mei umso mehr das Gefühl, dass ihre Kommentare nicht gut genug waren, je mehr sie las, und erhielt stattdessen immer mehr negative Kommentare.Sie war wirklich ungeduldig, also warf sie ihr Handy auf das Bett und holte zwei Flaschen Wein zum Trinken aus dem Koffer.Jedes Mal, wenn sie in den letzten Tagen an Zhou Shiyus unerklärliches Verschwinden dachte, fühlte sie sich umso trauriger, je mehr sie darüber nachdachte.Der stinkende Bastard Zhou Shiyu verschwand wegen der Belustigung meiner Mutter wiederWarum sollte er vor ihr angeben? Es war schon vor einiger Zeit klar, dass es ihm gut ging.Als sie eine Flasche Wein ausgetrunken hatte, war sie bereits betrunken und bewusstlos. Sie fand vage Zhou Shiyus Telefonnummer und rief ihn an.Das letzte Mal, dass dieser Anruf getätigt wurde, war vor sieben Jahren.Zhou Shiyu, du Bastard, weißt du, wer ich bin?Sobald die Verbindung hergestellt war, ertönte ein leises Knurren aus dem Hörer.Kurz nachdem Zhou Shiyu nach der Entfernung seines Gipses aus dem Krankenhaus kam, raste das Auto wild, die Umgebung war leer und die Äste und Blätter auf beiden Seiten der Straße raschelten im Wind.Er warf einen Blick auf den Namen des Anrufers auf seinem Telefon und sah die beiden Schriftzeichen „Ye Mei nackt " darauf geschrieben.du bist betrunken.Dieser Satz ist keine Frage, sondern eine Gewissheit.Oh, wie könnte ich betrunken sein? Ich war in meinem ganzen Leben noch nie betrunken.Betrunken zu sein, ohne es zu merken, wird die Trunkenheit am nächsten Tag immer völlig vergessen. Ye Mei hat das mehr als ein- oder zweimal getan.Dieses Mädchen war nie ehrlich, wenn sie betrunken war, und sie ist nie fertig, bis sie Ärger macht.Zhou Shiyu runzelte die Stirn, warf einen Blick auf die rote Ampel vor sich und tippte leicht besorgt mit den Fingerspitzen auf das Lenkrad.Wo bist du jetzt allein?Es ist dir egal, wo ich bin. Ich sage dir, Zhou Shiyu, ich bin schon lange unzufrieden mit dir. Ich habe vor ein paar Tagen so hart gearbeitet, um dich zu finden, aber du hast immer noch so getan, als würdest du mich nicht kennen. Es ist mir so peinlich. , Es war mir noch nie in meinem Leben so peinlich. Vor einer Woche verschwand ich ohne ersichtlichen Grund von der Welt. Glaubst du, dass du sehr gut darin bist, mich zu kontrollieren? Zhou ShiyuAb heute werde ich unsere Beziehung zu Dir abbrechen. Du wirst mich in diesem Leben nie wieder sehen.Nachdem er seiner Wut Luft gemacht hatte, ertönte eine Reihe rücksichtsloser Pieptöne aus dem Hörer.Zhou Shiyu:Geduldig rief er noch einmal an.Aus dem Hörer erklangen eine Reihe mechanischer Frauenstimmen, die den Gesprächspartner daran erinnerten, dass das Telefon ausgeschaltet war.Er hielt das Telefon fest, schaute auf die Kommunikationsaufzeichnungen im Telefon und grinste höhnisch.Nachdem sie sich mehrere Jahre lang nicht gesehen haben, ist Ye Mei wirklich vielversprechend.Du versuchst unverhohlen, im selben Boot zu sitzen, ihn nur als Ersatzreifen zu benutzen, und willst trotzdem wütend auf ihn sein.Gut.Er hatte es verdient, von ihr herumgespielt zu werden.Wenige Sekunden später drehte das Auto schnell, trat immer stärker aufs Gaspedal und raste in die entgegengesetzte Richtung.Ye Mei war völlig betrunken und lag halb auf dem Bett, halb schlafend, als die Schlafzimmertür plötzlich mehrmals heftig zugeschlagen wurde.Sie hatte Angst und wollte sich unbewusst im Schrank verstecken.Es war eine seltene Sache, an die sie sich noch erinnerte, als sie einschlief. Zheng Wenyi hatte ihr zuvor gesagt, dass niemand sie betrunken sehen könne, sonst könnte sie nicht auf dem Land leben, wenn sich die Nachricht verbreitete.Ye Mei stand vom Bett auf und stolperte zum Schrank.Gerade als ihre Fingerspitzen den vertrauten weißen Kleiderschrank berührten, erstarrte sie plötzlich, die Poren am ganzen Körper vergrößerten sich und ihr Blut kühlte sofort ab und floss zurück.Plötzlich kamen mir Erinnerungen in den Sinn, die viele Jahre lang verschüttet gewesen waren.Als junges Mädchen kauerte sie in diesem weißen Kleiderschrank und umarmte ihre Knie mit den Händen, ihr Gesicht war taub und blass.Als sie hörte, dass ihr Sorgerecht in die Hände ihrer Mutter fiel, brüllte ihre sonst so sanfte Mutter hysterisch und beging sogar Selbstmord.Als sie den verschiedenen Frauen zuhörte, die ihr Vater jedes Mal mitbrachte, sehnten sie sich danach, ihrem Vater zu gefallen, und in ihren Augen lag immer ein bisschen falsche Schmeichelei.——Um dieses Haus zu betreten, mussten sie auch hart arbeiten.Diese Erinnerungen waren fast alle leer und schwarz, ohne sichtbare Farbe, und ihr Leben schien langweilig und langweilig.Ye Mei trat zwei Schritte zurück, ihr Atem wurde etwas schneller und von Zeit zu Zeit bildeten sich dünne Schweißperlen auf ihrer Stirn.Es klopfte erneut schnell an der Tür hinter ihm.Ye Mei.Ye Mei, öffne die TürDie Tür wurde geöffnet, die Abendbrise wehte herein und das schwache Licht im Raum strömte durch den Türspalt auf Zhou Shiyu. Er hielt den Türrahmen fest, runzelte die Stirn und ein Paar wunderschöner schwarzer Augen fielen auf sie . Vorgesetzter.Ye Mei starrte Zhou Shiyu vor sich verständnislos an, hielt den Türknauf mit einer Hand fest und ihre hellen und zarten Fingerspitzen wurden leicht weiß.Die Zeit vergeht so schnell, acht Jahre sind wie im Flug vergangen.Jetzt denk darüber nach.Es war das erste Mal, dass sie ihre Heimatstadt verließ und Zhou Yan in eine so abgelegene Stadt folgte.Andere sagten, dass sie, eine junge Dame, die es gewohnt war, ein Leben in Wohlstand zu führen, an einen solchen Ort ging und offensichtlich auf der Suche nach Ärger war.Aber Ye Mei glaubt nicht, dass es eine Erleichterung ist.Ye Meis Kopf war so schwindelig, dass sie das Gesicht nicht klar erkennen konnte. Sie kniff die Augen zusammen, konnte aber immer noch nicht glauben, dass es Zhou Shiyu war.Sind Sie Song Yu oder Zheng Wenyi?Zhou

Shiyu blickte sie leicht an, die Kälte in seinen Augen wurde stärker.Es gibt eine ganze Reihe von Ersatzreifen, die genannt werden können. Es scheint, dass er seinen Status in ihrem Herzen zu hoch einschätzt.Ye Mei war offensichtlich noch nicht nüchtern. Sie hielt die Tür mit einer Hand fest und konnte nicht fest stehen. Sie hielt immer noch eine Weinflasche fest in der Hand.Diese weißen und schönen Füße standen barfuß auf dem Boden. Ihre Fußsohlen traten auf etwas Scharfes und waren schon ein wenig rot.Zhou Shiyu schaute weg, betrat den Raum, hob die Hausschuhe auf, warf sie vor sich hin und sagte leise:Ziehen Sie zuerst Ihre Schuhe an.Ich trage es nicht.Ye Mei trat mit den Füßen zurück, lehnte sich an die Wand und sah ihn stirnrunzelnd an, offensichtlich im Delirium. ‚Zhou Shiyu war hilflos: Wie viel hast du getrunken?Jedenfalls nicht betrunken.Die Logik klingt ziemlich klar.Es ist seltsam, dass sie nicht betrunken ist.Überall im Haus lagen zerbrochene Weinflaschen. Es kam selten vor, dass sie barfuß herauskam und die Tür öffnete, ohne sich zu kratzen.Zhou Shiyu machte sich nicht die Mühe, mit ihr zu streiten, also packte er sie an der Taille und warf sie auf das Bett. Mit einer Hand kontrollierte er ihre unruhigen Hände und zwang sie mit der anderen Hand, die Hausschuhe anzuziehen.Sie nutzte Zhou Shiyus Ablenkung aus, packte ihn am Kragen und zog ihn vor sich her.Zhou Shiyu.Diese bezaubernden Augen verengten sich leicht und ihre Fingerspitzen berührten leicht seine Lippenwinkel und Adamsapfel. In ihren

Augen lag eine Zweideutigkeit, die nicht gelöst werden konnte.Du bist Zhou Shiyu, richtig? Ich weiß, dass du auf jeden Fall zu mir kommen wirst.

Kapitel 25Die beiden standen sich sehr nahe, ihre Herzschläge schlugen zyklisch und sogar ihre warmen Atemzüge vermischten sich.Von diesen wunderschönen Schülern aus, die noch nicht ganz wach waren, konnte Zhou Shiyu sogar sein kleines Ich deutlich erkennen.Macht es Spaß, mir immer wieder Streiche zu spielen?Er biss die Zähne zusammen und sah sie mit einem Hauch von Sarkasmus im Blick an.Wie oft wird derselbe Trick wiederholt?Es ist nicht so, dass er nicht heimlich im Internet nach Informationen über Ye Mei gesucht hätte.Solange es um sie geht, wird es immer verschiedene Skandale geben, insbesondere den am meisten übertriebenen zwischen ihr und Song Yu.Sie hat keines der überwältigenden Gerüchte dementiert.Blatt--Bevor die Worte gesprochen werden konnten, drückten sich warme, weiche Lippen auf sie.In diesem Moment war sein Gehirn völlig ausgeschaltet, sein Herzschlag schien einen Schlag auszusetzen und Zhou Shiyu spürte plötzlich ein Summen in seinen Ohren.Ye Mei schlang ihre Arme um seinen Hals und ihr Paar Pfirsichblütenaugen, die geboren wurden, um die Seelen der Menschen zu verzaubern, waren jetzt noch bezaubernder.Ihr Blick wanderte weiterhin über sein

Gesicht, Ye Mei senkte ihren Kopf und flüsterte ihm ins Ohr.Zhou Shiyu, magst du mich, richtig oder falsch, ob vor acht Jahren oder jetzt?Der warme Atem drang in seine Ohren und die Atmosphäre war, als würde er eine Schicht warmen Lichts hinzufügen, was sein Herz heiß werden ließ. Zhou Shiyus Adamsapfel rollte und sein Blick fiel auf den Mund, der sich öffnete und schloss. überlegen.Ihr Mund ist so schön und die Mundwinkel sind von Natur aus hochgezogen. Sie ist mit Arroganz geboren.Vielleicht lag es daran, dass sie sie gerade geküsst hatten, aber auf ihrem Mund war immer noch eine Schicht leuchtendes Rosa.Du magst mich, warum sagst du es mir nicht?Das Verlangen in ihren Augen konnte nicht länger verborgen bleiben, als sie ihren Mund öffnete. Zhou Shiyu hielt ihren Hinterkopf und bedeckte ihre Lippenwinkel mit seinem Mund.Die warmen Atemzüge vermischten sich und es war unmöglich zu sagen, wer es war. Liebe und Verlangen strömten ohne jede Struktur herein. Zhou Shiyu rieb seinen Lippenwinkel an ihrem Hals und sprach mit heiserer Stimme.Ich habe es dir gesagt.Er hat es tatsächlich schon oft gesagt.Jedes Mal, wenn er sie ansah, war Liebe in seinen Augen, die nicht einmal Zhou Shiyu selbst kontrollieren konnte.Es ist nur so, dass Ye Mei es kein einziges Mal bemerkt hat.Zhou Shiyu küsste sanft ihre Lippen und die Spitze seiner großen Nase rieb sich an ihrer. Der warme Atem breitete sich zwischen Lippen und Zähnen aus, vermischt mit Zhou Shiyus einzigartigem Tabakduft.Der Geschmack war sowohl vertraut als auch ungewohnt, sodass sich Ye Meis Nasenspitze ein wenig säuerlich anfühlte.Sie schloss die Augen, legte eine Hand auf seine breite Schulter und knöpfte mit der anderen willkürlich sein Hemd auf.In dem Moment, als der erste Knopf geöffnet wurde, schien Zhou Shiyu plötzlich wieder zur Besinnung gekommen zu sein.Die dunklen Pupillen fielen direkt auf ihre Wangen. Zhou Shiyu hielt ihr Handgelenk und sprach jedes Wort mit rauer und heiserer Stimme.Ye Mei, du musst sorgfältig nachdenken.Ye Mei sprach nicht, ihre schönen Augenbrauen runzelten leicht die Stirn und sie entspannte sich nicht, bis ihr Mund seine Lippen wieder traf.In der nächsten Sekunde war Zhou Shiyus Hemd völlig geöffnet. Als die Atmosphäre angespannt war, unterbrach ein Telefonklingeln plötzlich die nächsten Aktionen der beiden Personen.Ye Mei schloss die Augen und berührte benommen das Mobiltelefon auf dem Bett.Zhou Shiyu warf einen Blick auf die Anrufer-ID auf seinem Telefon.Es ist die Telefonnummer von Song Yu.Die beiden schienen in häufigem Kontakt zu stehen, zumindest befanden sich die Kommunikationsaufzeichnungen auf der ersten Seite.Ye Zi, bist du zu Hause?Ye Mei packte sie an den Haaren und kniff die Augen zusammen, um auf die Anrufer-ID zu schauen.Nun, Song Yu.Tut mir leid, ich habe heute etwas zu viel getrunken und konnte dich nicht rechtzeitig nach Hause schicken. Ich bestelle eine Katersuppe und schicke sie dir später. Bruder Zheng und ich sagten auch im Voraus Hallo und sagten, dass heute Abend ist. Wir bestehen darauf, zu schleppen damit er dir nicht böse wird und du morgen später zur Arbeit gehen kannst.Ye Mei war betrunken und nicht sehr klar im Kopf. Nachdem sie Song Yu lange Zeit plappern hörte, war ihr Gehirn verwirrt und sie wusste nicht, was sie sagen sollte.Nachdem er sich mehrere Sekunden lang verwirrt angesehen hatte, hob er leicht die Augenbrauen und kniff sie leicht in die Taille.Die ohnehin empfindlichen Lendennerven wurden nach dem Trinken noch empfindlicher. Ye Meis Wangen wurden sofort rot und sie musste ihren Mund bedecken, um nicht zu schreien.Ihre trüben Augen wurden augenblicklich extrem klar, als hätte sie sich vom Alkohol erholt, und sie starrte ihn. wütend an.Die Mundwinkel von Zhou Shiyu waren gebogen und in seinen Augen lag ein schelmischer Geist, den man nur bei Teenagern sehen kann.Es war, als ob er sie absichtlich neckte.Ye Zi, hast du mich gehört?In Song Yus Ton lag ein wenig Misstrauen, offensichtlich spürte er eine ungewöhnliche Atmosphäre auf der Empfängerseite.Bist du betrunken Oder ist gerade jemand in deiner Nähe?Ye Mei antwortete ihm nicht, ihre Augen folgten aufmerksam der Gestalt von Zhou Shiyu.Kannst du mich hören? Kannst du sonst noch etwas tun?Es ist okay, ich frage dich nur, wie du dich jetzt fühlst. Ich erinnere mich, dass du jedes Mal Kopfschmerzen hattest, wenn du getrunken hast, besonders heute Abend, wenn der Nachtwind weht. Achte darauf, dir nachts keine Erkältung zu holen.Zhou

Shiyu saß auf der Bettkante, senkte den Blick und knöpfte langsam sein Hemd wieder zu.Er schwieg und lauschte den eher zweideutigen Begrüßungen zwischen Song Yu und Ye Mei im Hörer.Es fühlt sich an, als würde eine Diebkatze Fisch stehlen.Als sie aufstand, packte Ye Mei seine Handschellen und sah zu ihm auf.Wohin gehst duZhou Shiyu senkte den Blick und landete auf der Hand, die seine Manschette fest umklammerte.Badezimmer.Die Hand blieb in der Luft stehen, als er ging. Ye Mei starrte ihn verständnislos an und nahm ihre Hand dann für eine lange Zeit zurück.Auch Song Yus Stimme hielt offensichtlich eine Weile inne und nach ein paar Sekunden fragte er leicht steif.Es gibt jemanden in deiner Familie und mit wem verbringst du Zeit?Na ja, ein Freund.Während Ye Mei und Song Yu telefonierten, ging Zhou Shiyu geschickt in die Küche.Vor ein paar Jahren kannte er alle Gebäude und Standorte dieser Villa genau. Nach so vielen Jahren gab es fast keinen Unterschied außer einer leichten Staubschicht auf dem Boden und den Möbeln.Der Kühlschrank war genau so, wie er es erwartet hatte. Die wenigen verwendbaren Zutaten waren in eine Ecke gequetscht, der Rest waren Berge von Bier und Getränken. Der Tiefkühlbereich war gefüllt mit Eiscreme und Tiefkühlprodukten in verschiedenen Geschmacksrichtungen.Nicht zuletzt wurden auch diese Dinge von anderen als Ersatzteile für sie gekauft.Mit den wenigen verfügbaren Mitteln bereitete Zhou Shiyu einfach eine Schüssel Nudeln und eine Schüssel Katersuppe zu.Er mixte die Soße und wollte Ye Mei gerade die Nudeln servieren, als sein Blick über den Tisch schweifte und er bemerkte, dass neben dem Kühlschrank ein paar unverschlossene weiße Medizinflaschen und eine halbe Dose eisgekühlter Getränke standen.Die Worte auf den kleinen Medizinfläschchen waren alle auf Englisch, aber Zhou Shiyu wusste, dass es sich bei den meisten davon um Medikamente handelte, die die Nerven beruhigen und den Geist regulieren sollten.Dieses Mädchen hatte immer Angst vor Not und es war äußerst schwierig für sie, Medikamente einzunehmen. Nicht zuletzt trank Ye Mei die Medikamente mit einem Getränk.Aufgrund dieses Vorfalls hatte Ye Mei Zhou Shiyu zuvor unzählige Male Versprechen gemacht.Nachdem sie sich einige Jahre lang nicht gesehen hatte, kehrten ihre schlechten Gewohnheiten wieder zurück.Als sie ins Schlafzimmer zurückkehrte, hatte Ye Mei bereits aufgelegt.Die Hausschuhe, die sie gerade getragen hatte, lagen lässig auf dem Boden verstreut. Sie saß zusammengekauert auf dem Boden, die Arme um ihre Beine geschlungen, den Kopf in den Knien vergraben und den Rücken gegen die Bettkante gedrückt.In dem Moment, als Zhou Shiyu hereinkam, hob sie unbewusst den Kopf, die Enden ihrer Augen waren rot und ihr Haar hing unordentlich auf beiden Seiten herab und zeigte offensichtlich Spuren von Weinen.Zhou Shiyus Herz schien plötzlich erstochen worden zu sein.Er legte die Nudeln in seine

Hände, hockte sich vor ihr hin und fragte leise.Was ist los? Ich fühle mich unwohl.Ye Mei senkte den Kopf, schürzte leicht die Lippen und ihre langen Wimpern zitterten leicht.Ich dachte du seist gegangen.

Kapitel 26Der Abendwind wehte durch die Vorhänge, und die kleine Wildkatze unten sprang aus unbekannter Zeit leise zum Fenster. Ein Paar blauer Augen blickte aufmerksam in das Haus.Die Nacht war so ruhig, dass Zhou Shiyu sogar seinen eigenen ungewöhnlichen Herzschlag hören konnte.Er kniete nieder und schob die unordentliche Haarsträhne sanft hinter Ye Meis Ohr.Ich werde nicht gehen. Lass uns zuerst etwas essen, jaNein, das wirst du.Ye Mei schlang ihre Arme fester und rollte sich in einer äußerst unsicheren Haltung zusammen.Alle werden gehen. Oma, meine Mutter, mein Vater, Zhou Yan und Zhou Shiyu werden nicht für mich bleiben.Die Fingerspitzen, die ihr durchs Haar fuhren, hielten inne und Zhou Shiyu senkte den Blick, um sie anzusehen.Egal zu welchem Anlass, Ye Mei hatte eigentlich keine Position, dies zu sagen.Als sie vor sieben Jahren ging, war sie so herzlos.Zhou Shiyu, ein Mann, der normalerweise so arrogant ist, verfolgte das Auto an diesem Tag mehr als zehn Kilometer und tätigte Hunderte von Telefonanrufen, nur um Ye Mei im letzten Moment zu retten.Für ihn war Würde immer gleichbedeutend mit dem Leben. An diesem Tag war er so demütig, dass er fast in den Schlamm fiel. Ye Mei sah ihn immer noch nicht an.Ye Mei, lass mich dich etwas fragen.Zhou Shiyu starrte sie aufmerksam an, mit einer unbeschreiblichen Heiserkeit in seinem Ton.Hast du mich vor sieben Jahren wirklich freiwillig verlassen?Vor acht Jahren, Xicheng Town.Seit er Zhou im Krankenhaus traf, schien er von der Welt verschwunden zu sein. Während dieser Zeit kehrte er nie nach Hause zurück und Zhou Yan erwähnte nie, dass sie ihn finden wollte.Ye Mei AnshengEs sind erst zwei Tage vergangen und die Schulsaison hat begonnen.Gegen sieben Uhr morgens holte Zhou Yan irgendwo ein schäbiges Auto und drängte sie, früh nach unten zu gehen.Ye Mei wusch sich schnell, öffnete ihre Schultasche und warf wahllos zwei Bücher hinein.Sie hat noch nie Bücher zur Schule mitgebracht und in der Schule hat sie sowieso nicht gelernt, warum sollte sie sich also die Mühe machen, eine so schwere Schultasche zu tragen, um sich zu blamieren?Aber diese Tage sind anders als die Vergangenheit und sie muss lernen, sich zurückzuhalten.Sobald sich die Autotür öffnete, wehte ein starker Geruch von billigen Zigaretten und Ye Mei runzelte unbewusst die Stirn.Zhou Yan hielt eine Zigarette zwischen ihren Fingerspitzen und warf Ye Mei einen Blick durch den Rückspiegel zu.Haben Sie Ihren Personalausweis oder ähnliches mitgebracht? Auch Ihr Haushaltsbuch liegt hier.Ye Mei nickte. Der Geruch von billigen Zigaretten war so stark, dass sie ihren Mund nicht öffnen konnte. Sie öffnete unbewusst das Fenster des Autos.Ach, öffne nicht das Fenster, ich mache einfach die Zigarette aus.Die Zigarettenkippe wurde zweimal über das Toilettenpapier gerieben und die leuchtend scharlachrote Farbe verblasste schnell.Ye Mei hustete zweimal: Im Auto war es zu stickig.Haben Sie Geduld, meine Dame. Zhou Yan reichte ihr unbewusst eine Flasche Wasser. Keine Sorge, ich habe dieses Wasser gerade gekauft. Es wurde noch nicht geöffnet und ist nicht schmutzig.Ye Mei nahm das Wasser und das Auto startete.Anders als Zhou Yans übliches extravagantes Temperament war sie beim Fahren weder zu hastig noch zu langsam, zumindest verlief die Fahrt reibungslos.Zhou Yans Blick fiel vor sich und ihr Blick fiel gelegentlich auf Ye Mei im Vorderspiegel, ihr Tonfall war langsam.Obwohl dies die einzige weiterführende Schule in dieser Stadt ist, sind ihre Bildungsressourcen definitiv nicht so gut wie Ihre, aber die jährliche Einschreibungsrate ist ziemlich gut. Ich habe mir viel Mühe gegeben, sie auf Sie zu übertragen. Es ist Ihnen nicht gestattet, Ärger zu machen in der Schule.Ye Mei stimmte weder zu noch lehnte er ab.Sie wollte keinen Ärger machen, solange andere sie nicht schikanierten.Die Schule war nicht weit von ihrem Wohnort entfernt und bald fuhr das Auto in eine enge Gasse.Die Bürgersteige auf beiden Seiten sind fast voll mit Schülern in Schuluniformen. Ein paar Fahrräder fahren mit deutlich klingelnden Glocken durch die Menge. Gelegentlich gibt es kleine Gruppen von Schülern, die vor Verkaufsständen frühstücken.Ye Mei sagte verwirrt: Warum kannst du das Fenster nicht öffnen?Zhou Yan war für einen Moment fassungslos und schien für einen Moment nicht in der Lage zu reagieren.Nach ein paar Sekunden seufzte Zhou Yan resigniert.Ist es eine gute Sache, anderen mitzuteilen, dass du bei mir bist?Ye Mei hob leicht ihre Augenbrauen.Sie versteht es nicht.Du verstehst nicht, mein Ruf in dieser kleinen Stadt ist etwas schlecht. Wer etwas mit mir zu tun hat, hat nichts davon, und es gibt endlose Gerüchte über mich. Xiaoyu ist ein gutes Beispiel.Zhou Yans Ton war ruhig, als würde sie etwas beschreiben, das nichts mit ihr zu tun hatte.Erwähnen Sie von nun an nicht mehr, mich kennenzulernen, wenn Sie zur Schule kommen, und es ist am besten, nicht viel Kontakt mit Xiaoyu zu haben, damit Sie vielleicht bequem warten können, bis Ihre Mutter Sie abholt.Das Auto fuhr bis zum Schultor. Zhou Yan parkte das Auto, öffnete ihren Sicherheitsgurt und lächelte sie an.Aber was sie gesagt haben, ist richtig. Ich bin schmutzig, aber du bist ein sauberes und gutes Mädchen, das in der Schule ein anständiges Leben führen sollte. Ich möchte nicht, dass andere dich wegen mir in Verlegenheit bringen.Danach setzte sie ihre Maske auf, nahm einen geschenkschachtelähnlichen Gegenstand vom Beifahrersitz und stieg voll bewaffnet und mit High Heels aus dem Auto.Ye Mei hob den Blick und blickte zu ihr zurück, die Mundwinkel unkontrolliert geschürzt.Dies schien das erste Mal zu sein, dass Zhou Yan so ernst mit ihr sprach, seit sie hierher gezogen war.Kein Wunder, dass ich das nicht gewohnt bin.Im Vergleich zu der Schule, die Ye Mei zuvor besuchte, ist diese Schule wirklich heruntergekommen.Die Treppen bestanden aus unebenem Beton, und der Korridor war eng und dunkel. Nur zwei Personen konnten höchstens nebeneinander hinuntergehen. Die grüne Farbe auf beiden Seiten der Wand war abgeblättert, und jetzt war nur noch eine gesprenkelte Mischung aus Weiß übrig und Grün blieb zurück. Es gibt auch einen schwachen Feuchtigkeitsgeruch.Es fühlte sich weniger wie eine Schule an, sondern eher wie ein Gefängnis in einem Film.Ye Mei folgte Ye Mei und blickte neugierig den ganzen Weg, bis sie vor einer Holztür in Zhou Yan stehen blieb.Sie umklammerte die Geschenktüte fest in ihrer Hand, ihr Gesichtsausdruck wurde offensichtlich ernst.Nach einer Pause von ein paar Sekunden holte Zhou Yan tief Luft, senkte ihre Stimme und sagte: „Sprechen Sie eine Weile nicht. Warten Sie eine Weile an der Tür. Gehen Sie nicht hinein, ohne etwas zu sagen. Hören Sie. " Mich?"Ye Mei nickte.Ist es nicht nur eine Schule? Wie kommt es, dass es wie ein Spionagefilm aussieht?Zhou Yan unterdrückte ihren ernsten Gesichtsausdruck, setzte ein professionelles falsches Lächeln auf und drängte durch die Tür.Direktor Zhang, erinnern Sie sich an mich? Ich bin Zhou Yan und ich bin hier, um die Zulassungsverfahren abzuschließen.Die Tür war nicht fest verschlossen. Ye Mei stand vor der

Bürotür und konnte schwach Zhou Yans aufmerksame Stimme hören.Ja, der an der Tür ist ein entfernter Verwandter von mir. Er ist nicht blutsverwandt. Er hat nichts mit mir zu tun. Er ist ein guter Junge. Direktor, wir hatten schon einige Feste. Du erinnerst dich nicht an die Fehler anderer . Das ist mein besonderes Geschenk an Sie. Das Geschenk, das Ihre Frau mitgebracht hat, ist absolut echt.Man kann ohne hinzusehen erkennen, dass die Haltung der anderen Partei sehr kalt zu sein scheint, aber Zhou Yan lächelt immer, diese Art von demütigendem, vorsichtigem und etwas schmeichelhaftem Lächeln.Nicht lange danach erklangen vom Ende des Korridors die Stimmen zweier Frauen mittleren Alters, die sich leise unterhielten, was von Ye Meis Position aus deutlich zu hören war.Das ist Zhou YanJa, wie konnte sie immer noch den Mut haben zu kommen?Ich habe gehört, dass es zwischen ihr und dem Regisseur schon einmal einen Konflikt gab. Was ist passiert? Warum hat sich der Regisseur auf so eine Frau eingelassen?Hey, ich weiß nicht, ob das wahr ist oder nicht. Ich habe gehört, dass der Regisseur an Zhou Yan interessiert war und für eine Weile Geld für sie ausgeben wollte. Aber es stellte sich heraus, dass Zhou Yan überhaupt keine hohen Ansprüche hatte und ignorierte den Regisseur überhaupt. Sie drehte sich um und ging mit einer reichen zweiten Generation. Ja, der Regisseur war so wütend.Oh, warum, der Regisseur ist auch nicht hässlich, und ich habe gehört, dass es seiner Familie sehr gut geht.Es darf nicht genug Geld da sein.

Eine Frau wie Zhou Yan liebt Geld so sehr wie ihr Leben. Sie weiß nicht, ob sie das Geld mit in den Sarg nehmen wird oder was. Jetzt muss sie demütig sein und den Direktor anbetteln.Ich schätze, der Regisseur wird sie nicht gut gehen lassen. Diesmal hat er sie absichtlich hierher gerufen. Warten wir einfach ab und sehen uns die gute Show an.Als sich das Lachen der beiden Menschen allmählich näherte, wurde Ye Meis Gesicht immer hässlicher.Sie lehnte sich mit dem Rücken an die Wand und ballte ihre Hände fest zu Fäusten.Vielleicht weil sie das kaltblütige Gen von ihrer Familie geerbt hat, war Ye Mei schon immer eine sehr emotional langsame Person. Sofern andere nicht die Initiative ergreifen, um darauf hinzuweisen, kann sie die Gefühle anderer Menschen selten subjektiv spüren.Aber heute fühlte sie sich aus irgendeinem Grund einfach unwohl.Ich fühlte mich wegen Zhou Yan ungerecht behandelt und unwürdig.

Kapitel 27Die Schritte kamen immer näher und als das schwache Flurlicht auf sie schien, konnte Ye Mei ihre Gesichter kaum deutlich erkennen.Beide waren wahrscheinlich in den Zwanzigern oder Dreißigern, nicht viel älter als sie und Zhou Yan. Sie trugen lange schwarze Röcke mit kleinen Lederschuhen und hielten ein paar Bücher in ihren Händen. Eine Brille, ein ganz normales Bild von einem Mittelschul- und Oberstufenlehrerin.Vielleicht merkte er, dass jemand an der Tür stand, und das Gemurmel zwischen den beiden Leuten verstummte.Das Licht war schwach und düster, und die Fenster im Korridor waren lange Zeit klein und luftdicht. In Kombination mit den grünen Wänden mit abblätternder Farbe auf beiden Seiten ließ diese düstere und trübe Atmosphäre den gesamten Korridor unheimlich wirken.Ye Mei stand vor der Tür und warf ihren Blick beiläufig auf das Büro, ohne die Absicht, ihnen nachzugeben.Eine der Lehrerinnen konnte nicht anders, als neugierig zu sein und blickte Ye Mei immer wieder an.Ye Mei blickte mit schwacher Miene zurück.Als sich ihre Blicke in der Luft kreuzten, war die Lehrerin offensichtlich erschrocken und zog unbewusst am Ärmel der anderen Person.Wer ist das? Warum sind seine Augen so gruselig?Die ältere Lehrerin runzelte die Stirn und sagte mit arrogantem Blick: „Kannst du nicht sehen, dass die Lehrerin kommt? Sie ist so ausdruckslos. "Ye Mei zog leicht die Augenbrauen hoch: Du weißt immer noch, dass du Lehrerin bist?Die Lehrerin runzelte noch enger die Stirn: Was meinst du?Ye Mei sah sie lässig an, die Hände in den Manteltaschen, und ihr Ton war langsam.Haben Sie keine Angst, dass Ihre Zunge verfaulen könnte, wenn Sie hinter Ihrem Rücken jemandes Zunge kauen?Du, wo bist du Student? Wie kannst du es wagen, so arrogant zu sprechen? Ich muss sofort deine Eltern anrufen.Keine Notwendigkeit. Ye Mei spottete kalt, deine Schule ist mir egal.Nachdem sie das gesagt hatte, stieß sie mit einer Hand die Tür auf und ging direkt auf Zhou Yan zu.Zhou Yan, lass uns zurückgehen. Ich werde nicht heiraten. Es ist nicht nötig, es diesen doppelzüngigen Schurken zu sagen.Zhou Yans Gesicht versteifte sich sichtlich und ihre Lippenwinkel zuckten unkontrolliert.Außerdem handelt sie doppelt, und die Redewendungen werden verwendet. Dieses Mädchen muss absichtlich Dinge gefunden haben, die sie tun kann.Worüber redest du?Zhou Yan hustete leicht, runzelte die Stirn und schob sie aus der Tür.Die Formalitäten sind alle erledigt, beeilen Sie sich und gehen Sie zum Unterricht. Vergessen Sie nicht die Klasse 3 der Oberstufe 3 am Ende des Korridors.Nachdem sie sich um Ye Mei gekümmert hatte, drehte sie sich sofort um und ging zurück, wieder mit einem aufmerksamen Lächeln im Gesicht.Direktor, dieses Kind ist eigensinnig, nehmen Sie es nicht ernst, dieses Kind hat eine gute Natur, das schwöre ich.Nachdem Ye Mei das Büro verlassen hatte, folgte er der von Zhou Yan angegebenen Anweisung und kam in die 3. Klasse.In dem Moment, als sie die Tür zum Klassenzimmer betrat, sahen sie alle fünfzig oder sechzig Schüler in der Klasse von ihren Plätzen aus an.Ye Meis Augenbrauen zuckten unkontrolliert.Das Klassenzimmer ist so klein, aber es drängen sich viele Leute zusammen. Der Tisch ist ein hölzerner Doppeltisch. Auf dem Tisch sind von verschiedenen Messern geschnitzte Spuren zu sehen. Der Farbe und der Patina nach zu urteilen, scheint es, dass er benutzt wurde mehrere Jahre. .Der Hocker ist sogar noch übertriebener: Es handelt sich offensichtlich um ein langes Holzbrett, das auf vier runden Holzbeinen steht, und zwei Personen am selben Tisch sitzen zusammengedrängt auf demselben Hocker.Ye Mei hatte sogar einige Zweifel: Wenn eine Person plötzlich aufstehen würde, würde die andere Person dann wirklich nicht auf den Rücken fallen?Es gibt keinen Lehrer im Klassenzimmer und keine Multimedia-Tafel mit der Aufschrift „Selbststudium ".Von dem Moment an, als Ye Mei hereinkam, hörte die Diskussion in der Klasse nie auf.Wer ist dasNeue SchülerDas ist so schön, kommst du nicht aus einer Großstadt? Die Art, wie du dich kleidest, sieht nicht aus wie jemand von hier.Wie fühle ich mich? Sie scheint schlecht gelaunt zu sein und es sieht so aus, als ob man sich nicht leicht mit ihr anlegen lässt.Gott sei Dank hat unsere Klasse endlich eine Schönheit. Im Vergleich dazu ist die Schulschönheit in der siebten Klasse nichts weiter als ein Witz.Ye Mei betrachtete die Umgebung in der Klasse mit ausdruckslosem Gesicht. Sie hörte kein Wort von dem, was diese Leute sagten, bis plötzlich eine vertraute Stimme aus der Klasse ertönte.Ye Mei, komm her und setz dich hier hin.Ye Mei schaute in die Richtung des Geräusches.In einer Ecke der Klasse hob Xie Rong seine Arme und winkte ihr wild zu, ein Paar kleiner Tigerzähne baumelten, als er lächelte.Zhou Shiyu saß vor ihm. Er war überhaupt nicht neugierig auf den plötzlichen Lärm in der Klasse. Er senkte immer den

Blick und blickte ruhig, während er die verschiedenen Papiere erledigte, die vor ihm gestapelt waren.Ich kann nicht hören, was draußen vor dem Fenster passiert.Was dieser akademische Meister aufgebaut hat, ist wirklich stabil.Ye Meis Blick fiel wieder auf Xie Rong und sie ging direkt hinüber und setzte sich.Xie Rong war offensichtlich sehr überrascht und half ihr, den Tisch abzuräumen und die Tasche zu tragen.Lass mich gehen, du bist der Transferschüler, den der Lehrer heute erwähnt hat. Was für ein Zufall.Ye Mei: Leider ist dies die einzige weiterführende Schule in Ihrer Stadt.Nein, ich dachte ursprünglich, dass Sie für die Sommerferien in Ihre Heimatstadt zurückkehren und nach den Sommerferien wieder abreisen würden.Ich werde eine Weile nicht gehen.Ye Mei senkte den Blick, holte die beiden einzigen Bücher in ihrer Tasche heraus und warf sie auf den Tisch. Als sie das sagte, warf sie absichtlich oder unabsichtlich einen Blick auf Zhou Shiyus Rücken.Ich werde mich hier wahrscheinlich für längere Zeit niederlassen. Ich kann nichts dagegen tun, wenn manche Leute mich unglücklich finden. Ich muss lernen, mich daran zu gewöhnen.Die Richtung dieser Worte war bereits klar und sie verstärkte sie absichtlich etwas lauter, als hätte sie Angst, dass Zhou Shiyu sie nicht hören würde.Aber sie hob nicht einmal den Kopf und machte sich nicht einmal die Mühe, mit ihr zu reden.Xie Rong sagte später noch etwas, aber Ye Mei war nicht mehr interessiert. Nach ein paar beiläufigen Worten fiel ihr Blick auf Zhou Shiyus Rücken.Es schien, dass er in dieser Klasse wirklich nicht viele Freunde hatte. Ob er am selben Tisch saß oder um ihn herum, sie unterhielten sich alle leise in Gruppen von drei oder fünf, aber sie gingen Zhou Shiyu einfach aus dem Weg.Er war unabhängig in seiner eigenen Welt, still und still, als wäre er von der ganzen Welt isoliert.Zhou Shiyu.Ye Mei hielt ihr Kinn mit einer Hand, stützte sich träge auf den Tisch und kratzte mit ihren Fingerspitzen leicht seinen breiten und geraden Rücken.Du heißt mich nicht willkommen, du hast eine so gleichgültige Einstellung.Zhou Shiyus Rücken versteifte sich für einen Moment sichtlich. Nach ein paar Sekunden runzelte er die Stirn und verließ das Klassenzimmer.Als er am Truppführer vorbeikam, sagte er nur leise: Ich gehe auf die Toilette.Von Anfang bis Ende warf sie Ye Mei keinen Blick zu.Ye Mei:Was eine so große Reaktion angeht, scheint sie nicht sehr willkommen zu sein.Xie Rong verblüffte Ye Mei. Er wollte gerade etwas sagen, als plötzlich die Tür zum Klassenzimmer aufgestoßen wurde.Ein junger Mann mit Alufolienbügeln unterbrach ihn. Er warf zunächst einen Blick in die Richtung von Zhou Shiyu, und als er sah, dass er nicht da war, senkte er seine Stimme und sprach mit einer Aufregung in seinem Ton, die nicht zu verbergen war.Ich gehe, wissen Sie, wen ich im Büro getroffen habe? Zhou Yan, die legendäre Zhou Yan, so schön. Ich gehe, sie ist hübscher als ein Stern. Kein Wunder, dass so viele Männer von ihr fasziniert sind. Wenn ich will Um reich zu sein, werde ich jeden Tag nach ihr suchen.Plötzlich wurde der Lärm im Klassenzimmer lauter und viele Schüler begannen, auf Zehenspitzen zu stehen und aus dem Fenster zu schauen.Wo bist du? Gehst du jetzt? Ich schaue auch mal nach.Hey, ich habe sie schon einmal gesehen. Es geht nicht nur um ihre Schönheit, diese Frau ist wirklich kokett. Ein Blick in ihre Augen hat mir fast die Seele geraubt. In dieser Nacht wusste ich fast nicht einmal die Namen unserer beiden Kinder . Alles durchdacht.Ist es wirklich so schön? Es ist zu übertrieben.Als er dies sagte, schlug einer von ihnen mit leiser Stimme vor: „Zhou Shiyus Schultasche sollte ein Foto von ihr haben. Er wird jetzt einfach nicht hier sein, sonst. "Nein, nein, wenn Zhou Shiyu zurückkommt, werden wir tot sein.Wovor hast du Angst? Lass uns das Foto machen und es sofort zurückstecken.Ye Mei betrachtete ausdruckslos alles vor ihr.Sie steckte die Hände die ganze Zeit in die Taschen und lehnte sich gemütlich mit dem Rücken auf den Tisch in der hinteren Reihe. Als sich die Person mit der Schultasche setzte, trat sie gegen den Stuhl vor ihr.Der Mann saß nicht fest und wurde von ihr komplett zu Boden getreten.Es gab sofort einen Ausruf in der Klasse und nicht einmal Xie Rong reagierte einen Moment lang.Der Mann fühlte sich wahrscheinlich verlegen, also blickte er sich mit schlechtem Gewissen viermal um, stand dann mit bedecktem Gesäß auf und seine Worte waren äußerst unfreundlich.Verdammt, du bist krank, oder? Ich habe dich beleidigt.Ye Mei zeigte überhaupt keine Angst und sah ihn mit schwacher Miene an.Bevor er kam, durfte niemand seine Sachen anfassen.Wer zur Hölle bist du?Darf ich mich vorstellen, mein Name ist Ye Mei.Ye Mei verschränkte die Arme und lehnte sich mit lockerer Stimme auf den Tisch.Zhou Shiyus Vormund.

Die Abendbrise wehte sanft durch die Vorhänge und die beiden Augenpaare sahen sich einfach nur in der Luft an.Die Atmosphäre war lange Zeit ruhig, so lange, dass Zhou Shiyu mit diesen wunderschönen Augen an die Vergangenheit dachte.Bisher wusste Ye Mei nicht, dass Zhou Shiyu an diesem Tag tatsächlich vor der Tür des Klassenzimmers stand.Zhou Shiyu hörte jede ihrer Bewegungen und alles, was sie sagte, deutlich und konnte auch nach so vielen Jahren noch jedes Detail deutlich erkennen.Das war das erste Mal, dass jemand Zhou Shiyu ohne zu zögern vor allen anderen zur Seite stand.Es ist egal, ob du es nicht sagen willst, ich werde dich nicht zwingen.Am Ende war es Zhou Shiyu, der zuerst sprach, um die Stille zu unterbrechen. Sein Ton war sehr sanft, als würde er ein Kind überreden.Als sie wach war, hatte Ye Mei noch nie einen so sanften Ton gehört.NEIN.Ye Mei schüttelte den Kopf, ihre langen Wimpern senkten sich leicht und ihr Ton war so klar, dass sie nicht wie eine betrunkene Person klang.Ich wollte wirklich für den Rest meines Lebens mit Zhou Yan und dir zusammen sein und nie getrennt werden.

Kapitel 28Als ich am nächsten Morgen aufwachte, war Ye Mei in Stücke gerissen.Ich habe es völlig vergessen, ich kann mich nicht einmal daran erinnern, wie viele Getränke ich abends getrunken oder wie viele Telefonate ich geführt habe.Sie wusste nur, dass sie bis Mittag schlief. Als sie aufwachte, war die Villa aufgeräumt. Alle Kleidungsstücke und Laken waren gewaschen und zum Trocknen auf das Dach gehängt. Der Boden und die Tische waren alle gewischt, sogar die Ecken. Er ließ es nicht los, als hätte er eine Zwangsstörung.Der Kühlschrank war bis zum Rand gefüllt, größtenteils mit frischem Obst und Zutaten, und das Frühstück war fertig und wurde auf den Tisch gestellt.Sie war von dieser Reihe von Operationen geblendet, als wäre das Schneckenmädchen aus dem Märchen gekommen.Ye Mei stand auf, stieg aus dem Bett und wollte gerade ihr Mobiltelefon finden. Als ihre Füße den Boden berührten, wurde ihr Blick von dem zerrissenen Hemdknopf auf dem Boden angezogen.Augenblicklich kamen ihr wieder Erinnerungen in den Sinn.In der ruhigen Nacht war die Atmosphäre äußerst reichhaltig. Die beiden Menschen auf diesem kleinen Bett küssten sich leidenschaftlich und leidenschaftlich.Gestern Abend war nicht nur jemand hier.Sie schienen sich schon lange zu küssen, aber sie konnte sich nicht erinnern, wer es war.Ye Mei stand sofort vom Bett auf und rannte barfuß zum Spiegel.Wie erwartet befand sich unter dem

Mundwinkel eine Bissnarbe, die bei der geringsten Berührung für unerträgliche Schmerzen sorgte.Haben sie also den kritischsten Schritt erreicht? Warum erinnert sie sich überhaupt nicht daran?Den ganzen Unterrichtstag im Waisenhaus über war Ye Mei immer noch abgelenkt von der Szene, die ihr heute Morgen plötzlich in den Sinn kam.Aber so sehr sie sich auch bemühte, sich zu erinnern, sie konnte sich nicht an die unnötige Handlung erinnern.Sie überprüfte gestern Abend ihre Kommunikationsaufzeichnungen und rief Zheng Wenyi, Song Yu und sogar ihre Freunde in Jiangcheng an. Aber auf der letzten Anrufaufzeichnung stand der Name von Zhou Shiyu.Als sie am Abend in die Villa zurückkehrte, drehte sie sich gerade um, als sie sich umdrehte und einen Anruf von Zheng Wenyi erhielt.Von der anderen Seite war es ziemlich laut, und man konnte vage die Stimmen vieler Frauen hören, die sich höchstwahrscheinlich an einem luxuriösen Ort aufhielten.Frau, wie geht es Ihnen in letzter Zeit? Gibt es etwas, das Sie nicht gewohnt sind?Ye Mei wischte sich langsam über die Haare und warf ihr Handy beiläufig auf den Tisch.Was ist, wenn ich es nicht gewohnt bin? Habe ich eine Wahl?Es war in dieser Zeit wirklich schwer für Sie, aber ich möchte Ihnen gute Nachrichten überbringen. Unsere Unterrichtsunterstützungsphase ist fast vorbei, also benehmen Sie sich in dieser Zeit gut. Ich werde jederzeit Reporter einladen, die vorbeikommen und Fotos machen. Sie Ich werde bald nach Jiangcheng zurückkehren und ein gutes Leben führen können. Tage vergingen.Ye Mei sagte nichts, senkte den Blick und wischte sich das leicht feuchte Haar ab.Normalerweise sollte sie glücklich sein.In diesen Tagen in Xicheng, nachdem ich die Einleitung und den QQ-Rock gelesen habe, habe ich das Gefühl, dass mein Vater wirklich ein leichtes Leben führt. Sie hat normalerweise ein so reichhaltiges Nachtleben. Sie hat das Leben völlig aufgegeben. Sogar der umgekehrte Tag- und Nachtplan hat völlig aufgehört. Sie haben viele Anpassungen vorgenommen.Aber sie hatte immer das Gefühl, dass sie jetzt wirklich nicht gehen wollte.Nachdem sie aufgelegt hatte, erhaschte Ye Mei zufällig einen Blick auf Song Yus Telefonnummer in ihrem Adressbuch.Der kleine Gedanke, der ausgelöscht war, begann sich erneut zu regen.Wie wäre es, wenn du Song Yu fragen würdest, was letzte Nacht passiert ist?Ye Mei hielt ihr Handy in der Hand und starrte auf das Wort „Song Yu " in ihrem Adressbuch. Sie ging mehrmals im Raum auf und ab, bevor sie es noch wählte.Jedes Mal, wenn das Telefon klingelte, schlug ihr Herz schneller und in ihrem Kopf herrschte fast Chaos.Nachdem der Anruf nach einer Weile verbunden war, was sollte sie sagen, damit es nicht so seltsam wurde?Ist er letzte Nacht zu ihr nach Hause gekommen?Fragen wir ihn: War er derjenige, der sich letzte Nacht um sie gekümmert hat?Mit anderen Worten: Hast du Zhou Shiyu letzte Nacht gesehen? Ist heute etwas mit ihm nicht in Ordnung?Es dauerte nicht lange, bis die Verbindung hergestellt wurde und Song

Yus Tonfall war offensichtlich etwas überrascht.Ye Zi, warum kannst du mich heute anrufen? Möchtest du zum Spielen ausgehen? Oder ist dein jüngster ehrenamtlicher Unterricht in Xicheng vorbei?Als Ye Mei Song Yus Stimme hörte, wurde ihr klar, was sie tat.ICHDurch einen seltsamen Zufall wurde ich gerade angerufen.Sie ist Ye Mei und immer von unzähligen Menschen umgeben, die darum wetteifern, den Saum ihres Rocks für sie hochzuheben.Jetzt frage ich einen Mann, ob er letzte Nacht zu ihr nach Hause gekommen istWäre das nicht zu seltsam?Als Song Yu sah, dass sie lange Zeit schwieg, wurde sie ein wenig besorgt und es klang, als würde sie gleich herüberkommen.Also schikaniert dich jemand, oder? Wo bist du jetzt zu Hause?ohne.Ye Mei öffnete hastig den Mund und fand zufällig ein Thema.Ich frage dich nur, hast du gegessen?Es ist nach zehn Uhr.Song Yu warf einen Blick auf die Uhr, hast du nichts gegessen? Wie wäre es, wenn ich dich zum Essen mitbringe?Ye Mei wollte gerade ablehnen, als das Thema wechselte und Song Yu zur Seite sprach.Bruder Yu, wo sind deine Autoschlüssel? Leihen Sie mir die Schlüssel zum Fahren. Mein Vater hat mein gesamtes Vermögen beschlagnahmt und zwingt mich, zurückzugehen und das Familienunternehmen zu erben.Es steht auf dem Schrank, suchen Sie selbst danach.Ein paar einfache Worte kamen vom Empfänger.Was für eine erkennbare Stimme.Gleichgültig und anziehend, mit einer einzigartigen kalten Textur, wirkt er reifer und zurückhaltender als tagsüber.

Ye Mei legte unbewusst auf, ihr Herz schlug ihr fast bis zum Hals.HelfenWarum lebt Song Yu mit Zhou Shiyu zusammen?Sie und Song Yu kennen sich seit vier oder fünf Jahren, aber sie wusste nicht, dass sie sich so gut kennen.Song Yu auf der anderen Seite des Telefons hatte gerade den Schlüssel gefunden und wollte gerade Ye Mei nach ihrer Adresse fragen, als ihr klar wurde, dass das Telefon aufgelegt worden war.Er rief unbewusst zurück, aber der andere Teilnehmer antwortete nicht. Stattdessen erschien eine Nachricht von WeChat.Ye Zi: [Ich habe zu Abend gegessen, lass uns an einem anderen Tag einen Termin vereinbaren.

】 Lied Yu:Peng Qian saß auf dem Sofa und sah fern, ohne die Augen zu bewegen: Kapitän Zhou, Sie hätten ihm das Auto nicht leihen sollen. Dieser Typ fährt den ganzen Tag wie verrückt auf der Straße. Diese scharfen Kurven, das habe ich zuletzt nicht gemacht Zeit. Schlag mich zu Tode.Zhou Shiyu kam gerade aus dem Badezimmer. Sein schwarzes Kurzarmhemd machte seine Schultern extrem breit und gerade. Ein weißes Handtuch wurde auf seinen schlanken Hals gelegt. Seine Haare waren noch nicht vollständig getrocknet und fielen ihm in dünnen Strähnen in die Stirn.Er hatte nicht vor, den beiden Menschen Aufmerksamkeit zu schenken. Sein Blick fiel auf ein Dokument an seiner rechten Hand, er öffnete die Kühlschranktür und holte eine Dose mit Getränk heraus.Damals habe ich den Verdächtigen gejagt, okay? Wenn ich ihn nicht gejagt hätte, wäre er weggelaufen.Song Yus Gesicht sah nicht gut aus und er lehnte sich niedergeschlagen auf dem Sofa zurück.Peng Qian warf ihm einen trägen Blick zu: Wer hat gerade deinen aufmerksamen Blick gesehen und dein Gesicht wäre fast ins Telefon gegangen?Meine Freundin hat Angst, dass ich hungrig bin und kümmert sich darum, ob ich nachts etwas gegessen habe.Song Yu warf das Telefon lässig auf den Couchtisch und pflückte einen Apfel aus dem Obstkorb.Komm schon mal, wo hast du deine Freundin her?Peng Qian musterte ihn eine Weile von oben bis unten, dann fiel sein Blick auf die Mitte seiner Oberschenkel, mit einem Anflug von Spott in seinen Augen.Ist dir nicht so kalt?Verdammt, du musst verdammt krank sein, meine Freundin wird dich zu Tode erschrecken, wenn sie es dir sagt.Song Yu zerschmetterte den Apfel brutal, aber Peng Qian fing ihn fest auf.Peng Qian biss in den Apfel: Sag es mir.Ye Mei, kennen Sie Ye Mei? Er ist der sehr schöne Maler, der kürzlich nach Xicheng kam. Ein Gemälde kann zum günstigsten Preis für mehrere Millionen verkauft werden. Er ist eine bekannte Persönlichkeit im Ausland. Wir sind zwei Sie wurde sehr berühmt als wir zusammen auf dem College in den Vereinigten Staaten waren.Zhou Shiyu erstarrte leicht und ein Wassertropfen von seiner Stirn glitt über seine Wange und auf seinen schlanken Hals.Gerade als er die Dose öffnete, hielten seine Fingerspitzen für einen Moment inne, und das Eisenstück kratzte seine Haut und Blut breitete sich schnell auf seinen schlanken und schönen

Fingern aus.Obwohl ich die Beziehung zwischen ihnen bereits erraten hatte, fühlte es sich dennoch ein wenig ironisch an, ihn das so unverblümt sagen zu hören.Song Yu ist ihr richtiger Freund.Was für eine Geliebte ist er also? Oder ist er ein Passant, Passant A und Passant B, der überhaupt nicht eingestuft werden kann?Im Wohnzimmer war es plötzlich zwei Sekunden lang still.Dann brach ein unkontrollierbarer Gelächter aus und Peng Qian konnte vor Lachen fast nicht mehr aufrecht stehen.Kapitän Zhou, er sagte, dass seine Freundin Ye Mei ist. Eigentlich meinte er es nur so ernst mit dem Träumen, aber er musste es trotzdem sagen, um peinlich zu sein. Ich sagte auch, dass meine Frau Ye Mei ist.Die Kühlschranktür schlug mit solcher Wucht zu, dass die beiden Personen, die sich im Wohnzimmer stritten, erschrocken waren.Zhou Shiyu senkte den Blick, sah die beiden an und sagte mit tiefer, unerträglicher Stimme: Wann verlässt du mein Haus?Normalerweise saßen die beiden in seinem Haus und plauderten endlos, aber Zhou Shiyu konnte sie völlig ignorieren.Aber heute bin ich aus unerklärlichen Gründen verärgert.Ich möchte keine genervte Stimme hören.Die Atmosphäre verstummte augenblicklich und die beiden kauerten sich auf dem Sofa zusammen und sahen Zhou Shiyu wie Wachteln an.Sie arbeiten seit so vielen Jahren zusammen. Zhou Shiyu zeigt selten Emotionen und er hatte nie das Auftreten eines Kapitäns, aber wenn er einmal wütend wird, reicht seine bedrückende Aura aus, um sie alle zu machen. Wagen Sie es nicht, ein Wort zu sagen.Peng Qian berührte seine Nasenspitze, nahm mutig die Informationen aus Zhou Shiyus Hand und schlüpfte schnell zurück in den Raum.Es ist noch früh, ich werde den Autopsiebericht studieren.Mein Vater hat mein Geld kürzlich eingefroren. Ich habe weder ein Haus noch ein Auto. Es ist so erbärmlich – Song Yu hustete leicht, aber bevor er zu Ende sprechen konnte, erschien plötzlich eine Nachricht auf dem Telefon, das auf den Tisch geworfen wurde.Die Augen der beiden Menschen fielen unbewusst gleichzeitig um.Ye Zi: [Bist du übermorgen frei? Ich werde dich nach der Arbeit finden]Sie musste zumindest fragen, was an diesem Tag los war. Es konnte doch nicht Song Yu sein, der letzte Nacht zu ihr nach Hause kam, oder?Das Licht schien auf Zhou Shiyus hohe Schultern und ließ seinen Schatten schlanker werden.Er senkte den Blick, betrachtete die Nachricht und schwieg lange.Die Atmosphäre war deprimierend wie Eis.Ein paar Sekunden später runzelte Zhou Shiyu die Stirn und schaute weg, warf die Dose mit einem Knall in den Mülleimer, hob seinen Mantel vom Sofa auf und ging zur Tür.Song Yu rief unbewusst: Bruder Yu, wohin gehst du?Kaufen Sie Zigaretten.Song Yu starrte ausdruckslos auf Zhou Shiyus Rücken.Er erinnerte sich, dass Zhou Shiyu in den letzten Jahren offensichtlich sehr sparsam geraucht hatte, aber es gab eine Zeit, in der er besonders zigarettensüchtig war.Zu diesem Zeitpunkt war Ye Mei gerade nach China zurückgekehrt und im ganzen Land für ihre großartigen Landschaftsgemälde bekannt. Über sie wurde in allen wichtigen Nachrichten berichtet.Song Yu war zu dieser Zeit damit beschäftigt, Ye Mei zu jagen, aber Peng Qian sagte ihm, dass Zhou Shiyu nicht wisse, warum er verrückt sei. Er konnte die ganze Nacht nicht schlafen und versteckte sich jede Nacht allein auf dem Balkon. Er rauchte eine Zigarette nach der anderen.Als er am nächsten Tag aufwachte, sah er oft Aschenbecher voller Zigarettenkippen.In diesem Moment konnte jeder sehen, dass Zhou Shiyu etwas tief im Kopf hatte.Der schwarze SUV raste durch Gassen und kam zu einer alten Villa.Zhou Shiyu parkte das Auto vor dem großen Baum, setzte sich auf den Fahrersitz und zündete sich eine Zigarette an.Draußen vor dem Fenster wehte ein starker Wind, die Äste bogen sich hartnäckig und die Blätter raschelten.Ein paar abgefallene Blätter rollten im Wind auf und bald wurde es wieder ruhig.Die Zigarettenkippen fielen unwissentlich auf einen Haufen und er wusste nicht, wie lange es dauerte, bis er den Blick senkte und Ye Mei rief.Ich bin unten bei dir zu Hause, lass uns reden.

Kapitel 29Nachdem er aufgelegt hatte, öffnete Zhou Shiyu das Fenster des Fahrersitzes, legte seinen Arm auf das Fenster und zündete sich eine weitere Zigarette an.Der Abendwind schlug wie verrückt gegen die Autoscheiben und es lag ein feuchter Geruch in der Luft. Wahrscheinlich würde es wieder regnen.Er blickte zur

Villa.Da dort das ganze Jahr über niemand lebt, sieht die ganze Villa unheimlich aus. Der ursprünglich schöne und exquisite Pavillon ist von Weinreben umgeben. Auch das kleine weiße Gebäude im Westernstil ist durch den Regen vergilbt und gesprenkelt. Der kleine Garten der Villa ist voller Überwucherung. Das Unkraut reichte manchen Menschen schon bis zu den Knien.Wenn der Wind weht, neigen sich die Unkräuter leicht in die gleiche Richtung.Benommen entblößte ein Mann mit kurzen Haaren plötzlich die Hälfte seines Kopfes.In der nächsten Sekunde hing die Hälfte des Kopfes herunter und war perfekt im Gras versteckt.Die Zigarette, die er ursprünglich zwischen seinen Fingerspitzen gehalten hatte, hörte plötzlich auf und ein äußerst schrecklicher Gedanke kam ihm in den Sinn.Zhou Shiyu drückte sofort seine Zigarette aus, öffnete die Autotür, stieg aus dem Auto und rannte in den Garten der Villa.Das weiße Schrottauto, das er an diesem Abend unter Ye Meis Fenster sah, war also keine Dekoration.Aber jetzt wächst das Unkraut immer länger und dieser Mann hat einen einfacheren und bequemeren Ort zum Verstecken gefunden.Egal aus welchem Blickwinkel Sie schauen, Sie können die Position von Ye Meis Fenster deutlich erkennen.Kalter Schweiß lief ihm über den Rücken. Sobald Zhou Shiyu sich dem Geländer in der Nähe des kleinen Gartens näherte, drehte der Mann plötzlich den Kopf und sah ihm in der Luft in die Augen.Zhou Shiyu hielt sofort mit einer Hand das Geländer hoch, drehte sich um und sprang in Richtung Garten.Egal wie schnell er war, als er die Position tief im Gras erreichte, verschwand der Mann plötzlich, als würde er aus der Welt verschwinden.Zhou Shiyu suchte blind das Gras auf beiden Seiten ab, sein Herz schien in ein Eisloch gefallen zu sein und seine Lippenwinkel wurden weiß.Er war so oft in dieser kleinen Villa. Wie konnte er es angesichts seiner jahrelangen Professionalität und Gewohnheiten nicht bemerken und ein Mädchen namens Ye Mei so lange allein an einem solchen Ort leben lassen?Der Anblick war so düster, dass Zhou Shiyu das Gesicht des Mannes gerade nicht klar erkennen konnte. Er erinnerte sich nur daran, dass seine Augen so dunkel waren. In dem Moment, als sie einander ansahen, schienen sie in einen Abgrund gefallen zu sein.Innerhalb von zwei Minuten kam Ye Mei langsam aus dem kleinen weißen Gebäude.Als sie den Anruf von Zhou Shiyu erhielt, warf sie sofort die Fernbedienung des Fernsehers weg, stand vom Bett auf und schaute aus dem Fenster.Der schwarze SUV parkte ruhig vor der Tür. Durch das Fenster konnte sie sich Zhou Shiyu vorstellen, wie er mit trübem Gesichtsausdruck auf dem Fahrersitz lehnte, eine Zigarette zwischen seinen schönen weißen Fingerspitzen und eine Zigarette in der anderen Hand hielt. Er sah aus wie er saß am Lenkrad und schnaufte.Ye Meis Wangen fühlten sich ohne Grund ein wenig heiß an. Sie holte hastig einen Mantel aus dem Schrank. Sie wollte einfach einen Mantel anziehen und nach unten gehen.In dem Moment, als ihre Schritte die

Treppe erreichten, schien Ye Mei plötzlich etwas einzufallen und kam in Hausschuhen zurück.Nach einem ganzen Nachmittag sorgfältiger Überlegung fand sie es endlich heraus.Der Grund, warum Zhou Shiyu sie jetzt als nichts betrachtet, ist, dass sie zu vorbehaltlos ist.Im Internet heißt es, dass die wertvollsten Dinge die Dinge sind, die nicht verfügbar sind, und dass sie umso bezaubernder sind, wenn sie weit weg sind.Also musste sie sich zurückhalten, sie musste zurückhaltend sein.Er sollte noch etwas warten müssen.Als Ye Mei zum Schminktisch zurückkehrte, bemalte sie sich speziell mit exquisitem Nackt-Make-up. Oberflächlich betrachtet sah sie aus, als ob sie kein Make-up trug, aber tatsächlich war sie offensichtlich viel schöner als zuvor.Nachdem er sich umgezogen hatte, verließ Ye Mei einfach das kleine Gebäude und sah Zhou Shiyu im Gras stehen.Wie eine kopflose Fliege suchte er verzweifelt das Gras auf beiden Seiten ab und bemerkte nicht einmal, dass Ye Mei herauskam.Ye Mei fragte unbewusst: Zhou Shiyu, was machst du hier?Stehen Sie einfach da und kommen Sie nicht vorbeiZhou Shiyu rannte sofort zu ihr, hielt sie mit beiden Händen fest an den Schultern und sah sie schnell mit seinen dunklen Augen an.Geht es dir gut? Ist gerade jemand reingekommen?Er wirkte zu nervös und offensichtlich außer Kontrolle.Ye Mei sah ihn zögernd an: Geht es dir gut?Zhou Shiyu schürzte die Lippen und blickte weiter in Richtung Gras.Es ist in Ordnung. Du gehst zuerst rein, verschließt die Tür und kommst nicht raus.Ye Mei runzelte die Stirn: Was meinst du damit, dass du plötzlich verrückt geworden bist?War er nicht derjenige, der sie gebeten hatte, herunterzukommen?Sei gehorsam und verlasse zuerst hier. Ich werde es dir später erklären.Ye Mei blickte in seine Blickrichtung, als sei etwas äußerst Gefährliches im Gras, etwas, das sogar ihr Leben bedrohen könnte.Tatsächlich wusste sie schon immer, dass Zhou Shiyu keine Angst vor Schmerzen hat, nicht an Geister und Götter glaubt und keine Angst vor Leben und Tod hat. Es gibt nichts auf dieser Welt, was ihm solche Angst machen könnte.Es sei denn, diese Angelegenheit hat etwas mit Ye Mei zu tun.Sie schien plötzlich etwas zu verstehen, das Blut an ihrem ganzen Körper wurde sofort ein wenig steif und ihre Fingerspitzen konnten nicht aufhören zu zittern.In diesem Fall konnte sie Zhou Shiyu nicht alleine draußen bleiben lassen.NEIN. Ye Mei verschränkte die Arme und lehnte sich gefühllos und unversöhnlich an die Wand. Sie wollte zusammen hineingehen, oder wir könnten alle draußen stehen. Es wäre sowieso cool.Es wehte ein starker Wind im Hof, und der starke Wind wehte durch den kleinen Hof der Villa. Der Unkrautfleck neigte sich sofort zur Seite. Aus der Ferne betrachtet war es ein ordentlicher Fleck ohne Nichts.Ye Mei ist heute Abend hier und er wagt es wirklich nicht, etwas zu riskieren. Wenn dieser menschliche Charakter für Ye Mei äußerst schädlich ist, wird es den Verlust nicht wert sein.Solange es den Leuten gut geht, ist das in

Ordnung.Zhou Shiyu schaute weg und ließ seine Hände auf beiden Seiten ihrer Schultern los.Gehen Sie rein, packen Sie Ihre Sachen und bleiben Sie zunächst bei mir zu Hause.Die Worte kamen so plötzlich aus seinem Mund, dass Ye Mei eine Weile nicht reagierte.Was hast du gesagt?Es ist hier nicht sicher für dich.Zhou Shiyu war offensichtlich in einer sehr unruhigen Stimmung und während er sprach, sah er sich ständig um.Die Atmosphäre war lange Zeit ruhig und Ye Meis Augen veränderten sich allmählich von leer zu ruhig.Ein paar Sekunden später packte sie sein Handgelenk, zerrte ihn in die Lobby des kleinen Gebäudes und schloss die Tür fest.Dann habe ich eine Frage an Sie, bitte beantworten Sie sie gut.Ye Mei blickte zu Ye Zhou Shiyu auf und sprach Wort für Wort.Letzte Nacht, warst du es?Der Regen kam gerade noch rechtzeitig und ergoss sich in Strömen, als sie mit dem Sprechen fertig war, als ob er die reichhaltige Atmosphäre absichtlich begleiten würde.Die Lichter im Flur bedeckten die Hälfte von Zhou Shiyus Gesicht mit Schatten. Er senkte den Blick und sah ihr in die Augen, wobei sich ein kleiner Schatten unter seinen Wimpern spiegelte.Diese Augen waren nicht mehr ruhig und gleichgültig, die schwarzen Pupillen zitterten leicht, ihre kleine Figur spiegelte sich darin und die Emotionen, die aus ihnen strömten, schienen sie bei lebendigem Leib zu ertränken.In der nächsten Sekunde zog eine große Hand an ihrem Hinterkopf und die Ecken ihrer leicht kalten Lippen blockierten ihren Mund.Ye Meis Wimpern zitterten leicht.Er reagierte mit seinen Taten auf sie. Die Person, die in dieser Nacht zu ihr nach Hause kam, war Zhou Shiyu.Zum Glück war es Zhou Shiyu.Zum Glück war es Zhou Shiyu.Zhou Shiyu beugte sich vor und küsste sie auf willkürliche Weise, wobei er mit einer Hand ihre Taille hielt und mit der anderen Hand über die Haare auf ihrem Kopf strich.Die dunkle Gestalt warf sich nieder und bedeckte Ye Mei vollständig.Die Aura von Zhou Shiyu umgab sie vollständig und all die Liebe verschmolz mit ihren Lippen und Zähnen.Ye Meis ganzer Körper war extrem heiß. Sie legte ihre Hände auf seinen hervorstehenden Hals. Zhou Shiyus Körper fühlte sich so kalt an. Die Muskeln an seinem Körper waren fest und stark und ihr Mund und ihre Zunge fühlten sich noch trockener an.Nach dem Kuss pressten sich ihre Körper aneinander.Ye Mei sah ihm in die Augen, ihre Augen waren ein wenig verschwommen und sie spürte sogar, dass sogar ihr Atem heiß war.Ich verstehe nicht.Bevor Sie nach Jiangcheng zurückkehren, kommen Sie mit mir nach Hause und lassen Sie mich zumindest für Ihre Sicherheit sorgen.

Kapitel 30Eine Stunde später packte Ye Mei vier große Koffer und kam heraus. Trotzdem lag immer noch mindestens ein halbes Bett voller Kleidung und Accessoires auf dem Bett und es gab keinen Platz dafür.Zhou Shiyu schien dies bereits geahnt zu haben. Er half ihr während des gesamten Vorgangs wortlos beim Packen ihres Gepäcks und warf gelegentlich einen Blick aus dem Fenster.Ye Mei saß auf dem Koffer, das Kinn in den Händen, blickte besorgt auf ihr Bett voller Kleidung.Wenn ich das gewusst hätte, hätte ich noch ein paar Kartons mehr gekauft. Es gibt so viele schöne Kleidungsstücke, und ich kann es nicht ertragen, eines davon hierher zu werfen.Zhou Shiyu bewegte seinen Blick zurück und warf einen leichten Blick auf das Bett.Ich bin erst seit einem Monat in Xicheng, daher ist es notwendig, so viele Klamotten mitzubringen.Dieser Satz wurde ganz beiläufig gesagt, nur ein lockeres Gespräch, aber Ye Mei hat ein Detail daraus mitbekommen.Sie kniff die Augen zusammen und sah ihn misstrauisch an.Woher wussten Sie, dass ich für einen Monat nach Xicheng komme?Zhou Shiyus Augenbrauen zuckten, aber er sagte nichts.Natürlich würde Ye Mei ihn nicht einfach so gehen lassen. Sie stand auf und hob ihren Kopf, um ihm in die Augen zu sehen.Zhou Shiyu, hast du meine Pressekonferenz gesehen?Zhou Shiyu runzelte leicht die Stirn und schaute weg.Nein, nur eine Vermutung.Ja, ich gebe es immer noch nicht zu.Offensichtlich erwähnte sie auf der Pressekonferenz nur die Angelegenheit, nach Xicheng zu kommen, um einen Monat lang zu unterrichten.Obwohl ich mich so genau daran erinnere, kann ich nicht sagen, dass es nur eine Vermutung war.Das Einzige, was sich an Zhou Shiyu nach all den Jahren nicht geändert hat, ist, dass sein Maul härter ist als das einer Ente.Zehn Minuten später holte Zhou

Shiyu aus dem Nichts ein paar gewebte Taschen hervor und legte alle Kleidungsstücke und Accessoires auf ihrem Bett hinein.Fast alles, was man in diesem Haus mitnehmen und benutzen konnte, hatten sie weggepackt, als würden sie nie wieder zurückkommen.Auf dem Weg zu Zhou Shiyus Haus begann es draußen leicht zu regnen und die Landschaft vor dem Fenster wurde durch den Regen verschwommen.Ye Meis Blick wanderte zum Fenster, aber die Szene des Kusses war in ihrem Kopf.Die Wurzeln ihrer Ohren waren schwer verbrannt, ihre Wangen waren sichtbar gerötet und sogar ihre Brust hob und senkte sich ungewöhnlich.Zhou Shiyu erwähnte diese Angelegenheit später nie und es war ihr zu peinlich, danach zu fragen.Aber Ye Mei ist gut gelaunt.Zumindest kann sie sicher sein, dass es Zhou Shiyu war, der in dieser Nacht zu ihr nach Hause kam, und dass es Zhou Shiyu war, der sie küsste.Eine Stunde später blieb das Auto langsam in der Tiefgarage stehen.Zhou Shiyu schleppte vier Koffer und brachte Ye Mei bis zum Sightseeing-Aufzug, während er gleichzeitig ein paar Worte erklärte.Song Yu wohnt seit kurzem vorübergehend bei mir zu Hause, und es gibt auch einen Kollegen von mir namens Peng Qian. Sie sind beide maßvolle Menschen und werden die Grenze nicht überschreiten. Sie können sicher sein, hier zu leben.Ye Mei hob die Augenbrauen.Offensichtlich ist sie die Person, die Lebendigkeit am liebsten mag. Wann hat sie sich jemals darum gekümmert? Je mehr Leute, desto besser. Am besten wäre es, eine Party zu Hause zu veranstalten.Als Ye Mei im Aufzug stand, senkte sie den Blick und schaute nach unten. Die Landschaft und die Menschen in ihren Pupillen wurden immer kleiner, je höher der Boden ging.Diese Gemeinde liegt im Stadtzentrum. Sie ist von Hochhäusern umgeben, Schulen, Krankenhäuser und Einkaufszentren sind vorhanden. Auch die Umweltbebauung im Hof ist gut. Es wird geschätzt, dass der Kauf dieses Hauses nicht billig sein wird .Genau wie sie es vermutet hatte.Zhou Shiyu führt jetzt tatsächlich ein gutes Leben, zumindest muss er sich keine Sorgen mehr um die Finanzen machen.Die Tür wurde geöffnet und bevor Ye Mei den Raum betrat, ertönte eine nachlässige Stimme vom Sofa.Team Zhou, warum bist du zurückgekommen? Song Yu sagte, dass er zu Hause etwas zu erledigen habe und in den nächsten Tagen möglicherweise nicht zurückkommen werde.Im Wohnzimmer läuft der Fernseher, drinnen läuft ein großes Kostümdrama.Peng Qian lag träge auf dem Sofa, sein Blick fiel auf den Fernseher, ohne sich abzuwenden.Zhou Shiyu warf ihm einen Blick zu und sagte leise: „Lassen Sie mich vorstellen, das ist Peng Qian, mein Kollege, der in dieser Zeit vorübergehend bei mir zu Hause wohnt. "Als Peng Qian das hörte, drehte er sich sofort um.In der nächsten Sekunde weiteten sich seine Augen und er erstarrte auf der Stelle.Zhou Shiyu sah Ye Mei erneut an, sein Ton war immer noch ruhig: Das ist Ye Mei.Dies ist nicht mehr möglichSie war auch neugierig, wie Zhou Shiyu ihre Beziehung vorstellen würde.Ye Mei verzog die Lippen.Als sie Peng Qian vorstellte, hielt sie eine lange Rede: Warum blieben ihr nur noch vier Wörter übrig?Ach du lieber Gott. Peng Qian ist immer noch nicht zur Besinnung gekommen und redet zusammenhangslos: Kapitän Zhou, das ist, das ist nicht das, das im Fernsehen und in den Nachrichten, verdammt, woher kennt ihr euch?Zhou Shiyu warf ihm einen leichten Blick zu und schleppte dann vier Koffer in den Flur hinter dem Wohnzimmer.Die Angelegenheit ist kompliziert. Wie auch immer, sie wird in naher Zukunft hier leben. Ihr beide solltet entweder ausziehen oder vorsichtig sein.Peng Qian war offensichtlich nicht in der Stimmung, zuzuhören, was er sagte, und alle seine Augen fielen auf Ye Mei. Er stand einfach verständnislos da, ohne etwas zu sagen oder sich zu bewegen, als wäre er wie versteinert.Am Ende war es Ye Mei, der als Erster die Sackgasse durchbrach und vortrat, um Hallo zu sagen.Sie ging auf Peng Qian zu, streckte eine Hand aus und hob leicht ihre Lippenwinkel.Peng QianUnter dem Licht war das Mädchen vor ihr so schön, dass sie so umwerfend war.Die glatte Haut sieht unter dem Licht noch weißer und zarter aus. Diese Fuchsaugen scheinen geboren zu sein, um die Seele der Menschen anzulocken. Die natürlich angehobenen Lippenwinkel sind zu diesem Zeitpunkt leicht gebogen, mit einem unbeschreiblichen zusätzlichen Ton. Charmant und extravagant .Er muss ein Charakter sein, mit dem man sich nicht leicht anlegen lässt. Er wirkt lässig, aber tatsächlich steckt in jedem Blick eine unbeschreibliche Arroganz.Hallo Hallo.Peng Qian kam wieder zur Besinnung, wischte sich zweimal sanft die Handflächen an den Hosenbeinen ab und hob dann seine Hand, um ihr die Hand zu schütteln.Es ist nicht nötig, so höflich zu sein. Du bist Zhou Shiyus Freund, also sind wir auch Freunde.Kann ich Ihnen dann eine Frage stellen?Peng Qian warf einen Blick ins Hinterzimmer, senkte die Stimme und fragte zögernd.Welche Beziehung haben Sie zu Team Zhou und mir?Song Yu hat mir nicht gesagt, war das Ye Mei seine Freundin? Warum ist sie Zhou Shiyu heute nach Hause gefolgt?

Kapitel 31welche BeziehungYe Mei dachte einen Moment nach und wie Zhou Shiyu sagte, war die Beziehung zwischen den beiden tatsächlich etwas kompliziert und sie konnte es eine Weile nicht klar erklären.Sie fragte einfach zurück: „Hat Zhou Shiyu mich Ihnen gegenüber schon einmal erwähnt? "es gab nie. Peng Qian antwortete wahrheitsgemäß, aber Song Yu spricht oft über dich und sagt, du seist schön und so weiter.Ye Mei lächelte: Song Yu und ich sind Freunde.Es ist nicht so, dass jeder wie Zhou Shiyu ist. Es scheint eine Schande und Demütigung zu sein, sie kennenzulernen. Selbst wenn sie ihr von Angesicht zu Angesicht begegnen, werden sie wie ein Fremder ein

Auge zudrücken.So ist es jetzt, und so war es auch in der Highschool.Er hat sich diesbezüglich wirklich überhaupt nicht verändert.

Vor acht Jahren, Xicheng Town.Am ersten Wochenende ihrer ersten Schulwoche bat Ye Mei Xie Rong, für Xie Rong die Anmietung eines Veranstaltungsortes zu arrangieren.Sie bezahlte eine sehr luxuriöse und großartige Geburtstagsfeier.Jeder Schüler der Xicheng-Mittelschule kann teilnehmen. Alles, einschließlich Essen, Trinken und Spaß, ist kostenlos, und jeder Teilnehmer erhält ein Geschenk.Als Gastgeber dieser Party sollte Ye Meili das Streben und die Bewunderung aller annehmen.Bald wurde sie eine berühmte Persönlichkeit in der Schule.Egal, ob sie in der Mittel- oder Oberschule sind, fast jeder kennt sie nicht.Jeder weiß, dass es in der dritten Klasse der High School ein superschönes, reiches Mädchen gibt. Sie ist nicht nur großzügig mit ihrem Geld, sondern verliert auch nie die Beherrschung.Als sie das hörten, stellten sich viele Menschen in eine Schlange, um ihr Komplimente zu machen und ihr eine Freude zu machen. In nur einem Monat war Ye Mei zu einer äußerst schönen Kulisse in der Schule geworden.Egal wohin sie geht, es gibt immer Menschen um sie herum.Vor dem Unterrichtsgebäude hatte Zhou Shiyu gerade seine Mathe-Hausaufgaben erledigt, als er hinausging, traf er Ye Mei, der von allen gelobt wurde.Sie kam wahrscheinlich gerade aus dem Supermarkt und Xie Rong trug neben ihr eine große

Tüte Snacks.Die meisten Leute, die ihr folgten, waren Gangster in der Schule, die es genossen, die Schule zu schwänzen und sich zu streiten, jeden Tag in der Schule herumzuhängen und wenig Gelehrsamkeit oder Fähigkeiten zu zeigen.Ye Mei war in letzter Zeit mit dieser Gruppe von Leuten zusammen.Zhou Shiyu runzelte die Stirn und verstärkte seinen Griff um den Stift.Gerade als er sich umdrehen und gehen wollte, verließen plötzlich zwei Mädchen das Lehrgebäude und diskutierten im Gehen, und das Thema bezog sich auf Ye Mei.Das Mädchen mit dem Pferdeschwanz sprach zuerst, ihr Ton war voller Verachtung.Ist das Ye Mei aus der 3. Klasse? Lass mich gehen. Schau dir ihre Arroganz an, ihr Kinn ist fast in den Himmel gehoben. Ist sie nicht nur ein bisschen stinkend?Wer weiß, ob ihr Geld sauber ist? Hast du es noch nicht gehört? Sie scheint Zhou Yan zu kennen, also kennst du das Geld.Es ist so lustig, dass du es wagst, in der Schule so anzugeben, dass du so stark bist, dass du wirklich denkst, du seist ein Gericht.Keine Sorge, sie ist schon seit einiger Zeit arrogant und wartet nur darauf, dass Zhao Guanyang sich um sie kümmert.Was meinst du damit, verfolgt Zhao Guanyang sie nicht?Was verfolgst du? Es ist alles Fake.Das Mädchen mit dem Pferdeschwanz lächelte geheimnisvoll.Das liegt daran, dass Ye Mei zu extravagant war, seit sie an unsere Schule kam, und einigen Leuten das Rampenlicht gestohlen hat. Einige Leute konnten nicht still sitzen, also bezahlten sie Zhao Guanyang, um sie zu behandeln.Beim Reden hatte das kurzhaarige Mädchen stets das Gefühl, dass die Atmosphäre um sie herum kühl sei. Sie hob unbewusst den Kopf und begegnete Zhou Shiyus dunklen, gleichgültigen Augen.Zhou Shiyu stand nicht weit von ihnen. Er war extrem groß, mit breiten, geraden Schultern, starken und scharfen Gesichtszügen, einem leichten Schauer in den Augen und einer unverhohlenen Gleichgültigkeit zwischen seinen Augenbrauen.Er hat eine äußerst schöne Haut, doch sein ganzer Körper ist stets von einer unerklärlichen Aura der Feindseligkeit umgeben.Es macht den Menschen Angst, sich ihm zu nähern.Fast niemand in dieser Schule kennt ihn nicht.Abgesehen von Zhou Yans Beziehung weiß jeder, dass Zhou Shiyu eine zurückgezogene und gleichgültige Persönlichkeit hat. Er spricht nie mit jemandem, es sei denn, es ist nötig.Er hat keine Freunde und kein soziales Leben.Er trennte sich von dieser Schule und dieser Welt und würde immer allein sein.Aber heute stand er so vor ihnen, als würde er absichtlich auf sie warten.Das kurzhaarige Mädchen war offensichtlich erschrocken. Sie erinnerte sich plötzlich daran, dass Zhou Yan gerade in dem Gespräch zwischen den beiden erwähnt worden war, und trat unbewusst zurück.Sie senkte den Kopf und wollte sich gerade entschuldigen, als sie plötzlich eine sanfte Stimme vor sich hörte: Aus welcher Klasse kommt Zhao Guanyang?Das kurzhaarige Mädchen war fassungslos und hatte nicht erwartet, dass Zhou Shiyu das überhaupt fragen würde.Zhou Shiyu runzelte leicht die Stirn, offensichtlich etwas ungeduldig. Er wollte gerade etwas sagen, als das Mädchen mit dem hohen Pferdeschwanz zuerst reagierte.Viertens das Sportausschussmitglied der vierten Klasse.Nachdem Zhou Shiyu gehört hatte, was sie sagten, war er plötzlich ein wenig beeindruckt.Ab letzter Woche begann dieses sogenannte Sportkomiteemitglied, Ye Mei leidenschaftlich zu verfolgen.Sie erhält nicht nur jeden Tag einen Strauß Rosen, sondern wartet auch jeden Tag vor Schulschluss an der Klassentür auf sie. Außerdem liefert sie jeden Tag fleißig Geschenke und Frühstück aus. Sobald sie aus dem Unterricht kommt, ist es soweit wird immer Zhao Guanyang an der Tür der Klasse 3 sein.Tatsächlich gab es in der Vergangenheit viele Gerüchte über dieses Sportausschussmitglied.Wegen seines herausragenden Aussehens und seiner sportlichen Fähigkeiten war er schon immer bei Mädchen beliebt. Er ist sogar beliebter als Xie Rong. Es ist keine Übertreibung, ihn als das Idol der Schule zu bezeichnen.Zhou Shiyus Blick fiel auf Ye Mei und andere, die bereits weggegangen waren.Tatsächlich sah er hinter ihr die Gestalt von Zhao Guanyang.Zhou Shiyu runzelte die Stirn noch fester und sein Blick blieb, bis die Gestalten mehrerer Menschen aus seinem Blickfeld verschwanden.Die beiden Mädchen standen immer noch da, ohne sich zu bewegen.Als er an ihnen vorbeikam, blieb Zhou Shiyu stehen, legte den Kopf leicht schief und senkte die

Stimme.Außerdem bin ich kein Gentleman und kann es nicht ertragen, wenn mir Fliegen in den Ohren fliegen.Der Ton war flach und gleichgültig, und keine Emotionen waren zu hören.Je schlichter es war, desto gruseliger wirkte es auf sie.Eine fast eiskalte Atmosphäre umhüllte sie.Das Mädchen mit dem hohen Pferdeschwanz schluckte unbewusst.Sie wusste in ihrem Herzen sehr gut, dass Zhou Shiyu keineswegs so ruhig und gelassen war, wie er oberflächlich betrachtet schien.Er ist ein Wahnsinniger, der Typ Mensch, der sich Dutzende Male revanchieren kann, wenn ihn ein Hund beißt.Er hat nie die Schule geschwänzt, aber nicht nur, dass kein Gangster in der Schule es gewagt hat, sich mit ihm anzulegen, sie haben ihm auch in jeder Hinsicht geschmeichelt.Natürlich gibt es für all das einen Grund.Bevor Zhou Shiyu noch etwas sagen konnte, senkte das Mädchen mit dem hohen Pferdeschwanz den Kopf und entschuldigte sich sehr weise.Entschuldigung, wir werden es beim nächsten Mal nie wagen, hinter ihrem Rücken über andere zu sprechen, insbesondere über Schwester Zhou Yan und Ye Mei.Zhou Shiyu senkte leicht den Blick und seine dunklen Augen fielen auf sie.Okay, ich erinnere mich an dich.Nachdem Zhou Shiyu gegangen war, fiel das Herz des Mädchens mit dem hohen Pferdeschwanz in die Luft und sie lehnte sich kraftlos an die Wand.Sie holte tief Luft und stellte fest, dass das kurzhaarige Mädchen neben ihr immer noch benommen war.Hey, du hast solche Angst. Warum bist du so benommen? Wir haben so viel Pech, dass wir Zhou Shiyu getroffen haben.Das kurzhaarige Mädchen starrte ausdruckslos auf Zhou Shiyus Rücken.Er sieht so gut aus. Aus der Nähe sieht er noch schöner aus. Er ist so hormonell veranlagt, wenn er wütend ist. Hilfe, ich kriege gleich Nasenbluten.Das Mädchen mit dem hohen Pferdeschwanz war für einen Moment fassungslos und zwei Sekunden später hätte sie vor Wut fast gelacht.Kannst du bitte aufwachen? Das ist Zhou Shiyu. Er möchte, dass deine Mutter weiß, dass du mit ihren Geschwistern spielst, ohne dir die Beine zu brechen.Das kurzhaarige Mädchen verzog die Lippen: Ich weiß, ich bin nur eine Nymphomanin.Zhou Shiyu ging mit seinen Mathe-Hausaufgaben im Arm ins Büro. Als er an der Tür der vierten Klasse vorbeikam, warf er unbewusst einen Blick hinein.Zhao Guanyang mischte sich unter die Mädchen, lachte, spielte und umarmte sich. Viele rotgesichtige Mädchen starrten ihn an der Tür an.Er wandte seinen Blick zurück und stieß die Bürotür auf.In der hinteren Ecke des Büros lehnte Ye Mei am Fenster und hörte zu, wie ihr Schulleiter Ren mit ihr plapperte.Ye Mei, siehst du wie ein Student aus? Warum machst du deine Hausaufgaben, machst sie aber nicht und hörst im Unterricht nicht zu? Denkst du, dass du durch die Hölle gehst? Schau dir an, wie viele Punkte du hast im Chinesisch-Sprachtest. Ist es für Chinesen lächerlich, in der chinesischen Sprache durchzufallen?Ye Mei hörte offensichtlich nicht viel zu. Sie senkte gelegentlich den Kopf, faltete zweimal die Hände und richtete gelegentlich den Blick auf das

Fenster.In dem Moment, als die Tür geöffnet wurde, warf Ye Mei beiläufig einen Blick aus der Tür.Ihre Augen standen sich zufällig in der Luft gegenüber, und in ihren Augen verbarg sich eine unbeschreibliche Emotion.Ye Mei verspürte plötzlich ein leichtes Jucken in ihrem Herzen, als wäre sie von Mücken gebissen worden. Die dichten Stiche bereiteten ihr Unbehagen.Ich weiß nicht, wie lange es gedauert hat, aber Zhou Shiyu schaute schließlich zuerst weg.Er ging zum Schreibtisch des Mathematiklehrers und reichte dem Lehrer das Hausaufgabenheft.Hey, ignoriere sie. Ignoriere sie.Sie sollte wütend sein, aber sie wurde trotzdem wütend.Auf der Geburtstagsfeier vor einem halben Monat versprach Zhou Shiyu Ye Mei deutlich, dass er kommen würde.Ye Mei wartete in dieser Nacht lange, sah Zhou Shiyu aber nicht. Später gab sie nicht auf und ging fragen, wurde aber von jemandem mitgenommen, der sagte, sie hätten keine Zeit.Ye Mei war fast wütend.Ob die Liebe kommt oder nicht, ist ihr egal.Hörst du mir zu?Der Schulleiter Ren runzelte die Stirn und schob seine Brille hoch.Ich denke, du bist nur ein stures Mädchen und wirst es nicht bereuen. Wenn du so weitermachst, musst du wohl wirklich in eine andere Klasse versetzt werden.Ye Mei ist kein Dummkopf, sie kann verstehen, was der Klassenlehrer meint.Ein Klassenwechsel bedeutet offensichtlich, sie aufzugeben.Diese Klasse ist die beste der gesamten Schule, und alle Schüler, die die Hoffnung haben, auf renommierte Schulen zu gehen, sind hier versammelt.

Um diese Gelegenheit hat Zhou Yan immer wieder gebeten.Ye Mei sagte nichts.Der Klassenlehrer Ren sah zu ihr auf: „Hast du noch etwas zu sagen? Solange du deinen Fehler eingestehst, wirst du in Zukunft eine Chance haben, Buße zu tun. "Die Atmosphäre war zwei Sekunden lang still und Ye Mei schüttelte den Kopf.Nicht mehr, Lehrer.Der Schulleiter Ren blickte eine Weile zu ihr auf und seufzte dann.Vergiss es, geh zuerst zurück.Die Tür wurde sanft geschlossen und nachdem Ye Mei gegangen war, herrschte im Büro wieder Stille.Zhou Shiyu ging auf den Klassenlehrer zu und sagte: Lehrer, ich habe die Arbeiten für diesen Wettbewerb bereits eingereicht.Gut. Ich werde Sie informieren, wenn es die Prüfung besteht.Äh.Die Atmosphäre war einige Sekunden lang still, dann sprach Zhou Shiyu plötzlich.Lehrer, Ye Mei hat keine Chance.Der Klassenlehrer Ren hob die Augenlider und sah ihn verwirrt an.Zhou Shiyu bückte sich und sprach äußerst aufrichtig.Gib mir zwei Monate und ich werde dir Hoffnung zeigen. Sie ist ein guter Sämling. Ich bitte dich, sie nicht aufzugeben.Sie hat Zhou Shiyu zwei Jahre lang mitgenommen.Normalerweise ist er kein neugieriges Kind, aber seit Ye Mei hierher gekommen ist, hat er immer wieder Ausnahmen gemacht, um für sie zu intervenieren.Der Klassenlehrer Ren nahm die Teetasse und trank einen Schluck: Xiao Zhou, du hast ein ungewöhnliches Gefühl für dieses Mädchen.Zhou Shiyu senkte den Blick und schwieg.Denken Sie nicht, dass die Worte des Lehrers unangenehm sind. Der

Lehrer mag Sie sehr, deshalb möchte er nicht, dass Sie in Zukunft verletzt werden.Wie auch immer, er wird bald erwachsen sein und Zhou Shiyus Persönlichkeit ist ruhiger als die seiner Altersgenossen, also brach der Schulleiter einfach das Oberlicht auf und sprach offen.Ye Mei ist ein Kind. Die Lehrerin kann sehen, dass sie kein schlechtes Kind ist, aber schauen Sie sich ihr Outfit an. Jedes Kleidungsstück kostet Zehntausende Yuan. Das kann man sich nicht leisten. Und sie beide sind stur vom Charakter her. Ihr seid euch so ähnlich. Wenn ihr in Zukunft wirklich zusammenkommt, werdet ihr bestimmt endlose Streitereien haben.In der Tat.Was Lehrer Zheng gesagt hat, ist absolut richtig.Selbst wenn er sein gesamtes Vermögen ausgeben würde, würden Ye Meis Kleidung immer noch nicht so viel kosten. Diese Party kostete mehr als Zhou Shiyu und seine Schwester zwei Jahre lang für den Lebensunterhalt aufkommen mussten.Sie waren noch nie die gleichen Menschen.Zhou Shiyu hat nie daran gedacht, hoch hinauszuklettern.Zhou Shiyu sagte leise: Ich verstehe.

Gegen elf Uhr abends lehnte Ye Mei mit verschränkten Armen aus dem Zimmer und sah zu, wie Zhou Shiyu ihr Bett machte.Auf den ersten Blick sieht es so aus, als ob niemand darin gewohnt hätte. Alles ist brandneu, selbst die Folie auf dem Fernseher und dem Tisch wurde nicht entfernt.Aber es ist seltsam. Dies ist wahrscheinlich das beste Zimmer in ihrem Haus. Warum ist es normalerweise leer?Für wen kaufte er es dann?Zhou Shiyu.ÄhYe Mei kniff die Augen zusammen und sah ihn an: Ich konnte dich vor acht Jahren nicht verstehen, und jetzt kann ich dich immer mehr nicht verstehen.Zhou Shiyu:

Kapitel 32Nachdem er alles im Raum erledigt hatte, holte Zhou Shiyu einen Schlüssel aus seiner Tasche und reichte ihn Ye Mei.Das ist der Schlüssel zu diesem Raum. Nur Sie haben ihn. Niemand kann normal hineinkommen.Ye Mei nickte.Das bedeutet, dass sie hier ohne Sorgen leben kann.Auch die Toilette und das Badezimmer in diesem Haus stehen Ihnen zur alleinigen Nutzung zur Verfügung. Sie wurden noch nie von jemandem benutzt und sind alle sauber.Ye Mei senkte den Blick und blickte auf den Schlüssel in ihrer Hand. Als Zhou Shiyu zur Tür ging, hob sie plötzlich den Kopf und rief ihn.Zhou Shiyu.ÄhYe Mei blinzelte und sah ihn voller Neugier an.Welches ist Ihr Zimmer?Zhou Shiyu kannte sie am besten und je mehr Ye Mei so aussah, desto weniger gut würde sie tun.Ich weiß nicht, was für eine schlechte Medizin dieses Mädchen in ihrem Kürbis verkauft.Sie müssen sich darüber keine Sorgen machen.Danach ging er wieder zur Tür. Ye Mei ließ ihn nicht so einfach gehen. Sie ging schnell zur Tür und schloss sie.Ihr Rücken war gegen die Tür gedrückt, ihre wunderschönen Fuchsaugen voller Sturheit.Du musst es mir sagen, sonst gehe ich heute Abend in Peng Qians Schlafzimmer, um mit ihm zu spielen, und er sagte zufällig, dass er mich sehr mag.Ye Mei verstärkte absichtlich die Dezibel, und das Geräusch umgab den gesamten Raum. Wahrscheinlich war es sogar im Wohnzimmer bei geschlossener Tür zu hören.Genau wie sie es vermutet hatte, veränderte sich Zhou Shiyus Gesichtsausdruck und er trat unbewusst vor, um ihren Mund zu bedecken.Du bist ein Mädchen und redest Unsinn.In dem Moment, als er näher kam, fiel ein langer, dunkler Schatten herab und bedeckte ihren Kopf vollständig.Ye Mei war sofort von Schatten umgeben.Zhou Shiyus Hände rochen sehr gut, als wären sie gerade mit Handseife mit Minzgeschmack gewaschen worden.Seit der High School scheint er diesen Geschmack immer gemocht zu haben.Ye Mei hob die Augenlider, um ihn anzusehen, und ihre Stimme klang gedämpft durch ihre Hände.Dann nennen Sie mir Ihr Zimmer, falls ich beim Herumstöbern mitten in der Nacht das falsche finde.Warmer Atem traf Zhou Shiyus Handfläche und er konnte sogar die Temperatur zwischen Ye Meis Lippen und Zähnen spüren.Heiß, sengend, genau wie damals, als wir uns an diesem Tag küssten.Zhou Shiyus Adamsapfel rollte zusammen und er schien die leicht erhabenen Ecken seiner Lippen durch seine Hand sehen zu können.So ein schöner und weicher Mund, wenn du ihn jetzt küsst, wird er sehr schön sein.Die Atmosphäre war mehrere Sekunden lang still. Das Licht im Raum schien auf Zhou Shiyus Rücken. Ye Mei hob ihren Kopf und begegnete seinen gesenkten Augen in der Luft.Die Augenbrauen und Augen, die immer noch halb scherzten, verwandelten sich langsam in ein Lächeln.Ye Mei sah ihn an, in ihren Augen schwebten noch immer Emotionen. Sogar die beiden verschmolzenen Gestalten verdeutlichten die Verwirrung und Zweideutigkeit der Atmosphäre zu diesem Zeitpunkt.Sie hob ihre Hände und legte fast unbewusst ihre Arme um seine Taille.In diesem Moment schien Zhou Shiyu plötzlich etwas zu begreifen, er nahm seine Hand zurück und trat zwei Schritte zurück, als hätte er einen Stromschlag erlitten.Ye Meis erhobener Arm erstarrte in der Luft. Sie senkte den Blick und zog ihn nach ein paar Sekunden langsam zurück.Zhou Shiyu runzelte die Stirn und zog die Mitte seiner Augenbrauen zusammen. Als er sprach, war seine Stimme etwas heiser.Es ist zu spät, ruhen Sie sich aus.Sag es.Er zog an der Türklinke und ging hinaus.Gerade als die Schlafzimmertür geschlossen werden wollte, rief Ye Mei plötzlich nach ihm.Zhou Shiyu.Zhou Shiyu blieb stehen.Ye Mei stand in der Tür und sah ihn mit sanftem Ton an.Gute Nacht.Plötzlich wurde es zwei Sekunden lang still in der Atmosphäre. Zhou Shiyu festigte seinen Griff um die Türklinke und antwortete leise.Gute Nacht.Nachdem er Ye Meis Zimmer verlassen hatte, fühlte sich Zhou Shiyus Mund aus unerklärlichen Gründen trocken und juckend an.Er ging am Wohnzimmer vorbei und ging zum Wasserkocher in der Küche, um ein Glas Wasser zu holen.Peng Qian, der im Wohnzimmer auf und ab ging, folgte ihm sofort. Er senkte absichtlich seine Stimme und sein Ton war extrem übertrieben.Nein, Team Zhou, was ist los? Warum hast du nicht gesagt, dass du schon einmal einen so großen Jäger gekannt hast?Zhou Shiyu senkte den Blick und blickte auf das Wasser in der Tasse, sein Ton war hell.Sie ist kein Star.Im Internet wurde schon früher enthüllt, dass sie mehr Geld verdient als Prominente. Sie ist so schön und hat sich bei ihrem Debüt nicht auf ihr Gesicht verlassen, um Geld zu verdienen. Stattdessen verlässt sie sich auf ihre wahren Fähigkeiten, die so erstaunlich sind.Peng Qian kratzte am Küchentürrahmen und sah Zhou Shiyu neidisch an.Team Zhou, es ist zu beschämend für Sie, einen solchen Freund zu haben.Zhou Shiyu sagte nichts, seine Augen senkten sich immer leicht.Peng Qian war heute Abend offensichtlich in besonders guter Stimmung. Unabhängig davon, ob Zhou Shiyu mit ihm sprach oder nicht, hatte er nicht die Absicht, damit aufzuhören.Ich saß nur im Wohnzimmer und habe lange überlegt: Ist diese Ye Mei nicht wirklich Soong Yus Freundin? Deshalb kennst du sie. Aber das ist vernünftiger. Denken Sie darüber nach, obwohl dieser Song Yu jeden Tag mit uns rumhängt, ist seine Familie wirklich die reiche zweite Generation, und er ist von seinem Studium in den Vereinigten Staaten zurückgekehrt. Er hat einen Master-Abschluss, sieht gut aus , und ist engagiert. Wenn man darüber nachdenkt, passen sie in jeder Hinsicht gut zusammen, besonders nachdem Song Yu das Familienunternehmen geerbt hat. Es ist einfach eine Übereinstimmung zwischen dem verliebten CEO und der schönen Malerin, und sie sind talentiert in Idol-Dramen. Da sind Handlungsstränge.Zhou Shiyu schwieg. Seine Hand, die die Tasse hielt, wurde immer fester und seine Fingerspitzen wurden irgendwann weiß.Tatsächlich hatte er schon immer gewusst, was Peng Qian sagte, aber als er diese Worte heute hörte, fühlte er sich immer noch leer in seinem Herzen und seine Brust war so eng, dass er fast erstickte.Zhou Shiyu sagte von Anfang bis Ende kein Wort. Peng Qian bekam keine Antwort und sagte, er sei es leid, allein zu sein.Er ging langsam an Zhou Shiyus Seite und warf beiläufig einen Blick auf das Glas.In der nächsten Sekunde rief er unbewusst aus.Team Zhou.Wasser, Wasser ist übergelaufen.Erst dann kam Zhou Shiyu zur Besinnung und drehte sofort den Wasserhahn zu.Das heiße Wasser ist aus dem Glas übergelaufen, die Tischplatte ist mit einer Schicht Wasserflecken bedeckt und es tropft auf den Boden.Verdammt, es kommt dir so vor, als hättest du eine Verbrennung. Warte nur, ich hole dir etwas Medizin.Peng Qians Blick fiel auf die Spitze von Zhou Shiyus Zeigefinger und sein Tonfall war offensichtlich panisch.Es war tatsächlich eine sehr schwere Verbrennung. Der Zeigefinger meiner linken Hand wurde rot, geschwollen und hässlich, und es waren mehrere Blasen zu sehen.Braucht nicht.Zhou Shiyu steckte die Hände in die Taschen und warf ihm einen leichten Blick zu.Haben die Leute, um deren Überprüfung ich Sie gebeten habe, es gefunden?Peng Qian fasste sich schuldbewusst an die Nasenspitze: Der

Ort, den Sie erwähnt haben, liegt in der Wildnis und es gibt keine Überwachung. Wie könnte es so einfach sein, ihn zu überprüfen?Zhou Shiyu nahm das Wasserglas und warf ihm noch einmal einen Blick zu, als er die Küche verließ.Dann sind Sie immer noch daran interessiert, zufällige Vermutungen anzustellen?Peng Qian:Gegen ein Uhr morgens fühlte sich Zhou Shiyu immer noch überhaupt nicht schläfrig.Er stand vor dem riesigen, vom Boden bis zur Decke reichenden Fenster seines Schlafzimmers und sein Blick fiel auf die Autos, die die Treppe hinunterrasten.Nur die kleine Nachttischlampe im Zimmer war eingeschaltet, und das schwache gelbe Licht warf seine Figur und den Schatten des Hängekorbs vor dem Fenster auf die weiße Wand.Zhou Shiyus Gedanken waren voll von der Szene des heutigen Abends.Er war in letzter Zeit so seltsam, dass er ständig die Kontrolle über seine Gefühle verlor.Besonders wenn ich Ye Meis schönen und arroganten Mund sehe, kann ich nicht anders, als sie zu küssen.Seit so vielen Jahren betrachtet sich Zhou Shiyu immer als einen sehr toleranten Menschen, der trotz Schmerz und Leid ruhig bleiben kann.Aber jetzt macht er wegen Ye Mei immer eine Ausnahme.Er wollte Ye Mei egoistisch näher kommen und noch näher kommen.Ich möchte sie umarmen, ich möchte sie küssen.Ich möchte sie daran erinnern, nicht nur Getränke zu trinken, wenn sie Medikamente einnimmt.Aber Zhou Shiyu verstand.Er verfügt nicht über diese Qualifikation.Ob zu meiner Schulzeit oder jetzt.Er ist Ye Mei nicht würdig.Der Abstand zwischen ihnen ist zu groß und kann nicht durch harte Arbeit überbrückt werden.Ein Tropfen kalter Berührung fiel auf seinen Hals und Zhou Shiyu hob den Kopf und blickte in die Luft.Es schneit draußen.Es ist erst November und es muss das erste Jahr sein, in dem es in Xicheng so früh schneit.Schneeflocken schwebten langsam in der Luft und die Zweige, Blätter und der Boden waren mit einer dünnen Schicht weißen Reifs bedeckt.Der Abendbrise folgend, fiel eine Schneeflocke durch das Fenster.Zhou Shiyu hob seine Hand und fing das Stück reines Weiß auf.Das Weiß in ihrer Handfläche verschwand augenblicklich. Es war die Stelle, an der gerade Ye Meis Atem austrat, und es ist bis jetzt immer noch heiß und heiß.Durch einen seltsamen Zufall hob Zhou Shiyu seine Hand und berührte sanft seine Lippen.Durch eine Wand getrennt stand Ye Mei, bekleidet mit Baumwollpyjamas und Baumwollpantoffeln, auf dem Balkon und streckte sich mit einer Hand aus dem Fenster, um Schneeflocken zu fangen.So schön, es schneit.Dem Niveau nach zu urteilen, wird es morgen früh definitiv Schnee geben.Sie wird Zhou Shiyu bitten, morgen einen Schneemann zu bauen, der so groß wie ein Mensch ist.Das Gleiche wie damals, als ich ein Teenager war.

Kapitel 33Der zweite Tag, an dem wir bei Zhou Shiyu zu

Hause waren, war zufällig das Wochenende.Ye Mei schlief, bis sie auf natürliche Weise aufwachte, und stand erst um drei Uhr morgens langsam aus dem Bett auf.Bis jetzt fühlt sie sich wie in einem Traum.Warum blieb er schließlich ohne ersichtlichen Grund bei Zhou Shiyu? Die beiden küssten sich letzte Nacht sogar ohne ersichtlichen Grund.Nach dem Abwaschen machte sich Ye Mei nicht einmal die Mühe, ihren Schlafanzug anzuziehen, und ging mit den Händen in den Taschen ins Wohnzimmer.Peng Qian war der Einzige, der im Esszimmer neben dem Wohnzimmer saß. Auf dem Tisch stand ein großer Tisch voller Frühstück. Er hielt das Frühstück in einer Hand und wischte mit der anderen Hand über sein Handy, während er im Mund fluchte.Verdammt, weißt du, wie man spielt? Ich wurde von dir getötet. Kannst du nach Hause gehen und lernen, kleine Göre?Ye Mei ging natürlich zu ihr und setzte sich ihr gegenüber.Wo ist Zhou Shiyu?Peng Qian, der Kopfhörer trug, war von ihren plötzlichen Worten so erschrocken, dass er fast sein Telefon auf den Boden fallen ließ.Nachdem sein Blick auf Ye Mei gefallen war, stand er unbewusst auf und schaltete sein Telefon aus, wobei er äußerst zurückhaltend wirkte.Der Direktor bat Team Zhou, vorbeizukommen, wahrscheinlich um über die Wiederaufnahme der Arbeit zu sprechen.Während dieser Zeit wurde er suspendiert. Ye Mei war für einen Moment fassungslos, warum?Hat Song Yu das letzte Mal nicht gesagt, dass Zhou Shiyu bei der Arbeit verletzt wurde?Wenn dies der Fall ist, sollte er, auch wenn er nicht befördert wird, weiterhin bezahlten Urlaub haben. Warum ist das schwerwiegend genug, um suspendiert zu werden?Hey, Kapitän Zhou wurde letztes Mal wütend und geriet in einen Kampf mit einem Gefangenen, und der Kampf war ziemlich heftig. Nicht gefeuert zu werden, war bereits eine Möglichkeit, ihm ein Gesicht zu geben.Ye Mei antwortete nicht, ihr Blick fiel auf Peng Qian und sie schwieg lange.Dessen Nerven, die sich gerade erst entspannt hatten, wurden plötzlich wieder angespannt.Ye Mei ist so schön, die Art von Schönheit, die über die Welt hinausgeht und sich nicht der Welt anpasst.Man kann ohne Übertreibung sagen, dass es für Peng Qian das erste Mal in seinem ganzen Leben ist, eine so typische Schönheit zu sehen.Er berührte unbewusst seine Nasenspitze und wandte seinen Blick von ihr ab.Song Yu hat wirklich Glück. Er wurde in eine so wohlhabende Familie hineingeboren und kann immer noch eine so schöne Freundin finden.Du scheinst nervös zu seinAuch Ye Mei wandte den Blick von ihm ab, hob die Schüssel auf und schöpfte eine Schüssel Brei aus dem Topf.Peng Qian berührte erneut unnatürlich seine Nasenspitze: Ein wenig.WarumIch habe noch nie einen so reichen, mächtigen und gutaussehenden Menschen wie Sie gesehen.Obwohl er die Wahrheit sagte, machte er Ye Mei dennoch stolz, sobald er diese Worte sagte.Es zeigt, dass Peng Qians emotionale Intelligenz ziemlich gut ist.Ye Mei mag so kluge Leute, die gut aussehen und gut reden können.Viel besser als Zhou Shiyu.Es besteht kein

Grund, so zurückhaltend zu sein. Ich habe dir gesagt, dass du Zhou Shiyus Freund bist, und das ist auch mein Freund. Wenn du weiterhin so zurückhaltend bist, bedeutet das, dass du mich nicht wie einen Freund behandelst.Nachdem Peng Qian gehört hatte, was sie sagte, setzte er sich ihr sofort gehorsam gegenüber.Nein, das habe ich nicht gemeint.Ye Mei antwortete nicht mehr, nahm mit einem Löffel einen Schluck Haferbrei und trank einen Schluck.In der nächsten Sekunde hob sie den Kopf und ihre Augen leuchteten.Dies ist ein Frühstück von Zhou Shiyu.Woher wusstest du das? Peng Qian war für einen Moment fassungslos. Kapitän Zhou stand heute Morgen früh auf, um Frühstück zu machen. Bevor er zur Arbeit ging, sagte er mir ausdrücklich, ich solle den Deckel abdecken und ihn warm halten.Sie senkte den Kopf, um den Brei zu trinken, ihre Lippen verzogen sich unkontrolliert und sie flüsterte.Ich weiß es einfach.Nach dem Frühstück saß Ye Mei am Esstisch, stützte ihr Kinn in die Hände und wartete darauf, dass Peng Qian nach dem Abwaschen herauskam.Draußen hat es aufgehört zu schneien. Sollen wir rausgehen und etwas kaufen?Ach, ichPeng Qian sah sie ausdruckslos an, habe ich das richtig gehört?Bist du nicht der einzige, der noch zu Hause ist? Ich muss jemanden finden, der mir beim Tragen meiner Sachen hilft, oder?Was er sagte, war aufrichtig und Peng Qian konnte eine Zeit lang keinen Grund finden, es zu widerlegen. Er blickte unbewusst aus dem Fenster.Bevor Zhou Shiyu heute Morgen hinausging, warnte er Ye Mei davor, in naher Zukunft hinauszugehen, und sagte, dass es für sie draußen gefährlich sei.Peng Qian lag damals so schläfrig im Bett, dass er nicht auf alles hörte, was er sagte. Er erinnerte sich nur vage an ein paar Worte.Er runzelte leicht die Stirn und zögerte: Aber Kapitän Zhou sagte, Sie können heute nicht ausgehen.Es ist okay, mach dir keine Sorgen um ihn, ich kümmere mich um ihn, wenn etwas passiert.Peng Qian ist auch unzuverlässig. Ye Mei ließ ihn mit nur wenigen Worten Zhou Shiyus Worte vergessen. Nachdem Ye Mei ihr Make-up aufgetragen hatte, folgte er ihr nach draußen.Zhou Shiyu wohnt ganz in der Nähe des Einkaufszentrums und die Fahrt dorthin dauert trotz leichtem Stau nur 20 Minuten.Peng Qian fuhr heute einen schwarzen SUV und schien Song Yu gesehen zu haben, als er nach Xicheng kam.Ye Mei schaute auf den Fahrersitz und fragte unbewusst: Ist das Song Yus Auto?Nein, das ist auch das Auto von Team Zhou, aber er fährt es selten. Song Yu und ich fahren es normalerweise, wenn wir zum Spielen ausgehen.Ye Mei nickte.Zhou Shiyu hatte eine so unverständliche Persönlichkeit und es war so schwierig, mit ihm auszukommen, aber Song Yu und Peng Qian konnten es dennoch akzeptieren, für eine lange Zeit in seinem Haus zu leben, was zeigt, wie gutmütig sie sind.Im Laufe des Nachmittags kaufte Ye Mei mindestens ein Dutzend Kleidungsstücke. Jedes Kleidungsstück war eine Menge Geld wert. Die billigsten kosteten Zehntausende Yuan.Sie trug hochhackige

Schuhe mit einer Höhe von mehr als zehn Zentimetern und hob das Kinn leicht an. Sie achtete nicht auf den Preis der Kleidung, die sie interessierte, und ließ sie ohne mit der Wimper zu zucken vom Verkäufer einpacken.Peng Qian folgte ihr, um etwas zu tragen, und er hatte fast Todesangst.Wer sie in Zukunft heiratet, wird einer solch übertriebenen Kaufkraft standhalten können.Es wird erwartet, dass normale Familien in ein paar Tagen bankrott gehen.Peng Qian, der den ganzen Nachmittag lang Ye Meis Taschenträger war, schaffte es auch, mehrere Paar Kleidungsstücke zu ergattern, bei denen es sich fast ausschließlich um hochwertige Kleidung aus Einkaufszentren handelte, die er normalerweise nicht anzuschauen wagte.Gegen zehn Uhr abends waren die meisten Luxusgeschäfte im Einkaufszentrum geschlossen.Gerade als Peng Qian das Auto mit dem Schlüssel abholen wollte, hielt Ye Mei ihn plötzlich an.Moment mal, wissen Sie, wie groß Ihr Zhou-Team ist?Als sie gerade im Einkaufszentrum einkaufte, musste sie plötzlich an ihre Schulzeit denken.Zu diesem Zeitpunkt wurden alle Vermögenswerte von Ye Mei eingefroren und ihr blieben ein paar hundert Dollar übrig.Eines Nachts kamen sie und Zhou Shiyu gemeinsam an einem Bekleidungsgeschäft vorbei. Zu diesem Zeitpunkt konnte sie ihren Blick nicht von dem Kleid abwenden, das im Schaufenster ausgestellt war.Aber dieses Kleidungsstück kostete dreitausend Yuan, was für sie damals eine riesige Summe war.Sie können es sich einfach nicht leisten.Obwohl Ye Mei von

Natur aus arrogant war, war sie keine unwissende Person. Nach nur wenigen weiteren Blicken folgte sie Zhou Shiyu, ohne etwas zu sagen.Es war das Wochenende dieser Woche.Als Ye Mei aufwachte, war Zhou Shiyu bereits zur Arbeit gegangen und die Kleidung lag ordentlich auf ihrem Tisch.Dieses Kleid passt genau zu Ye Mei.Ich weiß nicht, wann er angefangen hat, aber er hatte sich stillschweigend ihre Größe eingeprägt.Jetzt, wo er darüber nachdachte, erinnerte sich Zhou Shiyu immer deutlich an die Größe ihrer Kleidung und Schuhe.Aber sie hatte noch nie Kleidung für Zhou Shiyu gekauft und kannte nicht einmal seine Größe.Ich weiß es nicht genau, ich erinnere mich nur, dass Team Zhou etwas größer war als ich. Peng Qian erinnerte sich kurz daran. Er schien uns das nie erzählt zu haben.Laut Zhou Shiyus Charakter würde er es ihm tatsächlich nicht unbedingt sagen, wenn er die Initiative ergreifen würde, ihn zu fragen, wie könnte er es also selbst erwähnen?Okay, lass uns zuerst zurückgehen.Ye Mei sagte nichts mehr und folgte Peng Qian vom Aufzug hinunter in die Tiefgarage.Kaum waren sie aus dem Aufzug gestiegen, rief plötzlich jemand hinter ihnen eilig nach ihr.Ye MeiYe Meis Herz zog sich zusammen und ihr Rücken versteifte sich unerklärlicherweise.Es besteht kein Grund zurückzublicken Sie weiß es auch.Es war die Stimme von Zhou Shiyu. Als er diesen Ton hörte, war er höchstwahrscheinlich wütend.Zhou Shiyu rannte eilig auf sie zu, halb gebeugt, hielt ihre Arme mit beiden

Händen fest, seine Brust hob sich leicht, seine Augen waren voller Panik.Wo warst du? Stimmt heute etwas nicht? Verfolgt dich jemand oder macht er heimlich Fotos von dir?Er war sehr stark und seine Hände waren so stark, dass seine Fingerspitzen fast in Ye Meis Armen verankert waren.Sie wehrte sich leicht und flüsterte: „Ich bin nur im Einkaufszentrum einkaufen gegangen und habe nicht viel gemacht. "Zhou Shiyus Stimme wurde tiefer und seine Brauen runzelten noch enger.Ich bin ins Einkaufszentrum gegangen und habe bis jetzt gespielt. Warum bin ich nicht ans Telefon gegangen?Zhou Shiyu wird selten wütend und die beiden haben sich höchstens fünf Mal getroffen.Aber diese Person ist äußerst schwer zu überreden. Immer wenn sie wütend wird, schmollt sie. Ye Mei zu sehen ist wie die Luft zu sehen. Er hat eine gute Art, kalte und gewalttätige Spiele zu spielen.Wann immer er Anzeichen von Wut zeigt, wird Ye Mei nun aus unerklärlichen Gründen Angst vor ihm haben.Sie senkte den Kopf, faltete die Hände und antwortete dumpf.Es war noch nicht sehr spät und mein Telefon war ausgeschaltet.Zhou Shiyu hörte auf zu reden, ließ Ye Mei los und sah sie eine Weile herablassend an.Als er heute Abend nach Hause kam und Ye Mei und Peng Qian nicht sah, war er zu Tode besorgt. Keiner von ihnen konnte am Telefon durchkommen.Er eilte hinaus, ohne überhaupt Zeit zu haben, seinen Mantel anzuziehen. Er fuhr fast durch die gesamte West City und durchsuchte unzählige Vergnügungsmöglichkeiten, bevor er dieses Einkaufszentrum fand.Infolgedessen wurde sie von Ye Meis leichten Worten weggeführt.Was für ein kleiner herzloser Mensch.Die Atmosphäre war mehrere Sekunden lang still. Er ließ Ye Mei immer noch nicht aus den Augen und knurrte plötzlich.Peng Qian.Ye Mei hatte Angst und ihre Schultern zitterten unkontrolliert.Nachdem sie ihn so viele Jahre kannte, war es das erste Mal, dass sie Zhou Shiyu so wütend sah.Peng Qian reagierte reflexartig.Zhou Shiyu drehte den Kopf und sah Peng Qian an, seine Brauen voller Kühle: „Habe ich dir jemals gesagt, dass du sie nicht rauslassen wirst? Wie um alles in der Welt hast du mir zugehört? "Peng Qian wusste, dass er ein schlechtes Gewissen hatte und sagte hastig: Nein, Kapitän Zhou, bitte beruhigen Sie sich und hören Sie sich zuerst meine Erklärung an.Ye Mei war in diesem Moment immer noch sehr loyal, und sie stand auf und stellte sich vor Peng Qian.Schimpfe nicht mit ihm. Ich habe ihn gezwungen zu gehen.Peng Qian lächelte verlegen: Das ist nicht so übertrieben. Es hat etwas mit mir zu tun.Schauen Sie sich die großzügige und rechtschaffene Erscheinung dieser beiden Menschen an, und sie haben ein stillschweigendes Verständnis für Gesang und Harmonie, als wäre er der abscheuliche Bösewicht.Zhou Shiyu hätte fast laut gelacht, als sie so aussahen.Er grinste kalt, mit einem Hauch von Spott im Blick.Okay, ich bin nur neugierig.Danach drehte er sich um und ging in die entgegengesetzte Richtung, sodass nur noch Ye Mei und Peng Qian auf dem Boden standen und einander ansahen.

Kapitel 34Nach einem ganzen Nachmittag voller Verständigung lernten Ye Mei und Peng Qian sich intensiv kennen.Sie entdeckte, dass dieser Mann nicht so gehorsam und gehorsam war, wie er auf den ersten Blick schien, sondern dass er ein bisschen wie Xie Rong aussah, als er ein Junge war.Er hat die Energie, bei allem, was er tut, großzügig und nachlässig zu sein.Nachdem er nach Hause zurückgekehrt war, war Zhou Shiyu nirgendwo im Haus zu finden, aber die Tür zum Arbeitszimmer war fest verschlossen und er hatte das Gefühl, dass er in naher Zukunft kein Wort zu ihnen sagen würde.Die beiden saßen geistesabwesend auf dem Sofa und schauten sich Idol-Dramen an. Der Ton des Fernsehers war sehr leise und die Atmosphäre war unbeschreiblich feierlich.Peng Qian senkte den Blick, schälte einen Apfel und reichte ihn Ye Mei: Bist du hungrig?Ye Mei winkte mit der Hand: Ich mag keine Äpfel.Gelegentlich nahm sie ein paar Bissen von Äpfeln, die zu Hause geschält und in Stücke geschnitten wurden. Sie berührte die Äpfel, die nur geschält waren, kaum, ganz zu schweigen davon, dass Peng Qian sie so hässlich geschält hatte, dass sie im Gegensatz zu Zhou Shiyu weitaus schlimmer waren.Peng Qian steckte sich den Apfel in den Mund und sprach unartikuliert, während er ihn kaute.Lassen Sie mich Ihnen sagen, die heutige

Angelegenheit ist definitiv etwas, was wir falsch gemacht haben.Ye Mei erwiderte leise: Es ist erst etwa zehn Uhr.Sie wissen es vielleicht nicht genau, aber in Xicheng war es in letzter Zeit nicht sehr friedlich. Es gab mehrere Fälle von Verschwindenlassen, und es waren alles Mädchen in ihren Zwanzigern. Erinnern Sie sich an das letzte Mal, als wir in das Waisenhaus gingen, wo Sie als Lehrerin den Umgang mit Kindern unterrichtet haben? Ein Fall? Damals handelte es sich um einen sehr mysteriösen Fall des Verschwindenlassens, und es gab mehrere Serienfälle, die miteinander verbunden waren. Team Zhou war vor einiger Zeit wegen dieser Angelegenheit so beschäftigt, dass er kaum schlafen konnte.Ye Mei sah ihn zweifelnd an: Ist es so gruselig?Sie würden es nicht bemerken, bis Sie die Szene sahen, aber es war sehr blutig und gewalttätig.Bevor Ye Mei etwas sagen konnte, fiel Peng Qians Blick auf den Fernseher und er fügte langsam hinzu.Außerdem hat Kapitän Zhou mir heute Morgen schon hunderte Male gesagt, ich solle ein Auge auf Sie haben, und sagte, er habe den Verdacht, dass jemand Sie im Visier habe. Ich weiß nicht, warum ich zugestimmt habe, mitten am Tag mit Ihnen auszugehen. Tatsächlich , das habe ich den ganzen Nachmittag bereut.Später redete Peng Qian weiter über etwas, aber Ye Mei hörte kein Wort zu und ihr Blick fiel von Zeit zu Zeit zur Tür des Arbeitszimmers.Es scheint, dass sie heute Abend etwas falsch gemacht hat.Zhou Shiyu hat ihr letzte Nacht tatsächlich gesagt, sie solle nicht herumlaufen, aber Ye Mei war immer ungehorsam. Solange sie heute Abend richtig mit Zhou Shiyu redet, sollte sie nicht in einer so steifen Position sein. Schritt.Als Peng Qian sah, dass ihre Einstellung schwankte, schlug sie mit einem Augenzwinkern vor: Warum gehst du nicht hin und entschuldigst dich beim Team Zhou?Ich möchte nicht. Ye Mei erwiderte sofort unbewusst: „Ich wollte nur Spaß haben und habe nichts falsch gemacht. "Lassen Sie mich Ihnen im Voraus sagen, was wir heute Abend essen werden. Ich kann nicht kochen. Normalerweise esse und trinke ich bei Kapitän Zhou.Ye Mei:Bußgeld.Um heute Abend gut essen zu können, hat sie es ertragen.Nachdem Ye Mei lange durch den Flur gewandert war, entschied sie sich schließlich und stand vor der Tür des Arbeitszimmers.Sie hob ihre Hand und wollte gerade an die Tür klopfen. Als ihre rechte Hand die Tür berührte, öffnete sich plötzlich langsam die Tür zum Arbeitszimmer.Ye Mei war für einen Moment fassungslos und nach ein paar Sekunden steckte sie heimlich ihren Kopf hinein.Zhou Shiyu war nicht im Arbeitszimmer, aber das Licht im Raum brannte und die Bücher auf dem Schreibtisch waren aufgeschlagen und er hatte nicht einmal Zeit, den Stift zu schließen. Wahrscheinlich ist er einfach gegangen.Ye Mei ging unbewusst leichtfüßig zu seinem Schreibtisch.Zhou Shiyus Arbeitszimmer ist nicht groß, aber die vier Kreise der Bücherregale sind mit Büchern aller Art gefüllt. An der Wand neben dem Fenster hängen zwei Gemälde berühmter Kalligraphie. Das in der Mitte des Arbeitszimmers ist Was ist in der „Place " ist ein Landschaftsgemälde, das Ye Mei während ihrer Schulzeit gezeichnet hat.Gemessen an Ye Meis aktuellem Professionalitätsgrad war dieses Gemälde nicht sehr gut. Es handelte sich damals wahrscheinlich um ein gelegentliches Graffiti, das sich stark von ihrem aktuellen Niveau unterschied.Solange Zhou Shiyu darum bat, konnte sie jetzt Hunderte oder Tausende von Gemälden malen. Sie war sogar bereit, ihm das beste Gemälde ihrer Sammlung zu schenken.Aber aus irgendeinem Grund beschloss Zhou Shiyu, diesen Look beizubehalten.Das Fenster im Zimmer war nicht geschlossen und ein nächtlicher Windstoß wehte durch das Fenster. Ye Mei zitterte sofort vor Kälte.Sie wollte gerade das Fenster schließen, doch als sie am Schreibtisch vorbeikam, wurde ihr Blick von dem Buch auf dem Schreibtisch angezogen.Die Seiten des Buches wurden vom Wind verweht und blätterten mehrere Seiten um, bis sie schließlich auf der Seite mit dem Foto landeten.Ye Mei konnte auf den ersten Blick erkennen, dass das Foto sie selbst als Teenager zeigte.Sie stand unter dem Baum, trug eine blau-weiße Sportuniform mit hohem Pferdeschwanz, blickte zurück in die Kamera und lächelte.Es ist ein sehr reines Foto, mit nacktem Gesicht, keiner weltlichen Atmosphäre zwischen den Augenbrauen und selbst das Lächeln kommt aus einem entspannten Herzen.Sie vergaß sogar, wann sie ein solches Foto hatte.Das Foto ist voller Spuren von

Leimflecken, als wäre es aus unbekannten Gründen komplett zerbrochen und dann sorgfältig neu verschmiert worden.Außerdem ist das Foto sehr alt und die Ecken sind weiß geworden, wahrscheinlich durch häufiges Berühren.Ye Mei senkte den Blick und betrachtete das Foto in ihrer Hand.Ihre Nasenspitze war aus unerklärlichen Gründen sauer und in ihrem Herzen breitete sich eine unaussprechliche Emotion aus.Würde Zhou Shiyu nach so vielen Jahren, seit sie die Stadt Xicheng verlassen hatte, dieses Foto immer in das Buch aufnehmen, das er oft las?Es ist, als wäre dies im Laufe der Jahre seine einzige spirituelle Nahrung.Ye Mei berührte ihre Nasenspitze und wollte das Foto gerade weglegen und wieder verstecken, als plötzlich Schritte an der Tür zu hören waren.Sie versteckte das Foto in ihrer Hand unbewusst hinter ihrem Rücken.Zhou Shiyu kam mit einer Tasse herein und als sein Blick auf Ye Mei fiel, verfinsterte sich sein Gesicht sofort.Warum bist du hierYe Mei blinzelte mit den Augen und fühlte sich schuldig.AhZhou Shiyu:Oh, ich bin für dich da.Erst dann reagierte Ye Mei. Nachdem sie das Foto in ihrer Tasche versteckt hatte, ging sie langsam auf Zhou Shiyu zu.Ich bin nur gekommen, um zu sehen, ob sich jemand aufgrund seiner Wut etwas angetan hat.Zhou Shiyu schnaubte kalt, ging zum Schreibtisch, klappte das Buch zu und steckte es in das Loch im Schreibtisch.Warum bin ich wütend? Das geht mich nichts an.Ich bin hier, um meinen Fehler zuzugeben.Ye Mei war wie eine Mitläuferin, sie folgte Zhou Shiyu genau, wohin er auch ging, und ihr Zeigefinger umklammerte sanft seinen Rücken.Ich habe gerade im Wohnzimmer tief über mich selbst nachgedacht. Es ist wahr, dass ich weggelaufen bin, ohne es dir zu sagen. Ich bin schuldig und verdiene den Tod.Zhou Shiyu:Er drehte sich um, ergriff Ye Meis unehrliche Pfote und sah sie herablassend an.Das ist wegYe Mei blinzelte unschuldig: Gibt es noch mehr?Wie lange kannten Sie Peng Qian schon, bevor Sie angefangen haben, mit ihm herumzulaufen?Zwischen Zhou Shiyus Brauen herrschte ein Schauer, und als er sprach, war ein Anflug von zusammengebissenen Zähnen zu spüren.Ich ging bis elf Uhr mit einem fremden Mann aus, den ich erst seit einiger Zeit kannte. Nun ja, Ye Mei, du bist durchaus fähig.Ye Mei starrte ihn ausdruckslos an, obwohl ihr Gehirn nicht reagierte, erwiderte sie dennoch unbewusst.Es war zehnfünfzig, weniger als elfeins.Als Zhou Shiyu ging, schaute sie auf die Uhr.Die Atmosphäre war mehrere Sekunden lang ruhig, bevor Ye Meis Ulmenhirn verspätet reagierte.Er ist darüber tatsächlich wütendwas ist dasBist du wütend, weil sie nicht das Bewusstsein hatte, dich zu schützen, oder bist du eifersüchtig, weil sie bis Mitternacht mit anderen Männern gespielt hat?

Kapitel 35Der Duft von Essen wehte aus der Küche und die Tür zum Wohnzimmer war geschlossen. Peng Qian lehnte sich immer wieder an den Türrahmen, um einen Blick darauf zu werfen.Was zum Teufel hast du gesagt, damit es dir so schnell besser geht?Ye Mei saß auf dem Sofa, zwirbelte leicht mit den Fingerspitzen durch ihr Haar und ihr Blick fiel auf das Idol-Drama, das im Fernsehen gespielt wurde.Eigentlich habe ich es auch vergessen.Sie erinnerte sich, dass sie Zhou Shiyus Arm umarmte und schwor, dass sie von nun an auf ihn hören würde, solange er heute Abend Ye Meis liebste süß-saure Schweinerippchen kochte.Ye Mei denkt tatsächlich schon seit mehreren Jahren darüber nach.Nachdem sie die kleine Stadt Xicheng verlassen hatte, bestellte sie jedes Mal, wenn sie mit anderen essen ging, süß-saure Schweinerippchen. Sie bat Zheng Wenyi sogar, in verschiedene Teile des Landes zu reisen, um ihr bei der Rückkehr mehrerer professioneller Schweinerippchenköche zu helfen mal.Aber egal wie hochwertig das Restaurant ist, egal wie authentisch die lokale Küche ist, es ist nicht halb so lecker wie das von Zhou Shiyu.Später, als die Tage vergingen, fand sie es nach und nach heraus.Es ist nicht so, dass Zhou Shiyus Kochkünste so hervorragend wären.Es ist nur so, dass diese Schüssel mit Schweinerippchen von Zhou Shiyu hergestellt wurde und eine besondere Erinnerung an eine besondere Zeit ist.Deshalb fühlt sie sich besonders schön.Als Zhou Shiyu aus der Küche kam, stritten Ye Meizheng und Peng Qian gerade über eine Fernsehserie.Peng Qian wollte sich das kürzlich beliebte Palastkampfdrama ansehen, während Ye Mei von einem bestimmten koreanischen Drama besessen war und nicht anders konnte. Die beiden saßen auf dem

Sofa und gerieten fast in einen Streit um eine Fernbedienung.Zhou Shiyu:Er ging hinüber, legte den Gemüsehaufen auf den Esstisch und sagte ruhig.Peng Qian, geh und serviere die Gerichte.Peng Qian verzog die Lippen, warf die Fernbedienung weg und sah ihn mit einem verärgerten Blick an.Team Zhou, Sie sind parteiisch, warum lassen Sie sie das nicht regeln? Der Fernseher wird jetzt definitiv ihr gehören.Ye Mei war im Vorteil und benahm sich gut. Sie schnappte sich sofort die Fernbedienung und wechselte den Kanal.Ich bin anders als du. Zhou Shiyu behandelt mich am besten.Dieses Mädchen redet fast den ganzen Tag süße Worte, wie ein trügerisches Monster.Zhou Shiyu war schon lange taub gegenüber ihrem Schritt.Er hatte nicht die Absicht, ihnen überhaupt Aufmerksamkeit zu schenken, und stellte die Stäbchen und Schüsseln mit ruhiger Miene weg.Als er seinen Blick wieder auf den Fernseher richtete, saß Ye Mei immer noch auf dem Sofa und wollte den Fernseher nicht verlassen.Ist es so hübsch?Selbst ihre liebsten süß-sauren Schweinerippchen konnten sie nicht anlocken.Zhou Shiyu folgte ihrem Blick.In der TV-Serie läuft eine romantische Hintergrundmusik. Der Held und die Heldin umarmen sich leidenschaftlich und küssen sich leidenschaftlich. Der Held legt eine Hand auf die Brust der Heldin und die Heldin zerreißt wie verrückt das Anzughemd des Helden. Die beiden gelegentlich Sex haben. Er stieß ein paar seltsame Keuchen aus.Zhou Shiyu:Das sind alles nutzlose KomplotteDie männlichen und weiblichen Protagonisten der TV-Serie keuchten immer lauter und im Wohnzimmer herrschte eine unbeschreiblich unangenehme Atmosphäre. Zhou Shiyu fühlte sich für einen Moment etwas unwohl.Er runzelte leicht die Stirn und sagte unerträglich: Ye Mei.Ye Mei neigte ihren Kopf in seine Richtung, ihr Blick war immer noch auf den Fernseher gerichtet.Ählss etwas.Können wir hier sitzen und essen?Endlich war Ye Mei bereit wegzuschauen. Sie faltete die Hände, klemmte die Fernbedienung in die Mitte ihrer Handflächen und sah ihn mit einem mitleiderregenden Blick an.Bitte, ich bin es nicht gewohnt, beim Essen keine Fernsehserien anzusehen, deshalb muss ich jemanden finden, der zu meinen Mahlzeiten Fernsehserien anschaut.Das ist das Essensdrama, von dem sie sprichtAufgrund der Beharrlichkeit von Ye Mei wurde der Esstisch schließlich an den Fernseher verschoben.Als Zhou Shiyu nicht aufpasste, senkte Peng Qian seine Stimme und sprach mit leiser Stimme.Du bist immer noch großartig. Ich wohne seit mehr als vier Jahren im Haus von Kapitän Zhou und er hat mir nie erlaubt, im Wohnzimmer zu essen. Allerdings machte er am ersten Tag, als du hierher kamst, eine Ausnahme.Auch Ye Mei senkte ihre Stimme und sagte: Man muss dickhäutig sein, um mit Zhou Shiyu fertig zu werden.Als er in einer kleinen Stadt in Xicheng lebte, weigerte sich Zhou Shiyu zunächst, loszulassen. Er dachte, ein Restaurant sei nur ein Restaurant und er würde niemals im Wohnzimmer essen.Seit Ye Mei gegangen ist, ist das Restaurant fast zu einem Hauswirtschaftsraum geworden und wird von niemandem mehr genutzt.Nach einer einstimmigen Abstimmung zwischen den beiden beschlossen sie schließlich, ein Qing-Palast-Drama zum Anschauen zu finden.Ye Mei sah fern und aß, aber sie konnte es nicht mehr ertragen und begann sich zu beschweren.Nein, stimmt etwas mit dem Gehirn der Heldin nicht? Diese Person hätte ihre Familie draußen fast auseinanderbrechen lassen und sterben lassen, und sie kann ihr immer noch verzeihen. Kein Wunder, dass sie immer noch gemobbt wurde, nachdem sie so lange im Palast geblieben war. Was hat das für einen Sinn? Es ist Zeit, sich zu rächen.Peng Qian war unglücklich und erwiderte sofort: Er ist nur freundlich, was weißt du?So wird Freundlichkeit nicht verwendet, das ist dumm. Wenn ich es wäre, der es wagen würde, mir so leid zu tun, würde ich entweder hinaufgehen und ihn erdolchen, oder wir würden beide zusammen sterben.DuPeng Qian war so wütend auf sie, dass ihm eine Zeit lang nichts einfiel, was er erwidern könnte.Warum bist du so eine bösartige Frau? Wenn sich in Zukunft jemand in dich verliebt, wird er acht Leben lang Pech haben.Ye Meis Augenbrauen hoben sich leicht: Ich brauche nicht, dass andere mich lieben, es reicht mir, mich selbst zu lieben.Nach nur zwei gemeinsamen Tagen war das Bild von Ye Mei als schöne und stolze Göttin in seinem Herzen völlig zerstört.Diese Frau ist einfach eine verrückte Frau.Aber er konnte nicht mit ihr streiten ...Er will nun wissen, wie schlecht

Song Yus Geschmack sein muss, bevor er sich in sie verlieben kann.Zhou Shiyu saß zwischen den beiden und hatte das Gefühl, dass seine Ohren von 3D umgeben waren und sein Geist von den Geräuschen des Streits der beiden erfüllt war.Dies ist Ye Meis erster Tag hier und das Haus droht in Chaos zu verfallen.Man kann sich die kommenden Tage vorstellen.Früh am nächsten Morgen wollte Ye Mei gerade Zheng Wenyi anrufen und ihn bitten, sie abzuholen. Doch als sie unten ankam, sah sie den bekannten schwarzen SUV vor der Tür parken.Sie öffnete natürlich den Beifahrersitz und stieg ein.Zhou Shiyu hob sein Kinn und sagte: „Schnall dich an. "Ye Mei war für einen Moment fassungslos und reagierte eine Weile nicht.Ich bin auf dem Weg zur Arbeit.Nun, ich schicke dich dorthin.Zhou Shiyu startete das Auto, blickte nach vorne und sprach ruhig.Rufen Sie mich heute Abend nach der Arbeit an. Wenn ich keine Zeit habe, werde ich dafür sorgen, dass Peng Qian Sie abholt. Sie warten einfach im Büro und kommen nicht raus.Eigentlich kann ich alleine mit dem Taxi zurückfahren.West City ist in dieser Zeit nicht sehr sicher. Sie können über Ihre eigene Sicherheit keine Witze machen. Verstehen Sie?Nach dem Wiedersehen musste Zhou Shi so viele Worte zu ihr sagen.Ye Mei entdeckte, dass Zhou Shiyus Nerven seit der Nacht, in der sie aus der Villa auszog, äußerst empfindlich geworden waren und sie sie 24 Stunden am Tag an ihn fesseln wollte.Auch sie hatte schon früher gespürt, dass sie tatsächlich von jemandem ins Visier genommen wurde, aber hatte sie die letzten Tage nicht friedlich durchkommen können?Jetzt fragte sie sich sogar, ob Zhou Shiyu in dieser Nacht etwas falsch gesehen hatte.Um fünf Uhr nachmittags hatten alle Lehrer im Waisenhaus ihre Arbeit beendet.Ye Mei wollte gerade Zhou Shiyu anrufen, als der stellvertretende Schulleiter ihr plötzlich von hinten auf die Schulter klopfte.Lehrer Ye, lass uns abends zusammenkommen und wir haben seit deiner Ankunft kein gemeinsames Teambuilding mehr durchgeführt.Auf keinen Fall. Ye Mei lächelte höflich. „Ich habe zu Hause etwas zu erledigen, also muss ich am frühen Abend zurück. "Es ist so ein NotfallDer stellvertretende Direktor sah sie mit besorgter Miene an.Sehen Sie, alle unsere unterstützenden Lehrer sind heute hier und haben sich endlich versammelt. Lehrer Ye kann nicht so respektlos sein.Seit ihrer Ankunft in diesem Waisenhaus haben sich alle Schulleiter und Lehrer gut um sie gekümmert.Ye Mei ist in diesem Kurs nicht sehr fleißig. Sie kam zu spät und ging früher, und es ist üblich, um Urlaub zu bitten.Aber vor den Medien sagte niemand in der Schule jemals etwas Schlechtes über sie. Alle lobten sie.Ganz zu schweigen vom Zusammenkommen, ja, es ist angebracht, andere zu einer Mahlzeit einzuladen.Was die Seite von Zhou Shiyu betrifftNach ein paar Sekunden steckte Ye Mei das Telefon wieder in ihre Tasche.Es ist nichts zu dringendes. Bitte treffen Sie Vorkehrungen. Ich werde Sie heute Abend behandeln.Es war gegen acht Uhr abends vor dem

Waisenhaus.Zhou Shiyu lehnte sich gegen den schwarzen SUV und hielt eine Zigarette zwischen seinen Fingerspitzen, während das Scharlachrot hell schimmerte.Er runzelte leicht die Stirn und blickte von Zeit zu Zeit auf die silberne Uhr an seinem Handgelenk.Er war bereits um sechs Uhr am Eingang des Waisenhauses angekommen. Als er Ye Mei anrief, antwortete sie nicht. Außer ein paar Internatsschülern gab es im Waisenhaus fast keine Lehrer.Normalerweise sollten sie nach fünf Uhr Feierabend machen.Nachdem er die Zigarette ausgeraucht hatte, geriet Zhou Shiyu so in Panik, dass er einfach die Nummer des Direktors des Waisenhauses heraussuchte und sie wählte.Eine halbe Stunde später eilte er zur Tür eines KTV.Zhou Shiyu stieß die Logentür auf und sah Ye Mei, die sehr betrunken in der Ecke stand. Sie stand auf und prostete zitternd dem Direktor zu.Sie zog den grauen Mantel aus und trug darunter nur ein hochgeschlossenes schwarzes Unterteil. Ihr langes lockiges Haar fiel träge auf ihren Rücken, und ein paar Strähnen blieben versehentlich an ihren Ohrringen hängen.Nach dem Toasten ging er mit hohen Absätzen krumm auf das Sofa zu, wobei seine Füße aus irgendeinem Grund festklebten und er fast zu Boden fiel.Zhou Shiyu ging schnell hinüber und zerrte ihren zerfallenden Körper.Wie geht es dir, bist du okay?Mir geht es gut.Ye Mei schüttelte den Kopf und murmelte: „Ich bin noch nicht betrunken. "Auch wenn er nicht gut trinkt, gibt er einfach gerne an.Solange Sie trinken, werden Sie auf jeden Fall betrunken zurückkommen.Zhou Shiyu seufzte hilflos: Okay, du bist nicht betrunken, lass uns zurückgehen, okay?Zhou Shiyu.Ye Mei öffnete plötzlich ihre Augen. Als ihr Blick auf Zhou Shiyus Gesicht fiel, erschien sofort ihr Lächeln.Du bist hierSie warf ihre Wange in Zhou Shiyus Arme, ihre Stimme war gedämpft.Du riechst so gut.Solange es dem Körper nicht schadet, gefällt Zhou Shiyu die Art und Weise, wie Ye Mei betrunken aussieht.Sie hat leuchtende Augen und verhält sich gerne kokett.Sie benimmt sich derzeit am bravsten.Zhou Shiyus Lippenwinkel konnten nicht anders, als sich zu krümmen. Gerade als er etwas sagen wollte, zog Ye Mei ihn benommen auf die Bühne.Lassen Sie mich es Ihnen vorstellen.Ihre Stimme war laut und die Szene verstummte sofort und alle richteten ihre Aufmerksamkeit auf sich.Das ist Zhou Shiyu. Ich, Ye Mei, bin so groß geworden und der Beste für mich.Zhou Shiyu war leicht erschrocken und sein Blick fiel auf Ye Mei.Sie hat nie gelogen, wenn sie betrunken war.Zhou Shiyu wusste das sehr gut.Ye Mei war bereits betrunken und ihr Kopf war schwer. Sie trat auf ein Paar High Heels mit einer Höhe von mehr als zehn Zentimetern. Nachdem sie weniger als eine Minute gestanden hatte, wurde ihre Figur instabil.Sie schlang ihre Arme um Zhou Shiyus Taille, vergrub ihre Wange in seinen Armen und flüsterte.Zhou Shiyu. geh nicht.Wenn du gehst, wird mich niemand mehr lieben.Ihre Stimme war sehr sanft, als würde sie mit sich selbst sprechen.Aber Zhou Shiyu hörte es.Hören Sie jedes Wort deutlich.Es war, als hätte jemand ein Stück seines Herzens herausgeschnitten. Zhou Shiyu schürzte leicht die Lippen und sein Adamsapfel rollte unkontrolliert.Es gab Flüstern im Publikum, und nach ein paar Sekunden schrie plötzlich jemand.Hey, ist das nicht Officer Zhou?

Kapitel 36Sobald diese Person zu Ende gesprochen hatte, wurde die Diskussion im Publikum lauter und einige Leute begannen zu tratschen und zu buhen.Officer Zhou, welche Beziehung haben Sie zu Lehrerin Ye? Warum sind Sie hierher gekommen, um sie abzuholen?Ist es möglich, dass Officer Zhou und Lehrer Ye bereits zusammenleben?Ich ging hin und sagte, dass das Auto, das Herrn Ye heute Morgen zur Arbeit brachte, mir bekannt vorkam. Als ich das sagte, erinnerte ich mich daran, war es nicht das Auto von Officer Zhou?Zhou Shiyu zerrte Ye Mei zur Tür. Er nickte höflich und beantwortete ihre Fragen nicht.Entschuldigung, ich habe sie zuerst zurückgebracht.Bevor er die Tür schloss, hörte er die beiden Lehrerinnen in der Nähe der Tür flüstern.Ich habe Ihnen gesagt, Officer Zhou muss jemanden haben, den er mag. Wie konnte er sich in Sie verlieben? Sie sind seit so vielen Jahren heimlich verliebt. Wissen sie, wer Sie sind?Die hübsche Lehrerin neben ihr verteidigte sich mit leiser Stimme.Wie hätte ich mir dann vorstellen können, dass er mit so einer Person zusammen sein würde? Ye Mei ist so großartig, sie scheint nicht aus derselben Welt zu stammen wie wir.Ye Meis Mantel wurde irgendwo weggeworfen. Draußen war es windig, also zog Zhou Shiyu seinen schwarzen Mantel aus und wickelte ihn um sie.Er ist groß und breitschultrig. Der schwarze Mantel, den Ye Mei am Körper trug, reichte gerade bis zu seinen Fußsohlen. Seine Schultern sind so breit, dass er eher wie ein Kind aussieht, das sich in die Kleidung von Erwachsenen schleicht.Zhou Shiyu musste lachen.In nur zwei Sekunden entglitt Ye Mei unehrlich seinen Armen.Zhou Shiyu.Sie hockte auf den Stufen neben der Straße, hob den Kopf und streckte ihre Hände nach ihm aus.Umarmung.Zhou Shiyu zog die Augenbrauen hoch.Jetzt geht das schon wieder los.Jedes Mal, wenn dieses Mädchen betrunken ist, ist es, als wäre sie ein anderer Mensch und kann alles vergessen, wenn sie aufwacht.Er ging in die Hocke, um sie anzusehen, und wischte mit seinen Fingerspitzen sanft einen Fleck von ihrem Mundwinkel weg.Ich werde dich zurücktragen.NEIN.Ye Mei ergriff seine Hand und schüttelte sie kokett.Ich will eine Umarmung.Und es muss von einer Prinzessin umarmt werden.Zhou Shiyu seufzte: Wenn Ihre Kollegen morgen früh um Klatsch bitten, können Sie sich nicht auf mich verlassen.Er musste nicht zurückblicken, um zu wissen, dass sich hinter ihm viele Leute versteckten, die nur darauf warteten, dem Spaß zuzusehen.Sobald die beiden sich heute umarmten und in ein Auto stiegen, würde es morgen früh im Waisenhaus definitiv eine große Neuigkeit sein. Ye Mei hatte jetzt eine Erklärung.Außerdem wissen Ye Mei und Song Yu immer noch nicht, was los ist.Wenn sie wirklich ein Paar sind, was meint er dann?Zhou Shiyu sagte nichts, also wurde Ye Mei immer aggressiver.Wenn du mich nicht umarmst, werde ich nicht gehen. Ich werde einfach hier hocken und erfrieren und die ganze Nacht nicht nach Hause gehen.Zhou Shiyu hob die Augenlider und sah ihn an.Diese dunklen Augen waren immer noch ruhig und tief, und jedes Mal, wenn sie sich ansahen, hatte sie das Gefühl, in sie hineinzufallen.Zwei Sekunden später hob Zhou Shiyu sie mühelos hoch und ging zum Parkhaus.Ye Mei war nun zufrieden und legte ihre Hände um seinen Hals.Glaubst du, ich bin nicht schön?Zhou Shiyu senkte den Blick und sah sie an: sehr schön.Ye Meis Trick war erfolgreich und ihr Mundwinkel konnte nicht anders, als sich zu verziehen.Dann sagen Sie mir, wer von mir und Lehrer Mo hübscher ist, ist der Lehrer Mo, den Sie das letzte Mal in der Bar erwähnt haben.Es ist so lange her, aber sie konnte sich noch genau daran erinnern.du bist hübsch.Dann kannst du nur nett zu mir sein, nicht zu Lehrer Mo.Gut.Auf dem Rückweg war Ye Mei sehr müde und schlief bald ein.Als sie wieder aufwachte, lag sie bereits auf dem kleinen Bett bei Zhou Shiyu.Ihr Make-up wurde entfernt, ihr Gesicht wurde gewaschen, die Steppdecke hat ihren Körper ordentlich bedeckt, ihre Kleidung ist immer noch dieselbe wie gestern und sogar ihre High Heels sind ordentlich vor dem Bett platziert.Auf dem Nachttisch standen eine Schüssel mit Katersuppe und eine halbe Tasse kaltes Wasser.Aber Ye Mei war sich sicher, dass das Glas Wasser warm gewesen sein musste, als sie es in ihren Mund trank.Früher war Zhou Shiyu jedes Mal unglücklich, wenn sie Medikamente zu einem Getränk einnahm, und dann bereitete er ihr wieder ein Glas warmes Wasser zu.Ye Mei nahm die Tasse und ging auf Zehenspitzen zum Wasserspender in der Küche.Im Wohnzimmer brannte nur ein kleines Licht und bevor Ye Mei überhaupt näher kommen konnte, ertönte plötzlich eine tiefe und heisere Stimme.aufgewachtYe Mei war erschrocken und blickte unbewusst zu der Zeit an der Wand auf.Zwei Uhr morgens.Zhou Shiyu hatte noch nicht geschlafen und saß immer noch im Wohnzimmer und las ein Buch, als würde er absichtlich auf sie warten.Seltsam und beängstigend.Ye Mei summte schuldbewusst.Zhou Shiyu stand auf, nahm ihr das Wasserglas aus der Hand, ging zur Heißwassermaschine, nahm ein Glas Wasser und reichte es ihr.55-Grad-Wasser ist die Lieblingstemperatur von Ye Mei zum Trinken.Er scheint es sehr geschickt gelernt zu haben.Ye Mei hielt das Wasserglas mit beiden Händen und senkte den Kopf, um einen Schluck zu trinken. Sie war so schuldig, dass sie es nicht wagte, Zhou Shiyu in die Augen zu schauen.Zhou Shiyu lehnte sich träge mit verschränkter Taille an den Schrank, sein Blick fiel auf Ye Mei und er wartete geduldig darauf, dass sie mit dem Trinken des Wassers fertig war.Gibt es sonst noch etwas Unangenehmes?Seine Stimme war sehr sanft, mit einer gewissen kalten Anziehungskraft.In dieser ruhigen Nacht klang es besonders leise und süß und Ye Meis Ohren juckten aus unerklärlichen Gründen.Ye Mei schüttelte den Kopf.Dann lasst uns ein paar Berechnungen von gestern durchführen.Ye Mei würgte für einen Moment und kniff sich mit einer Hand an die Stirn, was sehr schmerzhaft aussah.Hoppla, ich hatte plötzlich das Gefühl, dass ich immer noch Kopfschmerzen hatte und am liebsten noch eine Weile schlafen gegangen wäre.Natürlich ließ Zhou Shiyu es ihr nicht gelingen. Bevor Ye Mei sich davonmachen wollte, hob sie langsam einen Arm vor ihm.Was hast du mir gestern vor deiner Abreise versprochen?Ye Mei senkte den Kopf und berührte sanft die Tasse mit ihren Fingerspitzen.Gehen Sie früh nach Hause und spielen Sie nicht draußen herum.Auch Zhou Shiyus Blick fiel auf die Wand der Tasse.Die Ergebnisse davonBetrunken.Die Zeit, heute Abend nach Hause zu gehen, ist halb eins.Zhou Shiyu sagte leise: Wenn ich dich nicht abhole, wirst du vielleicht die ganze Nacht verkatert sein.Die Vermutung war wirklich zutreffend.Eines Nachts war sie so betrunken, dass sie beim Aufwachen nicht einmal wusste, in wessen Haus sie war.Wer wird sich zu diesem Zeitpunkt um sie kümmern, wer wagt es, sich um sie zu kümmern?Ye Meis größte Rekordherausforderung bestand darin, einen ganzen Monat lang die ganze Nacht draußen zu bleiben und zu trinken und dann am nächsten Tag den ganzen Tag zu schlafen und im Grunde nur eine Mahlzeit am Tag zu sich zu nehmen.Ihr Magen wurde von ihr ruiniert. Zheng Wenyi sagte oft, dass Ye Mei wahrscheinlich kurz nach ihrem dreißigsten Lebensjahr sterben würde, wenn niemand käme, um Ye Mei zu behandeln.Obwohl sie es in ihrem Herzen zugibt, möchte sie dennoch einen Schritt zurücktreten.Keine Übertreibung, ich werde auf jeden Fall wiederkommen.Sie haben nun zwei Möglichkeiten.Zhou Shiyu sah auf sie herab und sagte ruhig:Entweder können Sie nebenbei spielen oder ausziehen, aber Sie müssen noch ein paar Leibwächter schicken, um Sie zu beschützen. Oder lassen Sie uns von nun an eine dreiteilige Vereinbarung treffen.Die Beziehung zwischen ihr und Zhou Shiyu entspannte sich schließlich.Wenn sie sich für die erste entscheidet, gäbe es dann kein Zurück mehr?Ye Mei blinzelte: Was für eine Drei-Kapitel-Vereinbarung?Zhou Shiyu und sie sahen sich mehrere Sekunden lang an, bevor sie wegschauten und sich auf die Uhr konzentrierten.Erstens müssen Sie vor neun Uhr abends zu Hause sein.neun UhrEs ist noch zu früh. Bedeutet das nicht, dass das Nachtleben völlig verloren geht?Okay, es ist sowieso zu ihrer Sicherheit.Ye Mei biss die Zähne zusammen und stimmte zu.Zweitens darf man Peng Qian nicht zu nahe sein, nicht nur vor mir, sondern auch privat.Ye Mei verstand nicht: Warum ist Peng Qian kein schlechter Mensch?Sie sind ein Mädchen. Zhou Shiyu runzelte leicht die Stirn. Glaubst du, es ist in Ordnung, jeden Tag einen Mann zu umarmen und mit ihm zu kuscheln?Oh, es stellte sich heraus, dass ich eifersüchtig war.Ye Mei verstand, nickte und bedeutete ihm, fortzufahren.dritte.Zhou Shiyu schaute weg und berührte unnatürlich seinen Hals. Wie ist die Beziehung zwischen dir und Song Yu?ÄhHaben Sie nicht gesagt, dass es drei Kapitel des Abkommens gibt? Warum tauchte plötzlich eine Frage auf?Und das ist nichts.Welches hat mit ihrer Sicherheit zu tun?

Kapitel 37Eine Woche nach der Drei-Kapitel-Vereinbarung benahm sich Ye Mei selten und folgte Zhou Shiyus Auto jeden Tag zur Arbeit und zurück.Wenn ich zu Hause nichts zu tun habe, necke ich normalerweise entweder Zhou Shiyu oder sitze mit Peng Qian auf dem Sofa und schaue mir Fernsehserien an.Dieses Leben ist ruhig und gemächlich, was für Ye Mei, die es gewohnt ist, Spaß zu haben, eher selten ist.Eine Woche später setzte sich Ye Mei eines Morgens mit ihrer Tasche auf den Beifahrersitz, holte eine kleine Schachtel aus ihrer Manteltasche und reichte sie Zhou Shiyu.Übrigens habe ich etwas für dich.Zhou Shiyu nahm es ruhig, aber als er es öffnete, hielten seine Fingerspitzen leicht inne.Darin befand sich eine bekannte silberne mechanische Uhr. Die Zeiger, die sich nicht gedreht hatten, waren repariert worden, und alle kleinen Fehler am Armband waren sorgfältig repariert worden.Es war offensichtlich eine Uhr von vor mehr als zehn Jahren, aber jetzt sieht sie aus wie brandneu.Zhou Shiyu sah sie verständnislos an.Wie hast du das gefunden?Ich habe es zufällig gesehen, kein Problem.Ye Mei senkte den Blick und schnallte sich an. Ich hatte vor langer Zeit jemanden gebeten, es zu kaufen, aber es war etwas schwierig zu reparieren. Sie haben es erst kürzlich repariert und mir geschickt.Tatsächlich musste Ye Mei lange nachdenken, um diese Uhr zu finden.Nach so vielen Jahren ist es nur noch eine kleine Uhr. Ich weiß nicht, ob sie kaputt ist oder jemandem in die Hände gefallen ist.Sobald sie nach China zurückgekehrt war, gab sie Zheng Wenyi einen Geldbetrag und bat ihn, nach Xicheng zurückzukehren, um den Verbleib der Uhr zu überprüfen.Wenn ich es wirklich nicht finden kann, kaufe ich alle Exemplare dieser Marke, die ähnlich aussehen. Solange die andere Partei bereit ist, Ye Mei zu verkaufen, zahle ich jeden Geldbetrag.Nachdem sie mehr als ein Jahr lang so gekämpft hatte, fand sie endlich die Uhr, die Zhou Shiyu hatte, und gab dabei unzählige Geld aus.Aber Ye Mei war der Meinung, dass es nicht nötig sei, Zhou Shiyu dies zu sagen.Genau wie damals, als Zhou Shiyu eine Uhr verkaufte, um es ihr zurückzuzahlen, erzählte er es ihr nicht.Aber sie wusste es immer und erinnerte sich immer.Vor acht Jahren, Xicheng Town.Zhou Shis Geburtstag fiel mit der Zwischenprüfung zusammen und Ye Mei und Xie Rong fuhren einen Tag früher mit dem Taxi zum Kreiseinkaufszentrum, um Geschenke auszusuchen.Xie

Rong legte eine Hand über seinen Kopf, um die Sonne abzuschirmen, und beschwerte sich beim Gehen.Ich verstehe nicht, warum du so nett zu Zhou Shiyu bist. Er kümmert sich morgen nicht um deine Angelegenheiten. Aber morgen ist die Prüfung und ich muss noch einmal zur Prüfung gehen. Wenn ich zurückfalle, werde ich Mama nicht schlagen können mich zu Tode.Gibt es in Ihrem Studium noch Rückschritte?Ye Mei verschränkte die Arme und erwiderte langsam.Verstehst du, dass die Leute kurzzüngig sind? Ich wohne jetzt in ihrem Haus und benutze ihre Sachen. Ich muss etwas kaufen, um das auszugleichen. Ich schulde ihm keinen Gefallen.Als Ye Mei das letzte Mal eine Geburtstagsfeier veranstaltete, erfuhr Xie Rong ausdrücklich Ye Meis Adresse und wartete unten auf sie.An diesem Morgen erwischte Xie Rong Ye Mei beim Aufenthalt im Haus von Zhou Yan.Dieser Typ war damals ziemlich schockiert und stellte ihr viele Fragen, unter anderem, ob die legendäre Zhou Yan sehr schön sei und ob die Zhou-Geschwister sie missbraucht hätten.Als jedoch die Neuheit dieser Angelegenheit nachließ, erwähnte Xie Rong sie nie wieder.Nachdem Ye Mei einen ganzen Vormittag damit verbracht hatte, suchte sie sich im Einkaufszentrum endlich ein anständiges Geschenk aus.Gerade als sie nach dem Auschecken zurückgehen wollte, kam plötzlich die Verkäuferin mit der Kreditkarte zurück.Fräulein, haben Sie noch andere Karten?Was ist die BedeutungDiese Karte zeigt, dass Ihr

Konto gesperrt wurde.Ye Mei war für einen Moment fassungslos, dann holte sie mehrere Kreditkarten aus ihrer Tasche und reichte sie dem Verkäufer.Dabei handelt es sich um ihr gesamtes Hab und Gut, das sich auf mindestens vier bis fünf Millionen beläuft. Wenn sie sparsam damit umgeht, wird es ihr zumindest für die nächsten Jahre gut gehen.Nach ein paar Minuten lächelte der Verkäufer entschuldigend.Leider werden alle Ihre Kreditkarten als nicht verfügbar angezeigt.Das Gehirn wurde für einen Moment leer und sogar das Blut gefror. Ye Mei schien reagiert zu haben und die Hand, die die Karte hielt, begann zu zittern.Sie entschuldigte sich mit gedämpfter Stimme beim Kellner und ging zur Tür.Auch Xie Rong war fassungslos und jagte ihm hastig nach.Nein, was ist los? Ist deinem Vater etwas passiert?Es muss meine Mutter sein. Bevor mein Vater starb, hatte sie sich auf dieses kleine Geld konzentriert. Sie hatte nicht damit gerechnet, dass sie sich auch um das wenige Geld, das ich hatte, Sorgen machen würde und mir keine Möglichkeit zum Überleben ließ.Ye Mei öffnete schnell das Telefon, ihre Stimme zitterte.Sie hielt ihr Telefon fest und tippte immer wieder die roten Zahlen in das Adressbuch ihres Telefons ein.Leere Nummer.Noch eine leere Nummer.Egal was du tust, du kommst nicht durch. Das bedeutet, dass du überhaupt keine Zuneigung hinterlassen wirst.Mach dir keine Sorgen. Gibt es ein Missverständnis? Es ist schließlich deine Mutter.Sie war schon immer eine solche Frau, egoistisch und kaltblütig, und Blutsbande hat keinen Einfluss auf sie. Sie war viel herzloser, als sie mich verließ, als sie es jetzt ist.Xie Rong schwieg und konnte ihr nur schweigend folgen.Er sah Ye Mei selten solche Gefühle zeigen, panisch und machtlos, all die Wut, die ihr Luft machte, war wie ein Schlag auf die Baumwolle, und sie fühlte sich überwältigt.Obwohl Xie Rong eine rebellische Persönlichkeit hat, war seine Familie immer harmonisch. Seine Eltern sind beide Intellektuelle und verstehen die Wendungen wohlhabender Familien nicht.In seinem Herzen sollte Ye Mei immer die Arrogante sein, ihr Kinn immer leicht erhoben, wenn sie Menschen ansah, als gäbe es nichts auf der Welt, was ihr Angst machen könnte.Dies war das erste Mal, dass sie sichtbar Angst zeigte.Wenige Minuten später erreichten die beiden eine Kreuzung.Plötzlich fiel Ye Mei etwas ein. Sie drehte den Kopf und sah ihn stirnrunzelnd an.Wer hat den Restbetrag für die Party bezahlt, da der Schalter anzeigt, dass er schon lange eingefroren ist?Das ist eine Menge Geld.Für normale Studenten ist es absolut unmöglich, dafür zu bezahlen.Auch Xie Rong war für einen Moment fassungslos: Warst du es nicht, der dorthin gegangen ist?Ich dachte, du hättest alles auf einmal bezahlt.Die beiden sahen sich lange Zeit schweigend an.Ein paar Minuten später wurde den beiden klar, was sie taten. Xie Rong eilte zum Straßenrand und nahm ein Taxi.Das Auto raste bis zum Ballsaal des professionellen Partyunternehmers, und Ye Mei ging sofort hin und meldete die Bestellnummer.Hallo, können Sie mir helfen herauszufinden, wer den Restbetrag meiner Bestellung bezahlt hat?Die Rezeption zeigte ein professionelles Lächeln: Herr Zhou Shiyu hat die Rechnung für Sie beglichen.Ye Mei war für einen Moment fassungslos und sagte dann unbewusst: Woher hat er so viel Geld?Ich erinnerte mich.Xie Rong schlug sich auf die Stirn und erinnerte sich plötzlich.Ich ging vorher zum Spielen und sah, wie Zhou Shiyu Uhren verkaufte. Ich kenne diese Marke. Als ich sie kaufte, kostete die billigste 70.000 bis 80.000 Yuan. Er verkaufte sie für mehr als 10.000 Yuan. Die Uhr war ziemlich neu. Ich dachte, ich würde immer noch an ihn denken. Sie stammt nicht von einem Raubüberfall.Ye Mei reagierte sofort: Ist es das silberne?Scheint zu sein.Ich hörte Zhou Yan schon einmal erwähnen, dass es sich um Zhou Shiyus achtzehntes Geburtstagsgeschenk handelte, das er vor seinem Tod für seinen Vater vorbereitet hatte.Er hat es einfach verkauft.Es liegt auch daran, dass ich das Geld für sie zurückzahlen möchte.Ye Mei konnte nicht verstehen, warum Zhou Shiyu ihr so helfen wollte.Nachdem sie nach Hause zurückgekehrt war, wickelte sich Ye Mei direkt in die Decke und schaute mit tauben Augen aus dem Fenster, ihr Kopf schien eingefroren zu sein und sie konnte kaum denken.Sie hatte einen Tag lang nichts gegessen und verspürte immer noch keinen Hunger. Sie spürte nur ein leichtes Unbehagen im Magen.Nach solch einer schlaflosen Nacht starrte Ye Mei bis zum

Morgengrauen aus dem Fenster.Der Wecker klingelte unzählige Male und sie hörte es, aber sie wollte sich nicht bewegen.Erst als es heftig an der Tür klopfte, kam sie allmählich wieder zur Besinnung.Ye Mei zog ihre Hausschuhe an und stellte sich vor die Tür. Sie legte eine Hand auf die Türklinke und sah sich mit der Gruppe grober Männer an, die vor der Tür Stöcke hielten.Um ein Uhr nachmittags stieg Zhou Shiyu aus dem Bus und rannte in Richtung der Gasse.Ye Mei ist einen ganzen Tag lang nicht zur Prüfung gekommen. Er hat ihr versprochen, dass sie bei dieser Prüfung gut abschneiden würde.Ye Mei bricht ihr Versprechen nicht. Zhou Shiyu ist sich sicher, dass zu Hause etwas passiert ist.Als er fast zu Hause war, erinnerte ihn die Tante des Nachbarn freundlich daran.Xiao Zhou, du solltest besser nach Hause gehen und einen Blick darauf werfen. Eine große Gruppe von Leuten kam heute Nachmittag mit Stöcken zu dir nach Hause. Sie kamen wahrscheinlich nach Zhou Yan, um wieder Schulden einzutreiben. Hoppla, du hast etwas falsch gemacht.Der Schweiß ist fast durch die Schuluniform getränkt und Schweißperlen hängen vor seiner Stirn. Zhou Shiyu wagt es immer noch nicht, eine Sekunde anzuhalten.Als er die Tür öffnete, war er fassungslos.Das Haus wurde in Stücke gerissen, der alte Fernseher fiel zu Boden, der Couchtisch aus Glas wurde in Stücke gerissen, Tische, Stühle und Bänke wurden überall hingeworfen, ganz zu schweigen von den Kleinteilen auf dem Tisch und der Badezimmerheizung. Sie wurden alle demontiert und weggeworfen.Zhou Shiyu kümmerte sich nicht darum und rannte sofort zu Ye Meis Zimmer.Ye Mei.Ihr Zimmer war immer noch in Unordnung, die Bücher auf dem Tisch waren auf den Boden geworfen, alle Kleidungsstücke im Schrank waren herausgerissen und alle kleinen Glasornamente waren einer nach dem anderen zerschlagen.Ye Mei rollte sich in der Ecke des Bettes zusammen, saß in einer äußerst unsicheren Haltung auf dem Bett, hielt ihre Knie mit den Händen und vergrub ihren Kopf in ihren Knien. Die langen Haare sind unordentlich und fallen auf die Schultern.Zhou Shiyu spürte sofort, dass sein Hals extrem trocken und heiser war. Er ballte unbewusst eine Faust mit einer Hand und die Enden seiner Augen wurden unbewusst rot.Er ging zu Ye Mei und wollte unbewusst ihre Schulter berühren, doch als die Hand in die Luft fiel, nahm er sie abrupt zurück.Wie geht es dir? Sie haben dich doch nicht angefasst, oder?Die Atmosphäre verfiel in eine lange Stille. Nach einer Weile schüttelte sie sanft den Kopf.Ye Mei blickte nicht auf und ihre Stimme klang gedämpft.Er kam, um Schwester Zhou Yan zu besuchen. Ich sagte ihm, dass Sie nicht hier seien.Zhou Shiyu berührte sanft Ye Meis Haar, seine Stimme war etwas heiser.Tut mir leid, das habe ich nicht erwartet.Seine Stimme war irgendwie magnetisch und drang sanft und sanft in Ye Meis Ohren.Die in diesen Tagen angesammelten Emotionen erreichten in diesem Moment endlich ihren Höhepunkt.Ye Mei weinte mit zitternden Schultern, eine Träne floss zwischen ihren

Knien hindurch und landete auf dem Bett, und ein unkontrollierbares Schluchzen kam aus ihrer Kehle.Diese Leute berührten sie nicht nur nicht, sie ignorierten sie auch völlig und sagten nicht einmal ein einziges hartes Wort zu ihr.Aber sie fühlte sich einfach so ungerecht behandelt.Was mir das Gefühl gibt, Unrecht getan zu haben, ist nicht die Grausamkeit dieser Menschen und auch nicht die Gefühllosigkeit der Mutter.Dann ist sie emotional am verletzlichsten und braucht Gesellschaft.Zhou Shiyu ist hier.An diesem Abend, nachdem sich Ye Meis Stimmung etwas stabilisiert hatte, kochte Zhou Shiyu für sie und Ye Mei aß jeden Bissen.Sie erinnerte sich, dass es so aussah, als ob Zhou Shiyu von diesem Tag an nie wieder das Leben verlassen hätte.Er ersetzte die heruntergekommene Holztür zu Hause durch eine neue und reparierte sogar viele Möbelstücke.Zhou Shiyu ist komplett nach Hause gezogen.

Nachdem er Ye Mei zur Arbeit geschickt hatte, kehrte Zhou Shiyu zur Polizeistation zurück und holte die Videoaufzeichnungen von Ye Meis vorheriger Pressekonferenz ab.In der vergangenen Woche hat er keine Fortschritte gemacht.Diese Person schien verschwunden zu sein und sich jeglicher Überwachung zu entziehen.Zhou Shiyu vergrößerte das Video und spielte es immer wieder ab, wobei er die Gesichter aller Gäste immer größer machte, ohne ein Detail zu verpassen.Dann sah er in der hinteren Ecke des Videos ein Augenpaar.Es war so dunkel und tief wie das, was er in dieser Nacht vor der Villa sah, und es ließ ihn am ganzen Körper zittern.

Kapitel 38Genau wie er vermutet hatte, hatte der Mann, der im Gras von Ye Meis Haus hockte, sie von dem Moment an beobachtet, als sie nach Xicheng kam.Vielleicht hat er noch nicht aufgegeben und beobachtet heimlich jede ihrer Bewegungen aus einer dunklen Ecke.Ein Schauer durchlief seinen Magen. Zhou Shiyu unterdrückte das Unbehagen und setzte das Video auf den Anfang zurück.Die Pressekonferenz war voller Menschen. Der Mann quetschte sich in die Menge und trug die ganze Zeit eine Schirmmütze. Die Hutkrempe war sehr niedrig, aber sein Blick war auf Ye Mei auf der Bühne gerichtet.Der Mann stand zu weit weg, seine Sicht war dunkel und er trug die ganze Zeit einen Hut. Selbst wenn das Video vergrößert war, war sein Gesicht nicht klar zu erkennen.Ganz zu schweigen von der Überwachung.Ich weiß nicht, mit welcher Methode er nach dem Verlassen der Pressekonferenz völlig der Kamera entkommen konnte. Die Szene war genau die gleiche wie in dieser Nacht in der Villa.Der Aufenthaltsort wurde hier erneut unterbrochen, Zhou Shiyu runzelte die Stirn und blickte zu diesem Zeitpunkt unbewusst auf.Es ist schon fünf Uhr nachmittags und den ganzen Nachmittag über geht es immer noch nicht voran.Diese Person scheint ein Gewohnheitskrimineller zu sein und kann tatsächlich die Straßen und Gassen von Xicheng überwachen, ohne dass etwas durchsickert.Die Stille im Büro war so streng, dass die Uhr an der Wand in der Luft klickte.Ein paar Minuten später klopfte es an der Bürotür und ein Polizist steckte seinen Kopf hinein.Team Zhou, draußen sucht jemand nach Ihnen und behauptet, Ihr Freund zu sein.Zhou Shiyu nickte, nahm seinen Mantel und ging zur Tür hinaus.Unter dem riesigen Banyan-Baum vor der Polizeistation lehnte ein Mann in einer Fliegerjacke rauchend an Zhou Shiyus Auto. Neben ihm stand ein Koffer, und seine andere Hand ruhte lässig auf dem Hebel des Koffers.Als er sah, wie Zhou Shiyu herauskam, biss er in seine Zigarettenkippe, legte zwei Finger auf seine Stirn und salutierte wie üblich mit zwei Fingern.Es ist Xie Rong.Nachdem er ihn so viele Jahre lang nicht gesehen hat, haben seine Gesichtszüge ihren kindlichen Charakter verloren und sind reifer und dreidimensionaler geworden, und seine Schultern wirken viel breiter.Glücklicherweise hat sich sein jugendlicher Geist nicht verändert, egal wie viele Dinge er erlebt hat.Zhou Shiyu hat ihn dafür immer beneidet.Lange nicht gesehen, jetzt bin ich Officer Zhou.Xie Rong klopfte Zhou Shiyu auf die Schulter und als er lächelte, hoben sich seine Lippenwinkel leicht, immer noch mit einem Hauch Verachtung.Nicht schlecht. Dieses Outfit sieht wirklich gut aus. Wenn ich dieses Outfit anziehen würde, könnte ich kein Mädchen verführen, ich wäre ein richtiges Schulmädchen.Zhou Shiyu warf ihm einen sprachlosen Blick zu und öffnete die Autotür.Woher weißt du, dass ich hier bin?Ye Mei hat es mir erzählt.Xie Rong stopfte sein Gepäck in den Kofferraum und stieg vom Beifahrersitz ein, um sich ganz vertraut anzuschnallen.Sie bat mich, zuerst zur Polizeistation zu kommen, um dich zu finden. Ich habe vorerst keine Wohnung und meine Eltern werden es für eine Weile nicht wagen, zurückzukehren. Als einer von Ye Meis besten Freunden, Man kann es nicht einfach so betrachten. Lass mich auf der Straße leben.Zhou Shiyu:Ist das eine Art Unterschlupf?Das Auto startete langsam und Zhou Shiyu schloss das Fenster, um den kalten Wind außerhalb des Autos vollständig abzuschirmen.Warum haben Sie sich plötzlich entschieden, zurückzukommen?Nun, es war nicht Ye Mei, der mich aufgeklärt hat.Xie Rong lehnte sich träge auf den Fahrersitz, legte einen Arm auf das Fenster und sprach langsam.Ich denke, sie hat recht. Anstatt dem zu entfliehen, was damals passiert ist, ist es besser, zurückzukommen und sich der Realität zu stellen. Es wäre fairer für dich und mich, für Ye Mei und für meine Eltern.Zhou Shiyu schaute nach vorne und hob leicht die Augenbrauen.Warum wusste ich nicht, dass Ye Mei so gut darin ist, Menschen zu erziehen?Xie Rongwo schaute auf dem Beifahrersitz auf sein Handy und antwortete langsam: Es gibt so viele Dinge, die du nicht weißt, also kann ich dir alles erzählen.Zhou Shiyu:Er warf Xie Rong einen leichten Blick zu und in der nächsten Sekunde wanderten seine Augen wieder nach vorne und sein Ton war ruhig.Ihr zwei seid in ständigem

KontaktNein, Officer Zhou, Ye Mei hat Ihnen das nicht gesagt. Es sind so viele Jahre vergangen, und Sie beide haben noch keine Fortschritte gemacht. Zehn Jahre sind vergangen, und jetzt, wenn Sie es in ein Idol-Drama stecken würden, Ihr Die Handlung wäre wirklich lang und stinkig, und die Bewertungen wären definitiv nicht sehr gut.Zhou Shiyu war sofort erstickt und sprachlos.Xie Rong hat recht.Sie haben wirklich keine großen Fortschritte gemacht.Es gab nicht nur keine Fortschritte, ihre Beziehung ist auch starrer und subtiler als vor acht Jahren.Eine halbe Stunde später traf der schwarze SUV vor dem Waisenhaus ein.Ye Mei kam zufällig mit ihren Kollegen heraus. Als ihr Blick auf das Auto fiel, erschien sofort ein Lächeln auf ihrem Gesicht. Sie hob ihren Arm und winkte dem Auto zu.Vielleicht von ihren Gefühlen angesteckt, verzogen sich Zhou Shiyus Lippen unkontrolliert.Bevor er das Auto parken konnte, öffnete Xie Rong die Beifahrertür und stieg aus.Ye MeiAls Ye Mei die vertraute Stimme hörte, hielten ihre Augen inne. Sie brauchte zwei Sekunden, um zu reagieren. Sie rannte hinüber und umarmte Xie Rong, ihr Ton war voller Überraschung.Ich habe nicht erwartet, dass du tatsächlich nach Xicheng zurückgehst. Warum hast du es mir nicht gesagt, damit ich dich abholen kann?Xie Rong lächelte, seine Grübchen leuchteten hell.Verstehen Sie die Überraschung? Welchen Sinn hat es, es Ihnen früher zu sagen?Auch Ye Mei lächelte und klopfte ihm auf die Schulter: Wir haben uns so viele Jahre nicht gesehen, warum liebst du es immer noch, cool zu sein?Verdammt, es tut weh, kannst du bitte sanft sein?Xie Rong rieb sich die Schultern.Es ist seltsam, dass Zhou Shiyu Sie mögen würde, wenn Sie wieder so unhöflich sind. Kein Wunder, dass Sie beide seit so vielen Jahren keine Fortschritte gemacht haben.Im schwarzen SUV sah Zhou Shiyu sie mit ernster Miene an.Das Lächeln, das ursprünglich entstanden war, verschwand sofort, als er sah, wie sie sich umarmten.Ich wusste schon vor langer Zeit, dass ich Xie Rong nicht hierher hätte bringen sollen.In diesen drei Kapiteln gibt es nicht nur Peng Qian, sondern auch Xie Rong.Außerhalb des Waisenhauses scherzten und spielten die beiden genauso skrupellos wie vor acht Jahren.Es gibt immer mehr Schaulustige im Krankenhaus und sie scheinen alle über die Beziehung zwischen Xie Rong und Ye Mei zu spekulieren.In dem Moment, als Xie Rong Ye Meis Handgelenk mit seiner rechten Hand hielt, konnte Zhou Shiyu es schließlich nicht mehr ertragen und stieg aus dem Auto.Die Autotür wurde zugeschlagen und Zhou Shiyu trat schnell vor und verringerte leise den Abstand zwischen den beiden.Er sah Ye Mei ausdruckslos an und sagte in einem kühlen Ton: Ich werde heute kein Taxi nehmen, aber ich werde damit rechnen, ins Auto zu steigen, oder?Zhou Shiyus Tonfall war wirklich nicht angenehm und klang ein wenig ungeduldig.Ye Mei war für einen Moment fassungslos. Nach zwei Sekunden runzelte sie die Stirn und sah zu ihm auf.Warum bist du gemein zu mir?Zhou Shiyu erwiderte unbewusst: Ich habe dir nicht wehgetan.Du bist wieder grausam zu mirYe Mei drehte sich um und sah Xie Rong an und sah aus, als würde sie ihn um einen Kommentar bitten.Du hast gesagt, er sieht schlecht aus, aber er gibt immer noch nicht zu, dass er gemein zu mir ist.Neben Ye Meis Blick gab es auch einen kalten Blick.Xie Rong lächelte unbeholfen, berührte seine Nasenspitze und schaute weg.So weit, ist es gut.NEIN.Er verstand nicht, welchen Sinn es hatte, dass Ye Mei ihn um einen Kommentar bat.Zhou Shiyu war in der Highschool ein Wahnsinniger und wagte es nicht, sich mit ihm anzulegen.Und worauf lässt er sich in diesen Kampf zwischen den jungen Liebenden ein?Auf dem Heimweg im Auto sprach lange Zeit niemand und die Atmosphäre schien vor Depressionen erstarrt zu sein.Zhou Shiyu fuhr das Auto mit leicht erhobenen Augenlidern und blickte durch den Rückspiegel auf die beiden Menschen, die nebeneinander auf dem Rücksitz standen.Bevor sie ins Auto stiegen, kam es zu einem Zwischenfall zwischen den dreien.Zhou Shiyu dachte, Ye Mei würde wie zuvor auf dem Beifahrersitz sitzen.Daraufhin wurde ihr die Tür geöffnet und alle ignorierten ihn, ließen ihn in Ruhe und saßen mit Xie Rong in der hinteren Reihe.Es schien, dass er absichtlich versuchte, wütend auf ihn zu werden.Zhou Shiyu hielt den Griff der Beifahrertür fest. Zwei Sekunden später schloss er die Tür mit einem Knall und ging um den Fahrersitz herum.Das Geräusch der sich schließenden Autotür war so laut, dass Xie Rong, die im Auto saß, Angst hatte, aber Ye Mei trug ruhig ihren Lippenstift auf wie ein normaler Mensch.Als das Auto zur Hälfte durch war, bemerkte Ye Mei sicherlich von Zeit zu Zeit Zhou Shiyus Blicke in den Spiegel.Sie hielt absichtlich Xie Rongs Arm und sagte mit einem Lächeln.Xie Rong, wie wäre es, wenn wir heute Abend zum Abendessen ausgehen? Stellen Sie sich das einfach so vor, als würden wir uns mit Ihnen treffen. Es sind nur Sie, ich und ein Freund. Sein Name ist Peng Qian, der auch mein Freund ist. Er hat eine viel bessere Persönlichkeit als ein paar geizige Leute. Okay, lass uns irgendwo in die Nähe unseres Zuhauses gehen, okay?Xie Rong wagte es nicht, die Augenlider zu heben, aber er spürte immer noch einen unfreundlichen Blick aus dem Spiegel.Xie Rong lächelte steif: „Sehen Sie sich nur die Anordnung an. Ich kann es schaffen. Und Zhou Shiyu, wir vier werden einfach einen Tisch bilden. "Obwohl er nach außen hin so tat, als wäre er ruhig, drinnen schrien bereits unzählige Kamele.Bruder, was hat ihr Streit als junges Paar mit ihm zu tun?Was sollte Zhou Shi tun, wenn er diesem Verrückten begegnet, der mit seinem Auto in den See fährt? Am ersten Tag seiner Rückkehr nach Xicheng sah er seine Eltern nicht einmal, aber er konnte hier nicht sterben.JaYe Mei wollte einfach so etwas Schlimmes begehen und handelte absichtlich seltsam.Ich dachte, jemand sah heute so schlecht aus, weil er auf uns einfache Leute herabblickte und uns nicht zusammen spielen lassen wollte.Sobald sie zu Ende gesprochen hatte, hielt das Auto in der nächsten Sekunde plötzlich am Straßenrand an und die Reifen machten ein scharfes Reibungsgeräusch mit dem Boden.Xie Rong hatte das Gefühl, sein Herz würde gleich stehen bleiben.Ye Mei saß nicht fest, ihr Körper zitterte heftig und ihr Kopf prallte fast gegen die Stuhllehne vor ihr.Ye Mei biss die Zähne zusammen, als sie mit ihren High Heels zweimal auf den Boden trat.Zhou Shiyu, du bist verrücktZhou Shiyu ignorierte sie, öffnete seinen Sicherheitsgurt und stieg aus dem Auto.Er öffnete Xie Rongs Autotür und sah ihn mit ausdruckslosen Augen an.können Sie fahrenDer Ton war flach, keine Emotionen waren zu hören und er wusste nicht, ob er gerade Ye Meis Provokation gehört hatte.Xie Rong nickte verständnislos.Zhou Shiyu hob sein Kinn zum Fahrersitz: „Geh und fahr, wir sind fast da. "Xie Rong reagierte eine Weile nicht.Was ist das für eine Operation?

Kapitel 39Nachdem Xie Rong in die erste Reihe gebracht worden war, setzte sich Zhou Shiyu ruhig neben Ye Mei und sah sie die ganze Zeit nicht einmal an.Ye Mei war zwei Sekunden lang fassungslos. Als sie Xie Rong wegfahren sah, öffnete sie sofort die Autotür und bereitete sich darauf vor, ihr zu folgen.Dann sitze ich auch auf dem Beifahrersitz.Ye Mei.Zhou Shiyu konnte schließlich nicht mehr still sitzen, er packte ihr Handgelenk und biss fast die Zähne zusammen.Ich entschuldige mich bei dir.Ye Mei hob leicht ihre

Augenbraue und schloss die Autotür wieder.Dann sag mir, was hast du falsch gemacht?Das Auto fuhr reibungslos auf der Straße und die Atmosphäre im Auto wurde plötzlich still, so dass nur noch das Geräusch des Windes zu hören war, der auf beiden Seiten durch die Fenster wehte.Zhou Shiyu hustete leicht, sein Blick wanderte zum Fenster und es war äußerst schwierig, jedes Wort auszusprechen.Das sollte ich nicht, mein Ton ist schlecht.irgendetwas anderesZhou Shiyu war verblüfft: Da ist noch mehrNatürlich.Ye Mei zeigte auf ihren Kopf und sah ihn grimmig an.Du hast das Auto so schnell angehalten, dass ich fast mit dem Kopf auf den Sitz gestoßen bin. Was soll ich tun, wenn eine so schöne Stirn beschädigt ist? Sind Sie dafür verantwortlich? Oder die Polizei? Sie verstehen diesen gesunden Menschenverstand im Straßenverkehr nicht.Zhou Shiyu:Schauen Sie, Sie haben jetzt den gleichen Gesichtsausdruck, den Sie meinen, ich sei unvernünftig.ohne.Erst dann reagierte Zhou Shiyu und erklärte es sofort.Es ist meine Schuld. Ich werde es im Voraus melden, bevor ich das nächste Mal parke.Als Ye Mei sah, dass seine Haltung recht aufrichtig war, beschloss sie, ihn gehen zu lassen, und ihre Lippenwinkel verzogen sich.Das wars so ziemlich.Zhou Shiyus Blick fiel fest auf sie und er schien von ihren Gefühlen berührt zu sein und hob leicht seine Lippenwinkel.BefriedigtYe Mei lächelte: zufrieden.Xie Rong blickte sie von Zeit zu Zeit durch den Rückspiegel an und brach dabei fast in kalten Schweiß aus.Ist das immer noch der Zhou Shiyu, den er kannte?Ich habe ihn seit ein paar Jahren nicht gesehen. Was zum Teufel hat er durchgemacht?Xie Rong erinnerte sich, dass er in der Mittelschule zufällig auf Zhou Shiyu gestoßen war, der von mehreren jungen und starken Erwachsenen vergewaltigt wurde. Der junge Mann wurde in der Gasse festgehalten und wild geschlagen.Ich hörte, dass Zhou Yan derjenige zu sein schien, der sie provozierte. Diese Leute konnten Zhou Yan nicht finden, also folgten sie den Hinweisen und fanden Hinweise auf Zhou Shiyu.Mehrere Tage hintereinander wurde Zhou Shiyu von diesen Leuten in den Mund geschlagen. Er blutete und war am ganzen Körper verletzt, aber er war so fassungslos, dass er nicht einmal ein Wort sagte, um um Gnade zu bitten.Ein Mensch, der so stur war, dass er ihn fast zu Tode schlug und sich weigerte, seinen Fehler zuzugeben und um Gnade zu betteln, war tatsächlich so bereitwillig, sich von Ye Mei ausbilden zu lassen.Tatsächlich, die Magie der LiebeAls Ort zum Essen am Abend wählte Ye Mei einen Imbissstand im Freien in der Nähe ihres Zuhauses.Wenn Peng Qian ausging, trug er extra eine knöchellange Daunenjacke und wickelte sich wie ein Reisknödel ein.Ich dachte, Sie würden auf jeden Fall ein erstklassiges Restaurant finden, in dem ein Bürger wie ich noch nie gewesen ist. Ich hätte nicht erwartet, dass eine junge Dame so ein Lokal mögen würde.Ye Mei setzte sich auf den runden Plastiktisch, übernahm die Speisekarte und begann mit der Auswahl der Gerichte.Ich mag solche Orte.Zhou

Shiyu saß neben ihr, steckte die Hände in die Taschen und musterte sie von oben bis unten.Wenn man so wenig trägt, ist es nicht kaltIm Vergleich zu Peng Qian scheint Ye Mei mit ihm in einer anderen Saison zu sein.Das lange schwarze Haar ist leicht gelockt und hängt über ihre Taille. Mit dem Auf und Ab ihrer Bewegungen zeichnet sie zart die schöne Taillenkurve nach.Ye Mei trug nur einen dünnen Mantel und ein Paar schwarze Overknee-Stiefel unter dem kurzen Rock, der ohne Samt sein sollte.gut genug.Nachdem Ye Mei die Gerichte ausgewählt hatte, schob sie Xie Rong die Speisekarte vor und flüsterte Zhou Shiyu etwas ins Ohr.Ich habe einmal die Herausforderung angenommen, im Winter kurze Röcke mit nackten Beinen zu tragen, aber es hat nichts gebracht.Zhou Shiyu begegnete ihrem Blick und sagte ruhig.Sehr stolzDie Umgebung im Freien war zu laut und die beiden kamen sich sehr nahe, als sie mit leiser Stimme sprachen. Ye Mei konnte sogar den schwachen Tabakgeruch an Zhou Shiyus Körper riechen.Der Geruch zeichnet sich ab und das Atemgeräusch scheint in den Ohren zu verweilen. Dieses verschwommene und zweideutige Gefühl ist wie eine besondere Reise, um die Seele der Menschen anzulocken.Sie blinzelte und aus irgendeinem Grund wurden ihre Ohren rot.Als sie erneut reagierte, spürte sie plötzlich eine Wärme an ihren Beinen.Zhou Shiyu zog seinen Mantel aus, legte ihn ihr über die Beine und sprach leise.Heute Nacht ist es zu kalt.Die leichten Worte lösten bei Ye Mei ohne jede Vorwarnung ein warmes Herz aus.Sie verzog die Lippen und sagte stur: Das wäre nicht schön.Es ist nie zu spät, nach dem Abendessen schön auszusehen.Die ganze Nacht über tranken die vier fast drei oder vier Kisten Bier. Bierflaschen waren auf dem Boden verstreut und alle waren nicht ganz klar im Kopf.Xie Rong schwelgt gerne in Erinnerungen an die Vergangenheit, wenn er zu viel trinkt und mit trüben Augen auf dem Tisch liegt und eine Weinflasche in der Hand hält.Peng Qian, das weißt du nicht. Betrachte Ye Mei jetzt nicht als einen Menschen. Sie war in der High School so dumm. Sie hat Team Zhou in ihrem Studium nicht nur fast zu Tode verärgert, sie hat sogar drei Leute lernen lassen wie man Fahrrad fährt. Sie kann es nicht lehren.Obwohl er absichtlich neckte, waren seine Augen voller Nostalgie.Ye Mei erwiderte mit einem Lächeln: Warum denkst du immer, dass ich dumm bin?Während sie sprach, schien sich die Szene aus diesem Jahr vor ihren Augen abzuzeichnen.Die untergehende Sonne füllte die Straßen wie Gold und die engen Gassen waren mit einer Schicht goldener Farbe bedeckt.Ye Mei stolperte aus einiger Entfernung auf ihrem Fahrrad, Zhou Shiyu folgte ihr und hielt den Rücksitz fest, Xie Rong trat beiseite, um aus der Ferne Führung zu geben, und Zhou Yan saß auf den Steinstufen und lachte über die Dummheit einiger Leute.Die Autoglocken läuteten und das goldene Licht vermischte sich mit ihren Figuren. Der Boden war fein gebrochen und mit leuchtenden Farben gesprenkelt.Es war ein normaler Abend, aber wenn ich jetzt darüber nachdenke, vermisse ich ihn sehr.Als die vierte Kiste Wein ausgepackt wurde, hatten die vier bereits begonnen, ihre eigenen Sachen zu erledigen.Xie Rong lag mit der Weinflasche auf dem Tisch und weinte, als würde er um etwas bitten.Eigentlich träume ich davon, nach Xicheng zurückzukehren, aber ich traue mich nicht, zurückzukommen. Ich habe Angst, Schwester Zhou Yan zu treffen. Ich weiß nicht, wie ich ihr begegnen soll. Wenn ich nicht wäre, würdest du es tun Ich bin nicht so oft getrennt worden. Jahre später wird Schwester Zhou Yan nicht gezwungen sein, Xicheng zu verlassen. Es ist alles meine Schuld.Ye Mei trank auch zu viel. Mit roten Wangen jagte und kämpfte sie eine Weile mit Peng Qian, ihre Augen waren voller Entspannung und Übermut.Zhou Shiyus Augen folgten Ye Mei aufmerksam, ihre kleine Gestalt spiegelte sich in seinen dunklen Pupillen.Seine Brauen und Augen waren voller Sanftheit.Der Dunst in seinen Augen löste sich auf und wurde klar und heiß.Am Tisch sangen und sangen Straßenkünstler. Als sie an der Reihe waren, bezahlte Ye Mei, nahm das Mikrofon und spielte ein Lied, das sie aus der Highschool kannten.Sie legte die Gitarre auf ihre Schultern und ihr Blick kreuzte sich beim Singen mitten in der Luft mit dem von Zhou Shiyu. Sie war anmutig und zeigte kein Lampenfieber.Ich erinnere mich an das erste Mal, als wir uns trafen und neben dir saßen.Wer hat einmal gesagt, dass zu viel Glück zu Sauerstoffmangel führt?Ye Mei lächelte, machte ein Herzzeichen in der Luft und ging direkt auf Zhou Shiyu zu.Liebe wurde ins Herz gepflanzt und wächst frei,Die Romantik im Märchen muss sorgfältig gepflegt werden.Zhou Shiyus Lippen verzogen sich unkontrolliert, er hob sein Weinglas und stieß mit der Luftliebe an, die Ye Mei aus der Luft fallen ließ.Ye Mei verhielt sich sofort schüchtern und bedeckte ihr Herz mit ihren Händen, als wäre sie von Liebe getroffen.Ich möchte Sie mitnehmen, um herumzuwandern und in der Sonne zu baden, um Ihre warme Fantasie zu verwirklichen.Die Menge der Zuschauer begann sofort zu buhen, Zhou Shiyu lächelte leise, hob sein Glas und trank noch einen Schluck.Die ganze Nacht konnte das Lächeln in Zhou Shiyus Augen nicht unterdrückt werden.Als er Ye Mei ansah, konnte er sich seine Liebe nicht verkneifen.Peng Qian öffnete eine Flasche Wein, reichte sie ihm und hob sein Kinn in Richtung Ye Mei, der sich amüsierte.Team Zhou, du magst sie.Es ist keine Frage, es ist eine Bestätigung.Zhou Shiyu nahm die Flasche wortlos, sein Blick fiel immer noch auf Ye Mei.Ich denke schon, ich bin kein Idiot, ich habe es schon vor langer Zeit gesehen.Auch Peng Qians Blick folgte seinem Blick und fiel auf Ye Mei. Der Blick in ihren Augen war so intensiv, dass sogar ein Eisberg vor ihr kurz davor war zu schmelzen.Zhou Shiyu warf ihm aus dem Augenwinkel einen Seitenblick zu: Ist das übertrieben?Es ist immer noch in vollem Gange und alle Redewendungen werden verwendet.Es ist viel übertriebener als das. Das nächste Mal solltest du in den Spiegel schauen und sehen, wie deine Augen zu normalen Zeiten aussehen und wie sie aussehen, wenn du Ye Mei ansiehst. Das eine ist wie der Sommer und das andere wie der Winter.Peng Qian hob sein Weinglas, stieß mit ihm an und sprach leise.Team Zhou, ich freue mich wirklich sehr für Sie. Es ist toll, lachen und wütend sein zu können. Früher war sie wie ein ausdrucksloses KI-Werkzeug ohne jegliche menschliche Berührung. Seit Ye Mei nach Xicheng zurückgekehrt ist, ähnelt sie eher einem Menschen.Zhou Shiyus Geist war benommen, aber er war immer noch halbwegs bei Verstand.Er senkte den Blick, sein Lächeln verschwand allmählich, sein Arm ruhte auf dem Tisch und die andere Hand hielt die Bierflasche fest.Sie haben sich damals geweigert, befördert zu werden und in eine andere Stadt zu gehen, wahrscheinlich wegen Ye Mei. Ich hörte Xie Rong sagen, dass Sie beide in der High School eine besondere Beziehung hatten und dass Sie so viele Jahre auf sie gewartet haben müssen.Zhou Shiyu schürzte unkontrolliert die Lippen und ein leichter Schatten spiegelte sich unter seinen langen Wimpern.Seine Stimme war leise, als ob eine Sandschicht darin wäre.Sie mag mich nicht.Sie sagte es selbst an diesem Tag im Waisenhaus.Es ist nur eine Entschädigung.Es ist so, es ist so, es heißt immer noch kein Interesse.Peng Qian ahmte Ye Mei nach und schickte Zhou Shiyu zweimal Grüße, wobei er ihn mit einem Blick des Hasses auf Eisen ansah.Du musst Captain Zhou jagen, mögen Mädchen diese Art von Ritual nicht? Ich habe herausgefunden, dass du einfach nur dumm bist.

Kapitel 40Früh am nächsten Morgen wachte Peng Qian benommen auf, um zur Toilette zu gehen.Nachdem er aus der Toilette gekommen war, blickte er beiläufig in Richtung Flur und hatte vage das Gefühl, dass das Licht im Wohnzimmer brannte.Peng Qian kratzte sich zweimal am Haar und ging verwirrt in Richtung Küche.Warum ist es so früh, Team Zhou?Zhou Shiyu senkte den Blick, schüttete den Brei aus dem Topf und sprach ruhig.In einer halben Stunde sollte Ye Mei zur Arbeit gehen.Peng Qian stöhnte und warf einen Blick auf die Schüssel Nudeln, die er gerade serviert hatte.Die meisten pochierten Eier und Garnelen wurden hineingelegt und es fühlte sich an, als wäre es speziell auf den Teller gelegt worden. Es sah wunderschön und lecker aus.Hey, warum ist diese Schüssel so reichhaltig?Zhou Shiyu sagte unbewusst: Beweg dich nicht, das gehört Ye Mei.Warum bist du so geizig? Warum hat sie mehr zu essen als wir alle?Zhou Shiyu sagte leise: Sie wird am nächsten Morgen nach dem Trinken Magenbeschwerden haben und aufwachen, also muss sie besser essen.Peng Qian verzog die Lippen und beschwerte sich mit einem Anflug von Unzufriedenheit: „Hey, mein Magen ist immer noch unwohl. Warum habe ich dich noch nie so früh aufstehen sehen, um mir Frühstück zu machen? "Zhou Shiyu warf ihm einen Blick zu: Zur Arbeit gehen, ohne zu essen, wie kann es so viele Dinge geben?Peng

Qian:Nachdem er Ye Mei ins Waisenhaus geschickt hatte, kehrte Zhou Shiyu auf dem gleichen Weg zur Polizeistation zurück.Die ganze Zeit über war sein Geist erfüllt von dem, was Peng Qian letzte Nacht gesagt hatte.Er sagte, er könne sehen, dass Ye Mei überhaupt kein Interesse an Song Yu habe und die beiden sich höchstens zu Freunden entwickeln könnten.In der Nacht des dritten Kapitels der Vereinbarung fragte Zhou Shiyu auch Ye Mei und sie gab persönlich zu, dass sie nur Freunde waren.Aber wenn er gebeten wurde, Ye Mei zu verfolgen, hatte er wirklich keine Zweifel daran.Als er aufwuchs, waren die einzigen Mädchen, mit denen er überhaupt Kontakt hatte, Zhou Yan und Ye Mei, ganz zu schweigen von Freundinnen des anderen Geschlechts.Als er auf dem College war, gab es tatsächlich viele Mädchen, die ihn verfolgten.Aber niemand kann lange mit einem heißen Gesicht an einem kalten Hintern aushalten. Die kleinlichen Gedanken dieser Mädchen wurden durch sein kaltes, gleichgültiges und gleichgültiges Aussehen einen halben Monat lang zur Ruhe gebracht.Als er von der Arbeit kam, zog Peng Qian einen weißen Kittel an, klopfte an die Tür und betrat Zhou Shiyus Büro.Team Zhou, es ist Zeit, von der Arbeit zu gehen, warum gehst du nicht?Zhou Shiyu legte die Informationen in seine Hand und kam wieder zur Besinnung.sofort.Lass Xie Rong deinen Geländewagen fahren, um Ye Mei abzuholen. Warte eine Weile auf mich, dann ziehe ich mich um und gehe mit dir zurück.Peng Qian drehte sich um und wollte gerade die Tür aufstoßen, als er plötzlich hörte, wie Zhou Shiyu ihn von hinten rief.Peng Qian.Zhou Shiyus Blick fiel auf den Stift an seinen Fingerspitzen und er drehte ihn zweimal, sein Gesicht war etwas unbeholfen.Was hast du neulich darüber gesagt, wie man jagt?Peng Qian war für einen Moment fassungslos, aber zwei Sekunden später konnte er nicht anders, als in Gelächter auszubrechen.Das Büro war erfüllt von Peng Qians ungezügeltem Lachen. Zhou Shiyu hob mit düsterem Gesicht den Kopf und biss die Zähne zusammen.Es ist so lustigIch finde es einfach unglaublich.Peng Qian hielt den Tisch und sah aus, als hätte er vor Lachen Magenschmerzen.Ist das immer noch unser weltfremdes Team Zhou, das mich tatsächlich fragt, wie man Mädchen jagt?Der Mut, den Zhou Shiyu schließlich aufbrachte, war sofort erloschen.Er nahm seinen Mantel und stand tapfer auf, sein Gesicht sah äußerst hässlich aus.Beeil dich und zieh dich um, während ich fahre.usw.Peng Qian stoppte ihn unbewusst und das Lächeln auf seinen Lippen hatte keine Zeit gehabt, nachzulassen.Ich habe nicht gesagt, dass ich es dir nicht sagen werde. Warum bist du also so besorgt?Er zog einen Stuhl heran und setzte sich Zhou Shiyu gegenüber. Er nahm ein Blatt A4-Papier vom Tisch, um zu schreiben und zu zeichnen, und sah äußerst ernst aus.Wissen Sie, was Mädchen am meisten mögen?Zhou Shiyu dachte ein wenig nach: GesichtDas hat Ye Mei gesagt.Sie konnte es nicht weglegen, als sie mehrere

Male betrunken war. Egal wie sehr sich Zhou Shiyu wehrte, sie berührte es immer wieder und ihr Speichel floss mehrmals fast heraus.Selbst als sie nüchtern war, erwähnte sie es unzählige Male.Sie sagte, dass Zhou Shiyus Gesicht ausschließlich ihrer Ästhetik zu verdanken sei.Wenn sie kein so schönes Gesicht bekommen könnte, wäre das Geldverschwendung.Ja, Sie sind sehr bewusst. Wenn Sie kein gutaussehendes Gesicht haben, werden Sie, egal wie sehr Sie sich bemühen, nur belästigen und sich wie ein Rowdy verhalten.Peng Qian knallte auf den Tisch und senkte die Stimme, um bewusst die Atmosphäre eines Spannungsdramas zu erzeugen.Aber das ist nicht das Wichtigste. Wissen Sie, was das Wichtigste ist?Zhou Shiyu sah ihn misstrauisch an und schüttelte den Kopf.Warum wirkt dieser Mensch in seinen Handlungen so übertrieben? Kann man ihm vertrauen?Peng Qian wedelte mit der Hand und schrieb das Wort „Zeichen " auf das Papier, wobei er es auch mehrmals umkreiste und punktete.Was für eine Persönlichkeit glaubst du, dass du bist? Oder welche Art von Person magst du, was Mädchen deiner Meinung nach am meisten mögen?Zhou Shiyu hob leicht die Augenbrauen, bewegte die Lippenwinkel und konnte lange kein Wort zurückhalten.Okay, lassen Sie mich die Antwort verraten. Nach vielen Jahren der Recherche habe ich herausgefunden, dass es nur drei Arten von Charakteren gibt, die Mädchen am meisten mögen.Peng Qian beugte sich vor und folgte Zhou Shiyu aufmerksam mit den Augen.Der erste Typ ist schön, stark, aber elend.Peng Qian zeichnete eine horizontale Linie und schrieb die Worte „schön, stark und elend ".Sie müssen ein Mädchen dazu bringen, von Ihrem Aussehen besessen zu sein, sich Ihren Fähigkeiten hinzugeben und ihr im richtigen Moment Mitleid mit Ihnen zu bereiten, aber in Maßen, damit Sie das Herz eines Mädchens festhalten können.Zhou Shiyu hatte aus unerklärlichen Gründen eine Gänsehaut am ganzen Körper. Er hustete leicht und blickte aus dem Fenster, um sich zu vergewissern, dass niemand da war, bevor er flüsterte.Ist das nicht zu übertrieben?Was bedeutet das? Es gibt noch einen anderen Typus: den herrschsüchtigen Präsidenten.Peng Qian schrieb mit einem Federstrich noch ein paar Worte.Wie wir alle wissen, repräsentiert ein herrschsüchtiger Präsident eher eine Persönlichkeit. Wenn Ye Mei sich beispielsweise an der Hand kratzt, muss man einen nervösen Blick zeigen, der kurz vor dem Ersticken steht, und dann umarmt die Prinzessin sie. Sie hat viel Geld ausgegeben in einem Hubschrauber, um sie zur Behandlung in das beste Krankenhaus zu bringen, und sagte kalt: „Warum bist du so eine dumme Frau? Mach das nicht noch einmal. "Wöchentliche Begegnungen:Ich habe mir die Hand geschnitten, muss ich einen Helikopter nehmen?Der letzte Typ ist der verlorene Sohn, der sich aus Liebe umkehrt.Peng Qian wollte gerade schreiben, als er die Augenlider hob und Zhou Shiyu ansah.Vergiss es, das kannst du auch nicht, dann geh einfach zum nächsten, nächsten ···Bevor Peng Qian etwas sagen konnte, unterbrach ihn Zhou Shiyu plötzlich.Woher wussten Sie diese Dinge?Peng Qian blinzelte mit den Augen und sah unschuldig aus.Ich habe es in einem Idol-Drama gesehen.Wöchentliche Begegnungen:Er wusste es und es war Zeitverschwendung, danach zu fragen.Zhou Shiyu nahm seinen Mantel und stand auf: Geh und zieh dich um, es wird schon spät.Glaubst du mir nicht?Peng Qian kniff die Augen zusammen und sah ihn an.Zhou Shiyu sah ihn mit ausdruckslosen Augen an: Ja.An diesem Abend sahen sich nur Ye Mei und Xie Rong den Film an. Im Couple Room war es ein romantischer Film. Es gab viele Leute, die sich küssten, während sie den Film sahen.Zhou Shi Yu runzelte leicht die Stirn: Was meinst du?Peng Qian holte langsam eine Kinokarte aus seiner Jacke und sprach langsam.Sag nicht, dass Bruder nicht gut zu dir ist, ich habe es heute Morgen für dich vorbereitet, und jetzt fährt Xie Rong Ye Mei wahrscheinlich ins Kino.Zhou Shiyu reagierte zwei Sekunden lang, dann schnappte er sich die Kinokarte und stürmte zur Tür hinaus.Peng Qian sah aus, als hätte er CP geklopft und rief Zhou Shiyu mit lauter Stimme und einem Lächeln im Gesicht zu.Team Zhou, vergessen Sie nicht, die Tipps zu verwenden, die ich Ihnen heute über das Werben um Mädchen gegeben habe. Wenn Sie ein Mädchen treffen, müssen Sie außerdem einen Blumenstrauß kaufen, Rosen sind die besten.Der schwarze SUV war mit hoher Geschwindigkeit auf der

Straße unterwegs. Zhou Shiyu fuhr heute sehr schnell. Die Straßenlaternen fuhren durch und die silberne Uhr an seinem Handgelenk leuchtete in silbernem Licht.Als er am Blumenladen vorbeikam, fiel ihm plötzlich ein, was Peng Qian ihm erzählt hatte.Kaufen Sie unbedingt einen Blumenstrauß, wenn Sie sie treffen. Am besten eignen sich RosenPeng Qian hat heute so viel gesagt, aber dieser Satz klang nur wie dasselbe.Sie haben sich unzählige Male getroffen und Zhou Shiyu war immer mit leeren Händen.Aber heute wollte er ihr nur einen Blumenstrauß kaufen.Als er vor dem Kino ankam, sah Zhou Shiyu sofort Ye Mei vor der Tür stehen und sich umschauen.Sie trug eine Maske und eine Sonnenbrille, ihr grauer Mantel hing ihr um die Waden und sie hatte die Arme aneinander geschlungen. Ihr ganzer Körper zitterte vor Kälte, und selbst ihre hohen Absätze schlugen ständig hin und her auf den Boden.Zhou Shiyu holte ihren Schal aus dem Auto und ging hinüber, um ihn für sie anzuziehen.Habe ich dich nicht gebeten, vor der Abreise einen Schal anzuziehen? Warum bist du ungehorsam?Ye Mei war für einen Moment fassungslos, als sich ihr Blick langsam hob und auf Zhou Shiyu fiel.Zwei Sekunden später lächelte sie plötzlich und hielt unbewusst mit beiden Händen den Schal um ihren Hals.Ich fragte, warum Xie Rong mich hier zurückließ und weglief. Es stellte sich als Routine heraus. Zhou Shiyu, es war das erste Mal, dass wir gemeinsam einen Film sahen.Zhou Shiyu summte und half ihr, die Position ihrer Haare und ihres Schals anzupassen.flüsterte er in Gedanken.Es ist nur einmal, es wird in Zukunft viele Möglichkeiten geben.Solange sie kommen möchte, ist er bereit, sie zu begleiten.Im Vergleich zu gewöhnlichen Kinosälen fehlt im Paarsaal die mittlere Trennwand. Viele Paare beginnen sich zu küssen, wenn der Film seinen Höhepunkt erreicht.Ye Meis Augen fielen überhaupt nicht auf den Film. Sie warf von Zeit zu Zeit einen Blick auf das junge Paar, das sich in der Nähe küsste.Zhou Shiyu hob eine Hand, um ihre Augen zu bedecken, und flüsterte: Sind Sie hier, um einen Film oder ein Publikum zu sehen?Ye Mei schob seine Hand weg und senkte ihre Stimme sehr leise.Wenn wir uns jede Woche treffen, sind wir wie Diebe, die ihr Glück belauschen.Zhou Shiyu hörte plötzlich auf zu reden. Sein Blick fiel auf die große Leinwand und die bunten Schatten des Films spiegelten sich in seinen dunklen Pupillen.Nach einer langen Weile sagte er leise: Nein, du wirst in Zukunft glücklich sein, glücklicher als sie.Vielleicht war seine Stimme zu leise und der Filmrhythmus zu langsam, sodass Ye Mei benommen einschlief.Als sie aufwachte, war der Film zu Ende.Ich weiß nicht, wann mein Kopf anfing, auf Zhou Shiyus Schulter zu ruhen. Er saß regungslos da, ohne die Absicht, sie aufzuwecken.Ye Mei wollte gerade die Augen schließen und weiter so tun, als würde sie schlafen, als Zhou Shiyu plötzlich sprach.aufgewachtWie man es von einem Polizisten erwartet, so sensibel.Ye Mei rieb zweimal ihren Kopf an seiner Schulter und murmelte.Ich bin immer noch sehr müde und kann nicht mehr laufen. Warum trägst du mich nicht zurück?

Printed in Great Britain
by Amazon